MORT sur ERDRE

Aux Éditions Alain Bargain

Dans la collection
ENQUÊTES ET SUSPENSE :

Marie Vaillant
- Chantage Bigouden
- Les corps mourants de Plozévet *(épuisé)*
- Vague blanche au Pouldu
- Malaise sur la côte lorientaise
- Vie de château à Pont-L'Abbé
- Locronan a la gueule de bois *(épuisé)*

Vincent Cabioch
- 5 Diables Verts à Huelgoat

Christophe Chaplais
- Pâté de Corbeau aux amandes amères *(épuisé)*
- Le calisson jusqu'à la lie
- Farz aux herbes de Portsall
- Addition salée au Croisic
- Salade russe aux noix de Grenoble *(épuisé)*
- Fourchette mortelle à Chinon *(épuisé)*
- Soupe de Crabes à Brest
- La face cachée des Étoiles *(épuisé)*
- Mélodie gourmande à Guérande

Bernard Kopka
- Secret de tombe à Paimpol

Solenn Colléter
- Lettres de sang sur la Côte Sauvage

Jean-Pierre Farines
- Brume sur la Presqu'île
- La route de Rocamadour
- Le Phénix est mort à Camaret
- Cercueil vide en Mer d'Iroise

Patrick Bent
- Erquy profite le crime *(épuisé)*
- Le macchabée du Val-André *(épuisé)*
- Saint-Cast priez pour eux ! *(épuisé)*
- Hécatombe à Saint-Malo *(épuisé)*
- Nuit noire à Dinard *(épuisé)*
- Algues fatales à Erquy *(épuisé)*
- Rock'n'Roll à Lamballe
- Pluie de fiel sur Fréhel
- Arnaque à Erquy

Aux Éditions Alain Bargain

Dans la collection ***POL'ART :***

Serge Le Gall
- Sombre dessein à Pont-Aven
- Meurtres du côté de chez Proust *(épuisé)*
- Eaux-fortes à Ste-Marine *(épuisé)*
- Ciel rouge au Pouldu *(épuisé)*

Loïc Gourvennec
- Le râle du basson *(épuisé)*

Yves Horeau
- Monsieur Butterfly *(épuisé)*

Renée Bonneau
- Nature morte à Giverny *(épuisé)*
- Séquence fatale à Dinard *(épuisé)*
- Sanguine sur la Butte *(épuisé)*

Stéphane Jaffrézic
- Toiles de fond à Concarneau
- Le Rubis de Châteauneuf-du-Faou

Aux Éditions Alain Bargain

Dans la collection
ENQUÊTES ET SUSPENSE :

Jacques Minier
- Traque mafieuse à Saint-Malo
- Double peine à Rennes
- Saint-Brieuc de mille feux
- Celtitude en Argoat
- Erquy on the rocks

Michel Courat
- Ça meurt sec à Locquirec
- Marée rouge à Plestin-Les-Grèves
- Coup de grisou à Pleumeur-Bodou
- Mort en vrac à Morlaix
- Sauvage farandole à Paimpol *(épuisé)*
- Mise à mort en Bretagne nord *(épuisé)*
- Masques de Terreur à Lanmeur
- Été meurtrier à Tréguier
- Le raisin coule à Lesneven
- Le Diable s'invite à Locquirec
- Morts à gogo à Plouguerneau
- Morlaix, TERminus !
- Les dessous de Plougasnou
- Granite écarlate
- Dernier tango à Plouescat
- Semaine noire en Pays léonard
- Vent de panique à Lannion
- L'Ange maudit de St-Michel-en-Grève
- Week-end de folie à Bégard
- Les secrets de Camaret

Bernard Enjolras
- Îlot mortel à Trégastel
- 3 petits singes en Côtes-d'Armor
- Mauvais sorts dans Le Trégor
- Micmac à Ploumanac'h
- Sale temps sur Penvénan
- Jeu d'échecs à Perros-Guirec
- Guêpier à Tréguier
- Jackpot dans le Léon
- Requiem à Paimpol
- Escale à Cancale
- L'inconnue de Saint-Thégonnec
- Code assassin à Trébeurden
- Les merlettes de Granit rose
- Liens de sang à Guingamp

Simone Ansquer
- Téviec, le Secret *(épuisé)*
- Aux tours de La Rochelle
- Grain de sable à Saint-Pierre-Quiberon
- Le mystère de la Cathédrale de Vannes *(épuisé)*
- Carnac, les menhirs disparus
- Bons baisers de l'île de Houat
- Nuit d'Enfer à Quiberon
- Belle-Île ne répond pas
- La captive de la ria d'Étel
- Dérive sur la Presqu'île
- Bruits de Vannes

Serge Le Gall
- La secte de l'Aven *(épuisé)*
- Sables mouvants à Bénodet *(épuisé)*
- La Douarneniste et le Commissaire *(épuisé)*
- Corps-mort à l'Île-de-Batz *(épuisé)*
- Traque noire à Audierne *(épuisé)*
- Fugue mortelle en RÉ *(épuisé)*
- Le moine rouge de Carantec *(épuisé)*
- La Sirène de Port Haliguen *(épuisé)*
- Coup fourré dans les Monts d'Arrée
- Vagues à lames à Noirmoutier *(épuisé)*
- Dépression sur les Glénan
- Belle-Île "Amère" *(épuisé)*
- Calvaire à Plougastel-Daoulas *(épuisé)*
- Course-poursuite sur l'Aven *(épuisé)*
- Cible ultime dans les Montagnes Noires
- Rouge baiser de Crozon *(épuisé)*
- Sac de nœuds à Trévignon
- Retour coupable à Pont-l'Abbé *(épuisé)*
- Quiberon Enrage *(épuisé)*
- Secrets salés à Fouesnant
- Fausses notes à Larmor-Plage
- Jeux de drames à Douarnenez
- Nature morte à Pont-Aven
- Châtiment à Port-Launay
- La belle endormie de Port-Manech
- Matin blême à Rosporden
- Coup de balai à Carnac
- Mortes-eaux à Riantec
- Héritage de sang à Concarneau
- Vengeance d'automne à Quimper
- Bain tragique au Pouldu
- Retour de bâton à Plogoff
- Le malin de Trégunc

ENQUÊTES & SUSPENSE

Aux Éditions Alain Bargain

Dans la collection
ENQUÊTES ET SUSPENSE :

Séverine Le Corre-Mongin
- Drame en Morbihan
- Dernière note à Pontivy

Gisèle Guillo
- Dernier rendez-vous à Vannes
- Du Léman au Morbihan *(épuisé)*
- Tempête à Quiberon
- La Belle de Carnac *(épuisé)*
- Le Saigneur de Quimper *(épuisé)*
- Vol de pigeons à Arradon *(épuisé)*
- Cash-cash au Crouesty *(épuisé)*
- Le Diable noir de Saint-Cado
- Clair-obscur à l'Île-aux-Moines *(épuisé)*
- Port-Louis, les ombres de la citadelle
- La Maison au bord du Golfe *(épuisé)*
- Les Amants Terribles de La Trinité
- Étel coupable ?
- Danger à Saint-Goustan

Catherine Schubert
- Odeur de sang à Penvénan
- Le vilain de la Vilaine
- Sacré moine à Dinard
- Lucifer à Saint-Philibert

Rémi Devallière
- L'esprit d'Hoëdic
- Calculs sévères à Saint-Nazaire
- Sacré bidule à Pornichet
- "Pari" au mois d'août
- Piriac et son caillou mystérieux
- Vol 744 pour Le Pouliguen
- Pornic, Poste restante
- Nantes, le passager du Jules Verne
- Contre-courants au Croisic

Jean-Louis Kerguillec
- Carantec à corps perdu
- Enlèvement en Baie de Morlaix *(épuisé)*
- Mauvaise passe sur l'île Callot
- Les Amours Noires du Léon
- Le disparu du Taureau
- Frai*zh* Connection
- Le Crapaud de l'île de Batz
- Saint-Pol, cathédrale infernale
- Pêche d'enfer à Cléder
- Le rôdeur des grèves

Jean-Michel Arnaud
- Cavale à Brest
- Blues en Rafale à Landivisiau
- Le bagad bombarde à Quimper
- Loto létal dans le Léon
- Fresque de sang sur le Ponant
- Lettres mortes à Lannilis
- Lame scélérate à Morgat
- À bout de souffle à Landerneau
- Brest, scène de crimes
- Allers simples pour Ouessant
- Peur bleue à Portsall
- Intox à Carhaix

Pierre Engélibert
- L'Ours du Finistère
- Drôle d'oiseau à Brest
- Lavandières rouges à Daoulas
- Complot en Cap-Sizun

Gérard Croguennec
- Voile épais au Conquet *(épuisé)*
- Brest, Abri 668
- Morlaix en eaux profondes
- La martyre du Conquet
- Le silencieux du Conquet
- Effet papillon sur le Brest-Lyon

Jean-Jacques Égron
- Marais mouvant dans le Golfe
- Tracto Breizh
- Embruns toxiques sur Lorient
- Les Privés du Croisic
- Vannes à l'encre rouge
- Les oubliettes de la Presqu'île
- Engrenages sur la Côte Sauvage

Philippe-Michel Dillies
- Meurtres à Monnaie *(épuisé)*
- Chasse à Tours *(épuisé)*
- Train d'enfer pour St-Pierre-des-Corps *(épuisé)*
- Les roses noires de Chartres *(épuisé)*
- Du raisiné à Vouvray *(épuisé)*
- Partie truquée à Descartes
- Embrouille à Amboise *(épuisé)*
- L'écheveau de Blois
- Anicroches à Loches
- Murmures en Saumur
- Les plumes noires de St-Cyr-sur-Loire
- Clash à Tours

Aux Éditions Alain Bargain

Dans la collection
ENQUÊTES ET SUSPENSE :

Bernard Larhant
- Quimper sur le gril
- Douarnenez, piège à Mouettes
- Les Galets de Tréguennec
- Les bas-fonds de Quimper
- Pas de pardon à Locronan
- Un pavé dans La Loire
- Psychose sur Bénodet
- Sang d'encre au Mans
- La Torche entre deux eaux
- Du Pastis dans l'Odet
- Les Ombres du Rennes-Quimper
- La Madone du Faouët *(épuisé)*
- Effet domino à Concarneau
- Le Môme de Fouesnant
- Hors la loi à Groix
- Omerta Bigoudène
- Alliance explosive à Audierne
- Jeux pervers à Quimper
- Chasse à l'homme au Ménez-Hom
- Dans les frissons de Nantes
- Manhattan-Tréboul
- Diabolo Nantes
- Tragédie à l'Île-Tudy
- Loire c'est noir
- Stress de Brest à Trévarez
- Mort sur Erdre

Michèle Corfdir
- Le Crabe
- Mortel Hiver sur le Trieux *(épuisé)*
- Chasse à corps à Bréhat
- Larmes de fond *(épuisé)*
- Vent contraire à Loguivy-de-la-Mer
- Herbes amères à Belle-Isle-en-Terre *(épuisé)*
- Il court, il court, le furet des Abers *(épuisé)*
- Fest-Noz sur le Nil *(épuisé)*
- Eau dormante en Trégor *(épuisé)*
- Nuits assassines à Paimpol
- Crime à l'Armoricaine
- Vendredi noir sur l'Arcouest *(épuisé)*
- Sueurs froides sur le Goëlo
- Baignade clandestine à Bonaparte
- La route s'arrête à Loguivy-de-la-Mer
- Brest, bombes sur les murs
- Vent de terreur sur Bréhat

Élisabeth Mignon
- Fontaines mortelles à Quimper
- Jardins funèbres en Cornouaille
- Déferlantes au Guilvinec
- Cadavres exquis à Châteaulin
- Ultime refuge à La Forêt-Fouesnant
- Silences sur la Baie
- Cauchemars à Plozévet

Martine Le Pensec
- Onde de choc sur Fermanville *(épuisé)*
- Angoisse sur Penmarc'h
- Lumière noire sur la Penfeld *(épuisé)*
- Printemps funeste à Brest
- 13e lune à Concarneau *(épuisé)*
- 32 octobre à Roscoff *(épuisé)*
- Terminus à Lannilis
- L'Enfer de Plogoff
- Alerte rouge à Brest *(épuisé)*
- Bad Trip à Lorient
- Le Cobra de Brest
- Le Mouton noir de Roscoff
- Sang pour sang à Recouvrance
- Amnésie sur Quimper
- Chat noir à Brest
- Bain acide à Douarnenez
- Noces de feu à Plouzané
- Pot aux roses au Cap Coz

Stéphane Jaffrézic
- Chili-Concarneau
- Ville bleue et beaux dégâts
- Disparitions en Pays Fouesnantais
- Tri Yann Tro Breizh
- Vengeances croisées à Nantes
- Escale forcée à Brest
- Dolmens sanglants en Bigoudénie
- Escapade à Landerneau *(épuisé)*
- Le mauvais fils de Guidel
- Murder party à Quimper
- Rendez-vous raté à Quimperlé
- La Korrigane de Concarneau
- Coup de chaud à Bénodet
- Trafic en Finistère
- Sirènes au Guilvinec
- Été torride à Névez

Bernard LARHANT

MORT sur ERDRE

Collection

ENQUÊTES & SUSPENSE

Quadri Signe - Editions Alain Bargain
125, Vieille Route de Rosporden - 29000 Quimper
E-mail : contact@editionsalainbargain.fr
Site Internet : www.editionsalainbargain.fr
Facebook : https://www.facebook.com/editionsalainbargain

DU MÊME AUTEUR :

- *La croisée des maux* - roman - 2006 - Art Média Éditions (à présent Arphilvolis).

Le blog de l'auteur : http://motsdebernard.canalblog.com/

À Stéphanie et Renan, elle Bordelaise, lui Nantais, qui se retrouvent dans deux des lieutenants de l'équipe de Philippe Bory.

Merci pour votre précieuse amitié et bon vent à tous deux.

REMERCIEMENTS

- À André Morin pour son regard de policier, même si ces romans restent de la fiction.

- Au journaliste Stéphane Pajot, mémoire vivante de Nantes, pour les anecdotes qu'il m'a autorisé à publier dans les pages qui vont suivre.

- À mon collègue, auteur et ami Rémi Devallière, pour ses précisions dans le déroulé des scènes médicales de l'histoire.

LES PRINCIPAUX PROTAGONISTES

NADEGE PASCAL : Avocate quadragénaire au fort tempérament et au passé mystérieux, s'est donné pour mission de révéler les méfaits de certaines familles intouchables de la ville de Nantes. Mais prise à son piège, elle se retrouve en prison avec l'une de ses cibles, Régine Parizeau, et y vit des jours difficiles. Ce qui ne l'empêche pas de tirer encore quelques ficelles, car elle a de la ressource et un contact régulier avec le commandant Philippe Bory.

PHILIPPE BORY : Commandant de police renvoyé après avoir été piégé, il est réhabilité grâce à Nadège. Il partage à nouveau la vie de son ex, Solenn Mayeur et de leur fille Morgane. Avec le soutien inconditionnel du procureur Potel, il peut rassembler une équipe chargée de creuser le contenu de vieux dossiers mis au jour par l'avocate. Autour de lui, on trouve son fidèle équipier, Cédric Cazal, Domitille de La Bauxière, issue d'une famille de notables, Renan Le Cunff, un jeune Breton et Stéphanie Bordage, la nouvelle recrue.

LA FAMILLE DE LA BAUXIÈRE : Édouard, le patriarche, en mauvaise santé, a laissé les rênes du groupe familial à son fils Gonzague. Avec son épouse Bertille, ils sont aussi les parents de deux filles : Domitille, devenue policière, la rebelle de la famille et Guillemette, la benjamine couvée et programmée pour bientôt épauler son frère.

REGINE PARIZEAU : l'ancienne reine des nuits nantaises est tombée pour proxénétisme et surtout pour meurtre. Un crime qu'elle prétend ne pas avoir commis.

Elle purge une lourde peine de prison. Elle a trois enfants : Aymeric, expert-comptable, Baptiste nouveau golden-boy en apprenant qu'il était le fils illégitime d'un riche patron de BTP et enfin Coralie, versée dans la communication.

Tous trois n'ont qu'une idée : prouver l'innocence de leur mère.

LE CLAN TOURAINE : Si la famille Touraine est décimée à la suite de la dernière enquête du groupe Bory, elle possède des ramifications. Bertrand Combesson, expert en art mondialement reconnu, en est désormais le chef. Discret et influent, il est dans le collimateur de Nadège et du groupe Bory. Combesson est défendu par deux jeunes avocats aux dents longues, Julien Delapart et Marie-Flore Balaguer.

MARINA KAPPEL : Juge d'instruction d'une cinquantaine d'années, est un personnage ambigu dont les liens avec le milieu local ont été avérés, mais qui reste à son poste, par bienveillance et grâce à ses relations. Bien que ses agissements restent sous surveillance permanente, elle bénéficie cependant d'une relative confiance de la part de Philippe Bory et Nadège Pascal.

PROLOGUE

Lundi 8 mars 2010, 9 heures - Bureau du procureur Pierre Potel - Palais de justice, Nantes

Après les événements retentissants des semaines précédentes, l'atmosphère n'est pas vraiment à l'optimisme entre le magistrat du parquet et le commandant Philippe Bory, policier en charge – avec son groupe – du dossier Touraine. Les documents sulfureux retrouvés lors de la perquisition, dans la pièce secrète du manoir de la Perdrière, livrent leurs secrets au compte-gouttes. Et pour cause : les effectifs sont insuffisants, mal formés pour les analyser. Et puis, comment synthétiser, en quelques jours, plus de soixante années de travail inlassable et minutieux de détectives privés qui ont, jour après jour, espionné chaque membre des plus influentes familles de la ville ? Tout cela pour répertorier les travers de chacun, les manipulations financières, les tripotages électoraux, les écarts de conduite, les faux pas coupables, les perversions inavouées, les moments de faiblesse. Et ce, le plus souvent, avec documents officiels ou photos à l'appui, pour des chantages plus efficaces. Qui est le mystérieux commanditaire, dont il est même impossible de cerner l'identité ?

Une certitude, ce personnage n'est pas Albin Touraine, le notaire, ancien élu de la ville, puisqu'il n'était pas le propriétaire du manoir à l'époque des faits originaux. Du moins connaissait-il l'existence de cette pièce aveugle puisqu'il avait repris à son compte le chantage sur quelques figures de la ville. Mais aussi procédé à la mise à jour régulière de dossiers relatifs aux écarts de membres contemporains de familles plus anciennes. Le lien semble donc évident avec la famille de son épouse Xavière, les Cordouan, anciens propriétaires des lieux, notamment durant la dernière guerre.

Coupable de l'actuel chantage et de quelques autres forfaits, Albin Touraine se trouve désormais en prison, en détention provisoire après sa mise en examen, mais d'avoir voulu attenter à la vie de la juge Marina Kappel va le conduire derrière les barreaux pour une longue période. Un camouflet pour cette personnalité qui se considérait intouchable, une fin de trajectoire pitoyable pour le sémillant octogénaire qui avait régné sur la ville durant plus de quarante ans. De leur côté, sa femme Xavière et leur fille Sophie, elles aussi mises en examen pour des faits moins graves, se trouvent placées sous contrôle judiciaire avec obligation de ne pas s'absenter de leur domicile hors des motifs autorisés par le juge. Et équipées de bracelets électroniques, système de surveillance particulièrement humiliant pour des femmes de leur rang, même si elles portent leur infamant anneau avec un maximum de discrétion.

Dans l'intervalle entre la présence des Cordouan et celle des Touraine, la propriétaire du manoir était Régine Parizeau, l'ancienne reine des nuits nantaises, qui avait transformé la belle demeure en luxueux lupanar pour parties fines destinées à un public trié sur le volet. En raison de ses hautes relations, elle n'avait jamais été inquiétée jusqu'à ce qu'elle tombe dans un traquenard, se trouve accusée du meurtre de l'une de ses "filles" et prenne vingt années de prison. Il s'est avéré plus tard que Tarim Khoury, un homme d'affaires véreux, avait récupéré le marché du sexe et était en fait, avec l'appui de soutiens dans les milieux policiers et juridiques, l'instigateur du piège machiavélique dans lequel était tombée sa rivale.

Pour revenir aux fameux dossiers sulfureux découverts par les policiers, rien ne prouve que Régine Parizeau ait su un jour l'existence de la pièce secrète où ils étaient cachés, dans le manoir que son mari, Claudius Morat, lui avait offert lors du revers de fortune de Louis Cordouan, le précédent propriétaire. Ce dernier s'était bien gardé d'en faire mention, les acquéreurs ont donc vécu en ce lieu dans l'ignorance de cette cachette, dont le moyen d'accès leur était inconnu. Une pièce qui ne figurait pas sur les plans du manoir, construite sous le plancher de cinq autres salles autour, la bibliothèque, le boudoir, le salon d'apparat, le bureau secondaire et la salle de billard. Cette dernière recelant dans un angle, derrière un petit bar, le système d'ouverture permettant d'accéder à la fameuse cachette par un escalier.

C'est donc la famille Cordouan qui intéresse à présent la Police et la justice car il est vraisemblable que Louis Cordouan, personnage aussi mystérieux que machiavélique, manipulateur de l'ombre car influent mais toujours en retrait, soit le commanditaire et le premier bénéficiaire de ce fichier doublement enrichissant. Un homme au comportement très controversé durant la guerre, qui s'est prétendu résistant mais recevait à sa table les sommités nazies de la région, un double jeu révélé par de nombreux documents d'époque. Pour sauver les apparences, avait-il répondu en guise de justification, lors des interrogatoires, avec assez de persuasion et de soutiens de notables pour passer au travers des mailles de l'épuration, au bénéfice du doute. Certainement aussi grâce à ses moyens de pression sur de nombreux personnages en vue, grâce à ce qu'il savait sur eux ou leurs proches, à la faveur des fameux dossiers secrets de la pièce aveugle.

— Comment cet homme a-t-il pu être aussi important dans la région, et que nous possédions aussi peu d'éléments sur sa vie, sur sa famille, sur ses affaires, sur l'origine de sa richesse ? s'emporte le procureur Potel en consultant les quatre ou cinq feuillets d'un dossier famélique.

— Parce que, malin comme un vieux singe, dès qu'il le pouvait, il effaçait, ou faisait effacer, toute trace de son parcours et de celui des siens dans les papiers officiels, répond Philippe Bory, après avoir siroté son café. Dans les registres de police, dans ceux de l'état civil, dans les archives de la presse locale, dans les documents photographiques et autres cartes postales de l'époque, il faisait opérer un nettoyage permanent et chirurgical. Il avait compris avant l'heure que dans le monde moderne, pour durer, il faut rester dans l'ombre. Ne filtraient que les faits qu'il souhaitait voir demeurer pour la postérité, les images positives, les projets fédérateurs, les médailles et les remerciements officiels.

— C'est bien notre veine, marmonne le magistrat.

— Les quelques informations que j'ai récupérées sont officieuses et émanent de la famille de La Bauxière. Le père de Domitille s'est souvenu de trois enfants au sein de la famille Cordouan : deux garçons, un militaire et un religieux, et une fille, Xavière, devenue plus tard l'épouse d'Albin Touraine. On peut imaginer que celle-ci a voulu récupérer le manoir, non pas pour la beauté du cadre, même si la vue sur l'Erdre est exceptionnelle, mais pour la pièce secrète et les documents confidentiels dont elle connaissait l'existence depuis sa tendre enfance. Il nous faudra l'interroger à ce sujet, mais aussi sur un autre point dont je ne vous ai pas encore entretenu, Pierre. Un nouveau sujet bien ennuyeux et délicat.

— Et de quoi s'agit-il ?

Philippe tend à son interlocuteur l'une des photos de douze fillettes nues, issue d'une série de clichés pris au manoir dans les années 80. Une fois ses lunettes chaussées, le procureur s'en émeut aussitôt. S'il est prêt à encaisser tous les coups bas de la racaille locale, qu'elle vienne des banlieues populaires de la périphérie ou des milieux aisés du centre de la ville, il ne supporte pas que l'on s'en prenne aux enfants. Sa colère qu'il peine à dissimuler, est à son comble et il est soudainement un peu plus fébrile. Plus encore en découvrant les noms des malheureuses, inscrits au dos du cliché, y relevant des patronymes familiers. Une étape de plus dans l'horreur qui lui donne l'envie de vomir. Pâle comme un suaire, il retire ses verres du nez, relève les yeux vers Philippe Bory pour réclamer quelques explications supplémentaires.

— C'est tout récent, je n'en sais pas davantage et en plus, je dois me confesser, Monsieur le procureur. Oui, j'ai enfreint la loi en conservant ces pièces à conviction près de moi. Elles ne figurent pas dans le dossier officiel dont la juge Kappel a la charge. Avant tout pour protéger Domitille et sa famille, puisque cette photo figurait dans son fichier personnel à l'intérieur du dossier de La Bauxière. Et si c'était à refaire, j'agirais de même, par respect pour mon équipière et ses proches, mais aussi pour ses infortunées camarades de la photo. Douze fillettes, douze noms, mais pas de date exacte. Regardez comme les mômes sourient, ces gamines ont certainement été droguées ou saoulées auparavant, pour réagir ainsi, alors qu'on les a forcées à se dévêtir.

— Cela ne vous ressemble pas de dissimuler des preuves, Philippe, mais je dois avouer que j'ignore comment j'aurais réagi, à votre place, aussi je ne vous blâme pas.

— Mon intime conviction est que si Domitille a voulu travailler aux archives de la police, ce n'est pas pour découvrir dans ses ancêtres un possible trafiquant d'ébène, comme elle cherche à nous le faire croire. C'est vraisemblablement pour faire la lumière sur une page de sa vie qui doit lui revenir par bribes, de manière floue et confuse, mais forcément traumatisante. Elle conserve un souvenir diffus de ces instants subliminaux, les morceaux en vrac d'un puzzle qu'elle ne parvient pas à reconstituer.

— Que vous a-t-elle dit de plus, quand vous lui avez montré ces photos ? Elle a dû être atterrée devant la réalité crue de son drame d'enfance.

— Je n'ai pas encore eu le courage de lui faire part de ma découverte, répond le policier, embarrassé. En fait, j'attends le bon moment. Même si je sais que depuis notre inspection du manoir de la Perdrière, elle aura réussi à remettre de nombreuses pièces de son puzzle à leur place véritable et à se faire une idée plus précise de la raison de sa présence en ce lieu, dans sa jeunesse. Néanmoins, je souhaite rassembler plus de renseignements avant de la tourmenter. J'aimerais notamment savoir avec certitude si la scène date de la période Cordouan ou de celle de Régine Parizeau, pour qu'elle puisse mettre le visage d'un ennemi face à sa haine légitime. À une ou deux années près, peut-être même à quelques mois d'intervalle, on change de propriétaire et toute notre enquête en est modifiée.

— Et quel serait le lien avec l'exécution de Tarim Khoury ? interroge le magistrat.

— Certainement aucun, mais nous devons absolument savoir ce qui se passait dans ce manoir, pour le compte et le plaisir abject de qui et faire la lumière sur des pratiques intolérables, soupire le commandant Bory, visage grave.

— Comme pour la mort de Fabienne Van Tan, je vous dirais que vous êtes trop impliqués, votre équipe et vous, pour suivre ce dossier. Et puis, vous avez d'autres chats à fouetter, actuellement. Je peux mettre une autre équipe sur l'affaire.

— Je me permets d'insister, Pierre. Je ne veux pas offrir le passé de Domitille en pâture à nos collègues, dont certains œuvrent peut-être encore pour les personnes que nous voulons faire tomber. L'exposer de la sorte signifierait la violer une seconde fois. Elle et les onze autres fillettes de la photo. Et combien d'autres, peut-être, si ce spectacle grand-guignolesque n'était pas un cas unique. Les clichés passeraient de main en main, seraient reproduits, distribués et Domitille deviendrait l'objet de quolibets blessants et de moqueries vachardes. Voilà pourquoi j'ai conservé les dossiers les plus récents près de moi, laissant à nos collègues tous ceux qui concernent un passé plus lointain. Dans l'équipe, on bossera davantage, les uns et les autres, mais on sera capable de mener les deux dossiers de front, je vous donne ma parole.

— Ce n'est pas une bonne idée, je le sais par avance, mais c'est d'accord, je vous suis, vos arguments sont légitimes et frappés du sceau du bon sens, entérine le procureur, conscient de l'aspect sensible des informations. Je ne veux pas risquer de voir certains pervers se délecter de la mise en circulation de ces photos odieuses.

— Merci beaucoup, Pierre, surtout au nom de Domitille et de ses petites camarades !

— Bon, revenons à ce corps qui serait enseveli dans la dalle de ciment de la Maison de l'Erdre, sur l'île de Versailles, vous pouvez m'en apprendre davantage à propos de ce mystérieux individu ? lance le magistrat, soucieux de changer de conversation pour en arriver au motif premier de la rencontre.

— Les renseignements de la fiche en notre possession sont assez précis pour que seules les trois marches du parvis soient défoncées. Concernant l'identité présumée de la victime, il s'agirait de Jean-Michel Stark, un proxénète notoire, proche de

Khoury et rival de Régine Parizeau. Selon la note du carnet de l'avocate Sandrine Lamy, récupéré auprès du corps de cette dernière à Saint-Martin par Nadège, la Reine aurait demandé à ses hommes de main d'exécuter ce traître. Mais rien ne le confirme et c'est par un truand repenti que Nadège a su où se trouvait le corps. Peut-être que ce cadavre sera un peu plus loquace qu'un sbire emprisonné et muré dans le silence. Les technologies avancent et puis, toujours selon Nadège, sa remontée à la surface devrait faire bouger pas mal de lignes, peut-être permettre à certaines langues de se délier, à coup sûr faire sortir certains loups des bois. Vous connaissez la stratégie de Nadège : créer un écran de fumée et voir la réaction des protagonistes autour d'elle, ce qui nous permet d'orienter les recherches dans une direction précise. Pour l'instant, on peut dire que ça nous réussit, non ?

— Philippe, à propos de Nadège, vous avez des nouvelles récentes d'elle ?

— Non, je dois vous avouer que, depuis la découverte de ces documents sulfureux sur le passé sombre de familles nantaises, toute l'équipe y consacre ses journées et une partie de ses nuits. Je n'ai pas pris le temps de retourner la rencontrer, je m'en veux beaucoup, je sais à quel point ces parloirs sont importants pour elle. D'un autre côté, elle ne m'a pas fait passer de message, non plus. Vous savez ce qu'on dit : pas de nouvelle, bonne nouvelle.

— Foutaise que ces phrases toutes faites, s'emporte le magistrat. Pour moi, l'absence de nouvelles de Nadège signifie plutôt inquiétude, figurez-vous !

— Et de plus, pour une raison que j'ignore, depuis une petite émeute au sein de l'établissement, un surveillant m'a expliqué de manière lapidaire que notre parloir hebdomadaire a été supprimé, comme tous les autres de la prison. Pourquoi cette angoisse, vous avez d'autres informations ?

— Eh bien oui, je me fais du souci pour elle, figurez-vous. Mon ami Martial Tranchant, le directeur de la prison, s'est absenté pour une quinzaine de jours, hospitalisé pour une intervention bénigne, programmée de longue date. Son adjoint n'a jamais été disponible pour répondre à mes appels, mais je sais qu'il ne me porte pas particulièrement dans son cœur, pas plus qu'il ne vous apprécie, d'ailleurs. En plus, le surveillant-chef qui protège Nadège est en stage de perfectionnement durant quinze jours, et donc absent lui aussi. Je n'aime pas ces mauvais concours de circonstances, j'ai un mauvais pressentiment… Sans compter que mon troisième réseau ne me donne plus aucune nouvelle, lui non plus, d'où mon souci sans cesse croissant. Je n'aime pas ça alors oui, j'angoisse pour elle.

— De mon côté, j'ai réclamé un nouveau parloir pour m'entendre répondre par mon interlocutrice que, suite à une mesure disciplinaire, les visites aux détenues étaient suspendues jusqu'à nouvel ordre, précise le policier. Cela arrive dans un centre pénitentiaire mais, vous avez raison, l'enchaînement de hasards peut nous mettre en alerte. Je connais Régine Parizeau, elle est capable d'avoir monté un plan pareil pour se débarrasser de Nadège en toute discrétion. À la réflexion, cela ne me dit rien de bon, non plus.

— Et que peut-on faire sans griller son infiltration, si jamais il s'agit d'une fausse alerte ?

— J'ai beau chercher, retourner la situation dans tous les sens, je ne trouve pas une seule idée géniale. D'un autre côté, je me dis que s'il lui était arrivé un drame, j'aurais forcément été prévenu. Ceci dit, comme vous, je serai plus tranquille quand le contact sera rétabli, Nadège est sur le fil du rasoir en permanence. Elle aime cela mais, lors de notre dernière rencontre, je l'ai sentie lasse et soucieuse. Elle a de la ressource, nous le savons tous deux, mais ce n'est qu'un être humain avec ses limites…

— Bon, je vous laisse travailler, Philippe, je vais tenter, par une voie détournée, de reprendre contact avec le sous-directeur de la prison, pour savoir ce qui se passe. Et n'oubliez pas, la priorité, c'est le corps de ce Stark coulé dans une dalle de béton sur l'île de Versailles et la possible culpabilité de Régine Parizeau dans sa disparition. J'ai beaucoup d'affection pour Domitille, moi aussi, mais jusqu'à preuve du contraire, cette tragique affaire de fillettes dévêtues dans un salon du manoir de la Perdrière n'est pas liée au dossier qui nous occupe. Donc, on se focalise sur Stark.

— Bien reçu le message, Monsieur le procureur. Bonne journée et bonne semaine à vous. Et pour Nadège, une idée germe dans ma tête pour en savoir davantage. Enfin, rien de bien évident, pour l'instant…

*

* *

Lundi 8 mars 2010, 9 heures
Centre de détention - 68, boulevard Albert Einstein, Nantes

Rarement, au cours de son existence, Nadège Pascal n'a passé une période aussi difficile que celle qu'elle endure depuis presque une semaine. L'irruption inattendue dans sa cellule de Sacha Makine, colosse de près d'1,80 mètre, boxeuse de profession et tête brûlée par vocation, a bouleversé son quotidien et remis en cause ses plans pourtant méthodiquement planifiés. Elle, d'ordinaire si habile à tirer les ficelles et manipuler les gens pour les inciter à aller dans son sens, n'est plus maîtresse de son destin, du cours de ses journées, du fil de ses secondes. Désormais, c'est Sacha qui fixe les règles, donne les ordres, fait plier l'ancienne avocate à tous ses désirs, la tient en respect. De plus, sa colocataire, mandatée par un mystérieux commanditaire pour obtenir des réponses à des interrogations précises, a posé un ultimatum qui s'achèvera à l'aube du 11 mars par la mort de sa compagne de cellule, si celle-ci ne fournit pas auparavant les explications suffisantes. Et les journées passent si vite même si le temps lui semble long, enfermée en permanence dans cette cellule qu'elle ne quitte plus que pour les repas et les douches.

Depuis la première promenade de la nouvelle venue dans la cour, quand elle était allée se présenter à la Reine, après avoir terrassé les deux cerbères de Régine Parizeau, qu'elle l'avait forcée à se dévêtir devant les autres, avec la mansuétude complice de la surveillante Servane Quinet, Nadège avait senti poindre les soucis. Le directeur absent, le chef également, Servane régnait sur ses jeunes collègues et le sous-directeur avait décidé d'adopter un profil bas, partisan de la politique de l'autruche. Ou lui aussi complice des intrigues que Nadège subodorait.

Elle ne combattait pas dans la même catégorie que la boxeuse qui avait fait mordre la poussière aux gardes du corps de la Reine, deux viragos pourtant impressionnantes. Et que dire de Régine, menée vers l'angle de la cour par le colosse aux impressionnants bras tatoués, pour une discussion d'une petite dizaine de minutes, avant de forcer son interlocutrice à un effeuillage complet en public. Humiliation ultime pour l'ancienne reine de la cour, contrainte de céder la place à sa rivale et de rentrer dans le rang.

Nadège avait perçu des bribes de conversations entre les deux rivales, mais rien de réellement logique permettant de découvrir l'identité du commanditaire qui en voulait à l'ancienne grande prêtresse des nuits nantaises. Elle se souvenait aussi de l'humiliation qu'elle avait elle-même subie de la part de Sacha, la saisissant par le cou pour la bécoter longuement devant les autres filles, histoire de montrer aux autres que la baveuse, elle aussi, lui appartenait. Au grand plaisir de Servane Quinet, la surveillante que l'avocate avait un jour mouchée dans un tribunal, défendant une détenue qu'elle avait rudoyée. Servane avait été sanctionnée pour ce comportement violent. Et comme elle avait une bonne mémoire et qu'elle avait promis à Nadège qu'elle se vengerait…

Nadège avait passé la nuit suivante à penser aux réponses qu'elle fournirait à son interlocutrice, quand celle-ci l'interrogerait sur ses relations avec Philippe Bory ou avec la Reine. Pour celle-ci, pas de problème, leur antagonisme était connu de tous, même si les relations s'étaient améliorées depuis quelques semaines. Pour les visites du policier, c'était plus délicat, mais elle avait une stratégie, élaborée de longue date, pour un cas comme celui qui se présentait. Et le lendemain, lors du premier interrogatoire de Sacha, elle avait dû livrer sa version des faits qui l'avait menée derrière les barreaux. Exercice périlleux quand on ne sait pas dans quel camp joue la boule de muscles qui vous questionne. Mais un gain de temps pour Nadège qui avait décidé de bien détailler les événements, alors que son interlocutrice enregistrait tout sur son poste de radio.

Elle était parvenue à éviter de froisser la boxeuse en lui donnant du grain à moudre, ce fut une autre histoire le soir venu quand, alors qu'elle s'apprêtait à enfiler son pyjama, Nadège fut soulevée comme une crêpe par sa coturne, plaquée sur sa paillasse et forcée, malgré ses gestes désespérés, de s'offrir à l'appétit débordant de sa partenaire de cellule. Elle choisit rapidement de ne pas résister, au risque de se faire massacrer par le colosse, d'autant qu'une fois calmée, elle se révéla plutôt douce et délicate, ce qui s'avérait surprenant pour une sportive musculeuse et tatouée de partout. Comme quoi les clichés, parfois… Et depuis cette première fois, puisqu'il fallait en passer par là, Nadège avait pris l'option de s'offrir et de se plier aux désirs de sa maîtresse, finalement pas trop vicelards. Plutôt brute de décoffrage en matière de pratiques sexuelles, affamée, certes, insatiable même, mais pas le moins du monde perverse ou sadique. Une chance dans le malheur.

Le plus dur, pour l'ancienne avocate, était à coup sûr la privation de promenades, l'impossibilité de respirer l'air frais, de humer l'odeur des livres dans la bibliothèque, de tourner en rond dans sa cage carrée. Et puis aussi d'écouter les commentaires blessants de la colocataire quand elle faisait sa toilette devant elle, autant de raisons de péter les plombs et de recevoir une punition, aussi prenait-elle sur elle-même pour se taire, serrer les poings et encaisser les humiliations sans moufter.

En revanche, chaque soir, Nadège avait le droit, de la part de Sacha, à tous les détails du traitement qu'elle faisait endurer à Régine Parizeau durant les deux heures de sortie dans la cour. Pour la punir de ne pas répondre aux questions précises, notamment concernant les intentions de ses enfants, à présent patrons du groupe Bel Art. Une certitude, cette nana ne bossait pas pour la Reine, ou alors elle cachait bigrement bien son jeu. Mais alors, Khoury mort, Touraine hors du coup, Régine Parizeau au tapis, qui pouvait rester en lice pour fomenter tous ces coups bas ? Nadège avait beau chercher, elle ne parvenait pas à trouver l'identité d'un possible commanditaire.

En ce lundi matin, début du cinquième jour de partage de la cellule, Nadège s'apprête à prendre son mal en patience, comme chaque matin, lorsque Sacha se poste devant elle.

— Il fait quoi au juste, ton flic, il paraît que ce matin, il va tenter de découvrir un corps enseveli dans la dalle de béton de la Maison de l'Erdre, sur l'île de Versailles.

— D'abord, sans te fâcher, je te l'ai déjà dit, ce n'est pas mon flic, c'est le salaud qui m'a coincée à

Saint-Martin, alors que j'avais réussi le coup parfait. Et depuis, ce connard me relance en permanence pour tenter de savoir qui m'a aidée à monter ce plan foireux, mais il peut toujours attendre, je ne suis pas une balance.

— Y'a qu'à moi que tu le diras, le moment venu, avant que je ne te quitte, après avoir buté la Reine sous la douche, ma chérie, répond Sacha en serrant la nuque de son interlocutrice, de sa main aussi solide qu'un étau. Tu me le diras pour ne pas crever, ce sera notre secret à toutes les deux.

— Je ne peux pas, je te l'ai expliqué, je suis une avocate et je suis soumise à des règles que je ne peux enfreindre, même une fois radiée, c'est comme ça. Donc, tu me buteras après avoir éliminé la Reine, sans le moindre état d'âme car, de toute manière, pour toi, je ne suis qu'un contrat comme tant d'autres. Tu frappes, tu baises, tu butes, tu oublies !

— En règle générale, oui, réplique la boxeuse, en se collant à Nadège, mais pas toujours. Tu vois, avec toi, j'ai un petit plaisir supplémentaire. Déjà, tu es intelligente et, même si tu as peur, tu ne le montres pas trop, c'est courageux de ta part. Ensuite, tu es bandante, mine de rien, et ça ne gâche rien, vois-tu. Pas canon physiquement, mais bandante, je ne sais pas si tu vois la différence.

— Vas-y, développe !

— T'es pas un mannequin de défilé, mais tu as un truc qui te rend attirante, c'est tout. Tu n'es pas mieux depuis que tu as balancé les soutifs, regarde comme c'est bon de se chatouiller du bout des tétons, pas vrai ?

— Si tu le dis ! bredouille l'avocate, pas très à l'aise.

— Nadège, il a quoi dans la tête, ton flic ? Ne m'oblige pas à te frapper, j'ai besoin d'une réponse et c'est urgent !

— La plus belle fille du monde ne peut donner que ce qu'elle a, alors moi qui ne suis pas canon ! bredouille Nadège, avant d'enchaîner rapidement, pour ne pas se faire dérouiller. Il m'a juste dit que, pour lui, l'affaire Khoury n'était pas finie, mais comme j'ignore qui est ce gars au milieu de la dalle de ciment, je ne peux t'en dire davantage.

— Ton pote va trouver le corps de Jean-Michel Stark, un ancien proxo de la ville et même si elle prétend le contraire, malgré les coups reçus, je sais que c'est la Reine qui l'a fait buter car elle avait horreur de la concurrence, à l'époque.

— Dans ce cas, tout me semble logique, si mon intuition est bonne : Bory soupçonne la Reine d'avoir commandité l'exécution de Khoury, aussi, mais il n'a pas de preuves. Je pense même que, si je me trouve ici et s'il me tanne régulièrement, c'est pour recueillir les confidences de la Reine et les lui apporter contre une réduction de peine. Mais d'une, la Reine est une tombe, elle ne m'a rien lâché encore, de deux, je ne suis pas une balance et de trois, plutôt crever que d'aider ce poulet à boucler son enquête.

— Tu sais que si tu es très gentille avec moi, je peux la lui faire cracher, à la Reine, ton info à propos de la mort de Khoury ? ponctue Sacha avant de bécoter langoureusement sa compagne de cellule. Désormais, elle est seule en promenade, l'ancienne terreur, ses anges gardiens n'ont pas envie de s'en prendre à nouveau plein la gueule. Comme elle ne peut plus rien me refuser sous peine de se faire dérouiller, je peux la questionner de ta part. Dire qu'elle vous faisait toutes flipper et qu'en quatre jours, je fais d'elle ce que je veux. Comme de toi, d'ailleurs !

— Merci pour l'info que j'attends, si tu peux la décrocher !

— Évidemment, il y aura une petite compensation ce soir, ma chérie, je ne suis pas mère Teresa non plus. Allez, j'y vais, c'est l'heure de la promenade. Elle doit déjà se pisser dessus depuis une petite heure, l'ancienne terreur !

*

*   *

Lundi 8 mars 2010, 10 heures
Bureaux du groupe Bel Art - Tour Bretagne, Nantes

Comme chaque lundi matin, Baptiste Morat a réuni son staff dans son bureau, au dernier étage de la tour Bretagne. Rien que des femmes, selon sa volonté. À 34 ans, il a pris en quelques semaines une dimension de patron que son entourage ne soupçonnait pas, son frère aîné Aymeric, en priorité, qui se trouve lentement évincé d'une affaire qu'il pensait diriger, avec son jeune frangin – ou plutôt demi-frère car ils n'ont pas le même père – en guise de prête-nom. Mais Baptiste trace son sillon avec précision, ne commettant aucune faute de parcours, attirant à lui la confiance de décideurs, d'entrepreneurs, de promoteurs, assurant au groupe un carnet de commandes plein pour plusieurs mois. Et ceci alors qu'il vient d'avaler la société de son ancien adversaire Jérôme Cheminant, à la suite du suicide de ce dernier. Autant d'ouvriers sérieux et de contremaîtres chevronnés supplémentaires qui lui permettent de se développer un peu plus, tout en éliminant du chemin son concurrent le plus sérieux.

En parlant de la famille Cheminant, qu'il a non seulement sauvée de la faillite et de la ruine en rachetant l'entreprise, il a aussi soulagé Jessica, la veuve ruinée, en remettant en état, en huit jours et à ses frais, la belle demeure familiale, après les ravages causés par la tempête Xynthia. Une toiture neuve et quelques travaux intérieurs pour permettre à la maman et ses deux filles de loger à nouveau dans leur domicile. Maintenant, devant la nécessité de faire rentrer de l'argent, il vient de proposer à Jennifer Cheminant, l'aînée des deux filles, le poste de secrétaire de direction à ses côtés. Une promotion inespérée pour la belle de 22 ans, à l'aube d'achever un premier cursus dans ses études, bombardée à un poste à responsabilités, avec le salaire correspondant. Cela alors que ses copines de cours poursuivent leurs humanités pour décrocher un master avec l'espoir, au bout du parcours, d'un poste de ce type, après quelques premières expériences aux échelons du dessous.

Une fois de plus, Baptiste a dû affronter la colère de sa sœur Coralie, irritée de le voir subjugué à ce point par toutes les belles filles qu'il croise et surtout celle-là qui, un jour, lui a craché à la figure qu'il représentait à ses yeux l'individu le plus exécrable de la planète. La réaction de l'avocate Arielle Valmier ne fut guère différente, elle qui avait entendu de ses oreilles le réquisitoire accablant de l'intéressée. Et encore à cet instant, avant que la réunion de travail ne commence, il doit convaincre sa frangine du bien-fondé de sa décision.

— Coco, pour la dernière fois, je ne suis pas un philanthrope à la générosité débordante, encore moins un pervers qui bave devant des belles cuisses ou un décolleté plongeant. Steven Belliard était ce garçon, pas moi. En revanche, ma cote a singulièrement monté dans la région depuis mon coup de main à la veuve, je te signale. Ces gestes généreux se savent vite, comme le fait d'avoir repris tout le personnel de Cheminant. Et dans un milieu particulier comme le BTP, c'est important pour un novice comme moi d'obtenir le respect de ses semblables et aussi l'appui des syndicats.

— Si tu le dis…

— Jessica, la mère, est à présent mon meilleur agent de publicité, elle explique à qui veut l'entendre comment je lui ai sauvé la vie. Si tout fonctionne bien, je pense même lui trouver un poste dans le groupe, dans quelques mois, si tu veux tout savoir. Elle est bien introduite dans les milieux sportifs et nous aiderait lors d'appels d'offres pour des gymnases, des stades, des piscines, dans la région nantaise.

— Parfois, j'ai du mal à te suivre, glousse la sœurette, assez têtue. Tu ne m'enlèveras pas de l'idée que la sémillante Jennifer ne te laisse pas indifférent et que tu vas tenter de la séduire. Je suis prêt à parier un mois de salaire que tu l'auras mise dans ton lit avant la fin de l'année.

— Si tu veux perdre ton argent, Coco ! Jennifer n'est pas qu'une jolie poupée, elle est aussi une nana opportuniste pour qui un tel job est certes une aubaine, mais qui ne nous décevra pas.

— Et comment peux-tu en être aussi convaincu ?

— D'abord, elle est au pied du mur, par rapport à ses accusations trop rapides à mon égard. Ensuite, elle est orgueilleuse, comme sa mère, et va vouloir me prouver ce qu'elle vaut. Pour elle, c'est un énorme challenge, elle n'a pas le droit à l'erreur, la survie de sa famille dépend d'elle. Je l'attends donc au tournant. Elle va bosser d'arrache-pied et, de plus, jamais elle ne me trahira car, si elle le fait, cela reviendrait à condamner ses proches. De ma part, c'est de la stratégie, rien de plus. À un tel poste, je ne peux me permettre d'engager une taupe qui va nous savonner la planche ou rancarder nos adversaires. Ce qui est certain, c'est que jamais Jennifer Cheminant ne renseignera nos concurrents, ce n'est pas du tout son intérêt. Pire, ce serait suicidaire de sa part, pour elle, pour sa mère et pour sa jeune sœur. À part toi, elle est la seule à m'apporter cette absolue certitude. Convaincue, à présent ?

— Tout cela me dépasse un peu, mais puisque tu me jures que tu ne la kiffes pas, je vais te faire confiance. Méfie-toi d'elle quand même, qu'elle n'ait pas accepté ta proposition pour prendre une revanche avec le temps ! Et avant d'engager sa mère, attend que la fille ait donné des gages de fiabilité, après, on verra bien.

Une demi-heure plus tard, Baptiste est installé dans son fauteuil et, même s'il promet ne pas ressembler à Steven Belliard, il ne peut s'empêcher de saliver de plaisir, entouré de toutes ces jeunes femmes. Bien sûr, sa sœur Coralie, mais aussi Anne Delafontaine, chargée des relations commerciales, Solenn Mayeur, l'épouse du commandant Bory, responsable du domaine comptable, Marianne Dumay, la directrice technique et enfin maître Arielle Valmier, l'avocate du groupe. Parmi toutes ces jeunes femmes, la plus fraîche et la plus éclatante, c'est évidemment Jennifer Cheminant, que les autres découvrent avec le regard particulier, à la fois envieux et méprisant, révélateur de considérations internes que les femmes savent réserver à une nouvelle rivale. Pourtant, timide et réservée, toute de noir vêtue, période de deuil oblige, la nouvelle venue semble embarrassée. Crispée même, de se trouver en ce lieu, le plus élevé de la ville, avec une vue impressionnante sur la campagne alentour et le fleuve.

— Bon, avant de parler des chantiers, je vous présente Jennifer Cheminant, qui occupera la fonction de secrétaire de direction. Elle sera ma plus proche collaboratrice et, après une rapide formation à ses nouvelles responsabilités, elle sera votre interlocutrice pour toutes les questions techniques et administratives. Je sais, elle est jeune, elle a 22 ans et pas la moindre expérience, si ce n'est son vécu familial. Chacun de nous a commencé un jour et, comme j'ai donné sa chance à toutes, je souhaiterais que vous facilitiez Jennifer dans sa mission. Parenthèse fermée, qui veut intervenir ?

Marianne Dumay embraie en évoquant ses difficultés à se faire accepter par les ouvriers de l'ancien groupe Cheminant, habitués à avoir affaire à un homme et méfiants à propos des capacités d'une femme à diriger des chantiers. Anne Delafontaine poursuit en annonçant la participation du groupe Bel Art à trois nouveaux appels d'offres, avec de bonnes chances d'en remporter au moins deux, peut-être même de réussir le grand chelem. Du côté d'Arielle Valmier, rien qui ne concerne le staff, si ce n'est le renforcement prochain de la position financière du groupe par la réintégration dans les comptes de sommes indûment prélevées par l'étude notariale de maître Sophie Touraine. Un arrangement à l'amiable a été trouvé qui permet d'éviter de longues procédures néfastes pour les deux parties et de faire rentrer dans les caisses une coquette somme qui permettra d'amortir un peu plus facilement l'assimilation de la société Cheminant.

La rencontre se poursuit par d'autres détails techniques souvent rébarbatifs, pourtant très importants, et s'achève vers midi par un pot de bienvenue à l'attention de Jennifer. Puis chacun repart vers ses activités, s'accordant une petite demi-heure pour une légère collation entre deux rendez-vous. Une fois seule face à son frère, Coralie l'apostrophe :

— Je vais tenter à nouveau d'avoir des nouvelles de notre mère, ce long silence ne lui ressemble pas, je commence à m'inquiéter. Mon contact m'a expliqué que le directeur est en soins et que son adjoint fait de l'excès de zèle. Tous les portables ont été récupérés dans les cellules et les parloirs sont refusés pour une période indéterminée. De plus, le surveillant en chef est absent, lui aussi, j'ai peur que certaines personnes profitent de cette période de flottement pour lui chercher des noises. Tu crois que c'est un coup de la baveuse, pour s'en prendre plus facilement à notre mère ?

— Ce serait tordu de sa part et puis, si c'est elle qui fiche la panique, pourquoi attendre le départ du directeur, puisqu'elle est parvenue à se le mettre dans la poche, répond Baptiste, soucieux, lui aussi. Va voir si tu peux en savoir davantage et, sinon, nous avons un joker : ces deux flics qui bossent avec Bory, le pote de Nadège Pascal. Invitons-les ce soir au Diabolo lounge, et tentons d'en savoir davantage sur cette histoire. Soit directement, en jouant la carte de la franchise, soit en leur demandant discrètement de se renseigner auprès de leur boss. Si c'est silence radio de leur part, là, c'est inquiétant. Bon, moi, je vais aller rencontrer le leader syndical de l'équipe de Cheminant qui est en train de boucler un chantier à Trentemoult pour tenter d'établir un premier contact avec les ouvriers.

Coralie s'éclipse à son tour. Baptiste revient vers Jennifer, seule dans le bureau, appliquée à regarder la carte de la région, sur laquelle le PDG inscrit les positions de ses équipes sur les différents chantiers, ainsi que le faisait avant lui Jean-Marc Belliard, ce véritable père qu'il a trop peu connu. Il susurre à l'oreille de sa secrétaire qu'il ne désespère pas de devoir, dans quelques mois, troquer cette carte du bassin nantais pour une autre du Val de Loire. Puis il lui demande si elle ne s'est pas sentie impressionnée devant ses collègues, toutes plus âgées qu'elle, plus expérimentées, plus mûres et assurées. Elle hausse les épaules, intimidée certes mais toujours orgueilleuse et soucieuse de relever le défi, ne sachant que dire, que faire pour cela. Baptiste la met à l'aise et lui propose un programme pour l'après-midi.

— Je vais rencontrer les ouvriers de ton père et tu vas m'accompagner. S'ils rechignent à la tâche, je vais leur parler de la chance qu'ils ne savent pas apprécier d'avoir un emploi dans un groupe solide, quand ils pourraient se trouver au chômage. Puis je vais leur poser la question de confiance : ceux qui ne se sentent pas bien, dirigés par une femme comme Marianne Dumay, peuvent quitter le groupe et aller chercher un emploi ailleurs. Enfin, si tu es d'accord, parce que tu es la fille de leur ancien patron, je vais leur proposer de te contacter directement, s'ils considèrent certaines méthodes actuelles comme moins performantes que celles utilisées par le passé auprès de ton père. Nous aviserons après sur pièces. Qu'en penses-tu ?

— Vous savez, c'est beaucoup de responsabilités pour moi, bredouille la jeune secrétaire de direction, tête basse, placée devant ses limites et son manque d'expérience.

— Tu vas commencer par me tutoyer, tu vas voir, tu auras l'impression d'avoir dix ans de plus. Et puis, il va te falloir oublier tes tenues d'étudiante et trouver un style vestimentaire plus mature, plus affirmé, pour faire autorité. Dans ce domaine, fais confiance à Coralie, elle est de bon conseil, c'est elle qui s'occupe de ma garde-robe. Ensuite, tu dois prendre confiance en toi car, à peu de chose près, nous sommes à la même enseigne, je te signale. On m'aurait dit, voilà quelques mois, que j'allais devenir PDG d'un groupe de travaux publics, j'aurais éclaté de rire. Et pourtant… Nous devons faire nos preuves face à des personnes qui doutent de nos capacités, on va leur prouver qu'on a de la moelle.

— J'ai souvent entendu mon père parler de ses difficultés à faire passer le message à ses ouvriers…

— Sans te mettre la pression, tu n'as pas le droit à l'erreur et ce, pour deux raisons. La première, tu es un peu chargée de famille, désormais. Le sort des Cheminant repose sur tes frêles épaules, je le sais et je sais que tu le sais. Mais tu as la chance de ne pas démarrer au SMIC, comme beaucoup de jeunes, c'est un beau tremplin, une motivation supplémentaire.

— J'en suis consciente, vous sa… euh, tu sais ! J'ai une pression énorme.

— La seconde, je mise sur toi, tu n'as pas plus le droit de me décevoir que de lâcher ta mère et ta jeune sœur. Tu peux te tromper autant que tu veux, je ne t'en voudrais pas puisque, comme moi, tu apprends sur le tas, mais ne me trahis jamais… Ne déçois pas la confiance que j'ai placée en toi, car je serai implacable. Je t'offre un poste exceptionnel, à 22 ans, mais avec un père dans le métier, dont tu vas découvrir jour après jour à quel point il t'a aidée dans ton démarrage professionnel. Tous tes souvenirs auprès de lui vont te revenir, tous ces instants où il revenait heureux d'un marché remporté, dépité d'un manque de soutien de ses équipes, perplexe devant un problème technique en apparence insoluble. Ces souvenirs t'aideront à tracer ton propre sillon. Allez, on y va ?

— Oui, Monsieur, je vous... Euh, pardon... Oui, Baptiste, je te suis.

— À la bonne heure ! J'espère que tu n'es pas végétarienne, je t'offre une pièce de bœuf à l'Odéon, ce n'est pas trop loin du chantier de Beauséjour et, en plus, j'ai un service à demander à un habitué des lieux. Tu es pâle comme un linge, tu as besoin de retrouver de l'énergie. Un bon bout de viande ne te fera pas de mal. Et puis, cool, je m'aperçois que je ne te connais pas encore avec un sourire aux lèvres.

— Enfin, je viens quand même de perdre mon père !

*

* *

Lundi 8 mars 2010, 13 heures
Maison de l'Erdre - Île de Versailles, Nantes

Après un long moment de mise en place du démarrage du chantier, les travaux ont commencé au marteau-piqueur, au niveau du muret gauche de la troisième marche du seuil de la Maison de l'Erdre. Il est évidemment bien ennuyeux de troubler le calme bienfaisant du jardin japonais, mais le moment qui se joue est d'importance. Deux possibilités : soit le corps de Jean-Michel Stark se trouve bien en ce lieu et c'est l'entame d'une enquête vers l'inconnu, car les policiers connaissent peu de détails de la vie de cet homme, malgré son lourd passé judiciaire. Soit le corps ne s'y trouve pas et cela remettrait en cause bien des théories, des stratégies, des plans sophistiqués, à commencer par la présence de Nadège Pascal derrière les murs du centre de détention de Nantes.

Voilà pourquoi toute l'équipe est autour de son chef. Domitille de La Bauxière, jamais loin de Cédric Cazal, son compagnon mais plus encore son pilier dans les périodes de tempête. Deux personnages différents, deux univers opposés et pourtant un duo efficace dans les enquêtes et complice dans l'intimité, même si tous deux sont discrets à propos de leur relation.

De l'autre côté du boss, les deux jeunes. Le benjamin, Renan, Breton introverti d'un peu moins de trente ans et son équipière Stéphanie, Bordelaise éprise de moto, qui, elle, a dépassé la trentaine. Elle est parvenue à se faire accepter de Renan, qui a longtemps vécu dans le souvenir de sa partenaire précédente, Fabienne Van Tan, récemment assassinée en compagnie de sa mère, un dimanche matin, dans le parc de Procé, par la compagne d'une petite frappe, tué par une voiture, alors qu'il tentait de se soustraire à un contrôle d'identité. Renan était fasciné par Fabienne, aussi pour Stéphanie, le challenge est difficile à relever.

Avant le début des travaux, Domitille, la mémoire nantaise de la ville, ne peut s'empêcher de brosser l'historique de cette île et de la naissance du jardin japonais. Elle a évoqué le marais de Barbin, nom de cette prairie grasse rattachée au hameau sur la rive voisine, puis l'île Le Gall, du nom de son acquéreur de l'époque, après avoir été remblayée à la suite du creusement du canal de Nantes à Brest.

— Puis elle devint île de Versailles, du nom d'une propriété voisine, le Petit-Versailles, accueillit un chantier naval mais aussi une blanchisserie, différents artisanats et même la taverne du diable, bien longtemps avant, poursuit Domitille, pour qui Nantes n'a quasiment plus de secrets.

— Du diable, s'étonne Cédric, sourcils froncés.

— Son propriétaire, Orsini, y accueillait les manants et malandrins qui buvaient jusqu'à plus soif et plus d'heure, poursuit son équipière. Leurs chants paillards à gorges déployées faisaient frémir d'effroi les maisonnées environnantes, d'où le surnom. Enfin l'île fut aménagée progressivement en jardin, au fur et à mesure des cessations d'activité des artisans. C'est à partir de 1986 que fut décidée, par la municipalité de l'époque, la création du jardin japonais avec cette ambiance zen si particulière et les trois habitats typiques, la capitainerie, la Maison de l'Erdre et le restaurant, intégrés aux paysages de plantes asiatiques, de pièces d'eau, de cascades et de rocailles.

— Un parfait endroit pour reposer en paix dans une robe de béton, note Cédric à voix basse.

— Une opportunité pour la pègre locale, comme il se dit que de nombreux corps sont cachés dans les fondations de différents édifices de la région, précise Domitille, de sa voix grave, entre deux bouffées de cigarette.

Cela fait plus d'une heure que les ouvriers s'emploient avec leurs marteaux-piqueurs quand l'un d'eux lève le bras. Philippe Bory s'approche et découvre ce qui ressemble à un bout de sac plastique bleu, vraisemblablement la housse qui a permis de transporter le corps jusque-là. Pour le policier, c'est un soulagement, l'info était exacte et à partir de cet instant, avant même le boulot des experts, il est convaincu qu'il s'agit de Jean-Michel Stark. Le responsable du groupe de la Scientifique s'approche pour constater que, même en lambeaux, le plastique épais a assez bien tenu. Et comme Philippe lui pose la question de l'état du corps, l'homme de l'art sourit :

— Il ne restera pas grand-chose de lui, la vermine qui lui aura bouffé les entrailles ne vient pas de l'extérieur mais des bactéries et parasites actifs du corps. Donc nous ne trouverons vraisemblablement que les parties les plus dures du squelette, mais c'est déjà une base pour bosser. À son identification, à la cause de sa mort, à son état de santé avant de mourir, de quoi vous faire un peu avancer dans votre enquête. Mais il ne faut pas être pressé, Commandant, ça va prendre du temps.

— Dans ce cas, on va faire comme si c'était notre homme, pour ne pas lanterner des semaines, réplique Philippe Bory en se retournant vers le procureur qui l'apostrophe.

— Je vais m'occuper des médias, leur expliquer qu'il faudra du temps avant d'identifier la victime, leur préciser qu'il pourrait s'agir d'une figure liée à la pègre locale des années 80, puisqu'il leur faut du blé à moudre.

À la tête de son équipe, Philippe Bory reprend la passerelle métallique pour rejoindre les véhicules garés sur le quai Henri Barbusse. En cours de chemin, il s'approche des jeunes lieutenants pour leur parler en privé, de manière discrète :

— J'aurais un petit service à vous demander ! Puisque vous êtes proches des enfants Morat, vous serait-il possible de les rencontrer pour leur demander s'ils ont obtenu des nouvelles de leur mère durant ces derniers jours ? Apparemment, le centre de détention est coupé du monde en raison de mouvements de contestation du personnel pénitentiaire, mais j'aimerais en obtenir la confirmation de leur part, sans la demander moi-même.

— Vous avec des inquiétudes à propos de votre copine ? interroge Stéphanie, toute de cuir vêtue, comme souvent quand elle est arrivée à moto.

— Ce n'est pas ma copine, juste une informatrice qui m'a, par exemple, glissé le tuyau de ce corps caché dans le béton de la Maison de l'Erdre. Me renseigner par moi-même grillerait sa couverture, l'extraire est peut-être prématuré s'il ne se passe rien de grave. Voilà pourquoi j'avais pensé qu'en se rancardant auprès des Morat, on pourrait obtenir des précisions.

— Ce sont des relations, Chef, pas des potes, tient à préciser Renan. Avec eux, un service n'est jamais gratuit et puis, la dernière fois, ils nous ont expliqué que, pour leur business, fréquenter des flics n'était pas très recommandé. Mais on va voir ce qu'on peut faire.

— Je vous fais confiance, c'est important pour moi !

Pendant ce temps, Domitille n'a pu s'interdire d'aller faire la bise à son amie Dorothée. En la voyant pousser la porte de l'institut de beauté, Philippe Bory éprouve un pincement au cœur. Il pense au destin de ces deux filles, liées dans leur subconscient par une journée abominable, endurée quand elles n'avaient qu'une poignée d'années. Un drame qui doit hanter leurs nuits de cauchemars nébuleux et abscons. Comment s'en prendre à des enfants ? Quels monstres peuvent en arriver à des plaisirs aussi vils ? Il se promet de faire aussi toute la lumière sur cette affaire, mais pour cela, il devra, un jour, faire part à Domitille des documents en sa possession. Il attend le bon moment, mais existe-t-il un bon moment pour faire exploser une bombe ?

— Tu te demandes ce qu'une fille comme elle peut faire avec un gars comme moi ? lui susurre Cédric à l'oreille.

— Elle a fait le bon choix, mon grand ! C'est une nana très complexe, mais très attachante, bien plus sensible qu'elle ne le laisse paraître. Dans son milieu, si tu ne te forges pas rapidement une carapace, ou encore un personnage, tu te fais bouffer à la première soirée mondaine où, à bien y réfléchir, nous ne sommes pas bien loin des atmosphères étouffantes de la cour de Versailles. Un homme influent approche et les papillons de nuit lui tournent autour. Qu'il accorde ses faveurs à une fille et les autres vont tout faire pour la torpiller. Alors, un gars sain, franc du collier et attentif comme toi, c'est une oasis de détente pour Domi.

I

Lundi 8 mars 2010, 17 heures 15
Bar le Brummell - Place du Bouffay, Nantes

Installé à une table discrète de ce bar chic du centre-ville, l'avocat Charles Steiner lit les infos locales pour passer le temps. Il a rendez-vous, comme les trois derniers lundis soir, mais comme la semaine précédente, il lanterne depuis un quart d'heure. Et comme la patience n'est pas sa qualité principale, il bouillonne à l'intérieur. Il pousse sa tasse de café vide pour sortir son calepin et se remémorer les moments importants de sa semaine. Le constat est simple : alors qu'Arielle, son associée, ne touche pas terre, le nombre de ses clients personnels se réduit comme peau de chagrin. Si elle n'était pas là pour faire tourner le cabinet, ils auraient déjà mis la clé sous la porte.

Pour l'heure, quand ils abordent le sujet ensemble, Arielle se contente de lui rappeler que, si les clients leur font confiance, et notamment le plus important d'entre eux, Baptiste Morat, le PDG de Bel Art, c'est aussi grâce à son talent à décortiquer un dossier pour en retirer la quintessence, travail minutieux dont elle se sent parfaitement incapable. Ce qui est en partie vrai, il se passionne pour les détails, et en partie faux, sa partenaire en serait, elle aussi, capable, si nécessaire.

Quand la porte s'ouvre, il voit son petit ami arriver enfin, bonne nouvelle, mais accompagné par deux gars qui n'ont pas des visages de poètes, plutôt même des mines de racailles. Aussitôt, il se demande ce qui se passe, interroge Mikaël d'un geste de la tête, sans obtenir de réponse du beau brun qui avance, tête baissée. Tous trois s'installent à sa table sans lui demander son avis et commandent des demis, puis l'un des inconnus apostrophe l'avocat :

— Alors, ma grande, on a quitté la capitale pour goûter à la chair provinciale ?

— Qui êtes-vous, que me voulez-vous, à quoi tout cela rime, Mika ? questionne Charles, coincé entre le mur et un gars assez costaud dans un blouson noir en simili cuir.

— Mika ne s'appelle pas Mikaël, il est juste de passage à Nantes, il t'a dragué pour te piéger, contre une enveloppe bien garnie, explique l'un des types, derrière ses lunettes noires et sa barbe de deux jours. Ou tu étais en manque, ou alors ce mec est un tombeur, je ne peux pas dire, je ne suis pas branché beaux mâles. Toujours est-il que, dès le premier rendez-vous, l'affaire était emballée. Nous possédons à présent une vidéo de vos ébats fougueux, de tes solides performances au pieu, nous connaissons les dimensions d'un futur ténor du barreau, et si tu ne coopères pas, nous adressons le chef-d'œuvre à ta famille, à tes clients, à la presse. La totale, quoi ! Et aussi à ton associée qui, elle par contre, me brancherait pas mal, vois-tu. Comme tu ne me sembles pas encore mûr pour le coming out, j'ai peur que tu vives très mal ce moment de grand déballage.

— Que voulez-vous de moi, au juste ?

— Suis-nous, on va parler de ça dans un endroit plus discret, ici les murs ont des oreilles et peut-être même des caméras, comme ceux de la piaule de votre cambuse. Allez, go !

Charles n'a pas d'autre choix que de les suivre. Un gars laisse un billet sur le comptoir pour les consos et le petit groupe se retrouve à l'air pur. Enfin, pour l'avocat, il sent plutôt mauvais. Il se retrouve vite à l'arrière d'un véhicule à vitres sombres avec chauffeur, en compagnie des deux inconnus, mais pas de Mikaël qui s'est barré en douce, sans doute soulagé que tout s'achève sans encombre pour lui. Très vite, le chef d'équipe réclame le téléphone de l'avocat qui comprend qu'il ne peut faire autrement que d'obtempérer. Une chance, ce n'est pas celui du travail – qu'il a laissé au bureau – mais l'autre, celui qui lui sert dans sa vie privée mais aussi ses recherches personnelles. Moins d'informations sur ses activités, moins de risques de fuites de dossiers liés au groupe Bel Art et à son jeune patron.

Charles interroge les gars sur le lieu où ils le mènent, mais n'obtient pas de réponse, pas plus qu'il ne lui est possible de voir dans quelle direction se dirige le véhicule. Il sait juste, selon la promesse du plus bavard, qu'il ne sera pas déçu. Finalement, le véhicule s'arrête dans un secteur en reconstruction, du côté de Malakoff et l'avocat est invité à descendre du véhicule. Il balaie l'horizon du regard et comprend qu'à cette heure, il n'y a plus personne à bosser dans le quartier livré pour un temps aux ouvriers du bâtiment. Un vrai traquenard pour une exécution sans témoin.

Là, il se trouve devant un homme plus âgé, sorti peu avant d'une superbe berline sombre de marque allemande, et dont le regard est lui aussi caché par des lunettes noires, malgré le temps gris. Costard de belle facture et manteau de marque, godasses italiennes parfaitement astiquées, il a tout d'un parrain de mafia, si ce type de personnage existait à Nantes, ce qui, a priori, n'est pas le cas.

— Je peux savoir ce que vous me voulez ? interroge immédiatement Charles, à l'offensive, plus par fanfaronnade que par volonté d'en découdre. Vos méthodes sont inadmissibles et…

— Tu fermes ta gueule et tu m'écoutes, la fiotte, assène son interlocuteur avec un accent un peu ibérique ou basque et des mots guère différents de ceux de ses sbires. Ce n'est pas toi qui nous intéresses, mais ton associée et son client principal. Tu vas nous livrer tous les détails des actions que ta jolie copine mène pour le fils Morat, une copie des dossiers sur lesquels ils bossent ensemble en ce moment, et tu nous balances aussi les petits scoops que tu apprendras de sa bouche à propos de ses intentions, de ses relations. Tu te débrouilles pour que ta partenaire ignore ton double jeu, bien sûr, sinon on s'occupera d'elle.

— Ça se voit que vous ne connaissez pas Arielle, elle est très discrète sur ses clients personnels et ne me livrera pas le contenu de leurs discussions aussi facilement que vous semblez le penser, même si nous sommes associés, regimbe Charles, autant pour protéger sa partenaire que pour se ménager une marge de manœuvre.

— Tu te démerdes, le pédé, c'est ton problème, pas le nôtre ! Si tu ne joues pas le jeu, tu auras affaire à nous et nous n'avons pas les mêmes méthodes que tes petits amis, pour te faire bander. On a la vidéo sous le coude, mais on peut aussi te passer à tabac, si tu n'es pas sensible à la méthode douce. Une jolie petite gueule comme la tienne, ce serait dommage de l'abîmer, non ?

— Je vais voir ce que je peux faire, mais je ne garantis rien.

— Pour ton état physique, tu as intérêt à nous ramener du matos. Et n'oublie jamais qu'on garde en permanence un œil sur toi. Si tu cherches à nous piéger, si tu préviens les flics ou ton associée, tu le regretteras amèrement, crois-moi sur parole. Et pas seulement toi mais ta petite pétasse d'associée également, sans compter que tes vieux à Paris pourraient recevoir des visites désagréables, dans les jours suivants. Notre boss n'est pas un type à lancer des menaces à la légère, voilà pourquoi t'es en sursis.

— J'ai compris le message, bredouille Charles, en tentant de garder sa lucidité pour enregistrer un maximum d'éléments à même d'aider plus tard les policiers.

— Prochain rancard jeudi, 17 heures, square Mercœur, tu ne seras pas dépaysé, c'est un lieu de rencontres de tarlouzes, à ce qui se dit dans la ville. Installe-toi sur un banc près du bassin, quand l'un de nous ira à ta rencontre, tu le reconnaîtras, il n'aura pas le style tapette, impossible de le confondre avec les autres. Bon, on te laisse là, la marche entretient le corps, beau gosse ! Et n'oublie pas, on veut du concret, sinon on défonce ta belle gueule d'enflure et dans la foulée, on s'occupe de ton associée.

Les deux véhicules s'en vont sur-le-champ, laissant Charles Steiner au milieu de nulle part. Il ne s'imaginait pas vivre un jour une telle scène, encore moins ici, à Nantes. À moitié groggy, il a le réflexe de noter le numéro des plaques, tant qu'il les a en mémoire, tout en se doutant que ce ne sont pas les bonnes. Il consigne aussi prestement les détails qui ont frappé son esprit, avant de songer que cet endroit n'est pas le plus sécurisant pour un type sans téléphone et pas forcément habitué à en découdre avec ses poings, si jamais des truands désirent lui faire les poches.

Mais plus encore que la nécessité de rallier la civilisation au plus vite, plus encore que les menaces sérieuses et le chantage ennuyeux, c'est à Arielle qu'il pense. Il ne veut pas lui attirer d'ennuis, il ne souhaite pas non plus la placer en porte-à-faux avec Baptiste Morat. Il se demande comment jouer au plus malin avec ces lascars sans se faire repérer. Il n'a aucune intention de balancer les infos confidentielles de son associée à des adversaires du groupe Bel Art.

Il se doute que ceux-ci vont le suivre en permanence et aussi qu'ils visent à faire tomber Baptiste Morat. Par exemple, il sait que, s'il se pointe au Diabolo lounge pour alerter le jeune patron, il est un homme mort. Tout comme s'il monte rejoindre Arielle, qui habite un peu plus haut, vers le Jardin des Plantes, de l'autre côté de la gare. Sa marge de manœuvre est infime, mais il s'est mis lui-même dans ce piège, alors il va devoir s'en sortir par lui-même. Comme un grand, comme un mec, ce que lui a toujours réclamé son paternel. Et s'il n'était venu à Nantes que pour se tirer de ce traquenard en homme, son séjour en bord de Loire n'aura pas été inutile.

Il déambule sur le quai Malakoff, perdu dans ses pensées, passe le pont de Tbilissi et poursuit sur le quai Magellan. Il ne sait où il va, il réfléchit à la meilleure manière d'agir et marcher lui a toujours facilité les cogitations profondes. Même dans son bureau, au moment d'écrire un plaidoyer, il lui arrive de tourner en rond dans la pièce. Il a l'impression que le rythme de son texte se cale sur celui de ses pas. Cela amuse Arielle, mais ne l'incite pas à renoncer à sa méthode de travail.

Par moments, il s'arrête, regarde dans une vitrine s'il est suivi, ou encore se retourne pour noter une voiture avançant au ralenti. Véhicule chargé de le pister ou parano de sa part ? Comment le savoir. Et puis, il doit vivre, malgré tout, aussi reprend-il sa progression vers dieu sait où, au gré de sa fantaisie, du feeling, du hasard. Après tout, ces gars ont peut-être plus de tchatche que d'effectifs pour surveiller un avocat 24 heures sur 24.

La tentation de se rendre quai Turenne, et d'y retrouver peut-être Baptiste dans son repaire favori est tentante, mais il n'y succombe pas. Beaucoup trop risqué. Pour lui. Pour son patron. Il se rend compte qu'il connaît peu de monde dans la ville, finalement. Il est bientôt 19 heures, il a vraiment soif, cette fois. Il s'arrête dans un café qui l'inspire – allez savoir pourquoi celui-là – et se trouve une table tranquille au fond de la salle au décor assez classieux. Il commande un double whisky, surveille du coin de l'œil les clients des tables voisines, leur trouve fatalement des mines louches et des attitudes suspectes, dévisage ceux qui pénètrent dans l'établissement dans la demi-heure qui suit son arrivé puis il s'apaise finalement et se noie dans son Islay.

*

* *

Lundi 8 mars 2010, 18 heures
Le Nid d'Aigle, résidence de Bertrand Combesson, château de la Poupinière, Nort-sur-Erdre

Homme discret, peu épris des soirées mondaines et de l'exposition médiatique, Bertrand Combesson mène une vie d'autant plus tranquille qu'il souffre de problèmes de santé récurrents qui l'ont contraint à limiter ses déplacements à l'étranger. Expert en art mondialement reconnu et lui-même peintre et collectionneur de toiles de maîtres, à 66 ans, il est quasiment milliardaire et coule une retraite paisible auprès de son épouse Louise, l'une des filles Cordouan.

Il a investi voilà longtemps dans ce petit paradis au bord de l'Erdre qu'il a aménagé et réhabilité peu à peu. Le château de la Poupinière date du début du XVIIIe siècle mais il a bénéficié d'améliorations régulières au fil des siècles. Pendant la Seconde Guerre mondiale, le château a été réquisitionné par les Allemands qui l'ont modifié pour en faire une base stratégique à proximité de Nantes. Le site, avec sa crique naturelle, peut abriter des petits navires, mais d'autres modifications ont été apportées durant cette période, pour permettre aux officiers allemands qui habitaient les lieux de se mettre à l'abri, si nécessaire.

Ce pan de l'histoire de la propriété intéresse moins les propriétaires actuels que le calme des lieux, même si Bertrand Combesson a toujours été fasciné par la trajectoire d'Hitler. D'où l'idée de nommer “son nid d'aigle” ce château coquet au milieu d'un beau bois aux multiples essences, une demeure certes austère mais qui domine la rivière sans jamais être visible depuis les bateaux de l'Erdre.

Une dizaine de jardiniers, cuisinières, gouvernantes, recrutés pour leur discrétion tout autant que leurs qualités. Sur les murs, des toiles très particulières de femmes nues posant devant la palette d'un peintre de renom. Des tableaux sont là par dizaines, rassemblés en ce lieu par la volonté des propriétaires. Certes, le contenu peut choquer les visiteurs, mais les châtelains ne reçoivent quasiment jamais personne. Et puis, avec de tels artistes, les tableaux ne sont plus des nus mais des académies, et cela change tout.

Toutefois, le joyau de sa collection se trouve à l'étage du dessous dans une pièce particulière vouée aux œuvres d'un seul artiste. Le peintre espagnol Juanpe Balaguer, réfugié en France en 1936 et mort en ce château en 1960. Dans cette salle, accrochés aux murs, 29 des 30 nus peints par cet artiste, car une toile lui manque encore. Des tableaux à l'histoire prodigieuse et fascinante dont Bertrand Combesson se délecte chaque jour.

Dans cette même pièce, sur le dernier mur, le propriétaire a accroché quelques-unes de ses propres œuvres “façon Balaguer”. Il est assez fier de son coup de pinceau, mais plus encore de se rappeler des instants durant lesquels les modèles ont posé pour lui. Quand on peut tout s’offrir, seuls les plaisirs interdits ont encore une saveur. Voilà comment il a retiré la quintessence de l’œuvre de Juanpe Balaguer dont il se promet qu’avant sa mort, elle sera intégralement rassemblée dans cette pièce, comme il aura achevé de composer sa collection personnelle.

Oui, tous deux sont heureux en ce lieu même si, avec les années qui passent, ils bougent de moins en moins. Finies les croisières interminables dans les Caraïbes, les séjours en farniente dans leur propriété des Antilles, sur l’île de Saint-Martin, du côté hollandais. Pourtant, ils y ont passé d’agréables moments mais, à présent, ils se demandent s’ils y retourneront un jour. Et puis, ils y ont récupéré l’essentiel de ce qu’ils pouvaient y saisir. Oui, ils apprécient ce havre de paix et de sérénité de leur nid d’aigle. Enfin, sérénité, quand les événements tournent bien pour le couple, ce qui n’est pas le cas actuellement.

— Je n’aime pas tout ce vacarme, en ce moment, autour des Touraine, marmonne Louise, en s’avançant sur son fauteuil roulant en direction de son mari et de la tasse de thé que la gouvernante vient de lui servir.

— Gesticulations de policiers et de magistrats, rien de plus, modère le mari, homme bouffi à l'épaisse chevelure grise, toujours sémillant, bien que perclus d'arthrite. Il faut dire qu'Albin ne fait rien pour rendre l'affaire plus discrète, comme si ce tapage servait ses intérêts.

— On ne le connaît pas d'aujourd'hui, persifle son épouse, de sa voix grave, s'il n'avait pas eu du bien à l'époque, jamais Xavière ne se serait mariée avec lui. Mais cette fois, j'ai peur que ce soit son chant du cygne, le bougre. On ne va pas trop le pleurer, non plus, il ne s'est jamais intégré à notre famille.

— Il a toujours pensé que les Touraine valaient mieux que les Cordouan, alors que ton père a fait sa fortune, quasiment du début, à bien y penser, s'esclaffe le propriétaire des lieux, avant de siroter une gorgée de rhum antillais. Mais tant pis pour lui, l'ingratitude se paie, un jour ou l'autre.

— Tu as confiance en ton nouvel homme de main ? questionne Louise, appliquée à grignoter un petit sablé.

— Les perles sont rares, surtout dans ce milieu, il me faut m'adapter au marché bien moins riche que jadis. Ce Wilfried Kohler est ambitieux, il déteste nos ennemis autant que nous, nettoyer le terrain ne lui fait pas peur même si les idées qu'il va faire germer à la place ne me plaisent pas toutes. Je l'attends au tournant. Il a deux ou trois mois devant lui pour faire ses preuves. S'il n'est pas compétent, je le lâche et sans nos subsides, il n'ira pas bien loin dans ses ambitions politiques et son parti le laissera tomber.

— Tu ne devrais pas faire venir ces gens ici, moins de personnes sauront où nous habitons, surtout parmi ces fanatiques incontrôlables, plus nous vivrons en paix.

— Je sais, Louise, je sais, mais avec mon arthrite que la cortisone ne parvient plus à apaiser et ton opération ratée par cette chirurgienne incapable, au point de te clouer dans un fauteuil roulant, nous ne pouvons plus vraiment nous déplacer à notre guise. Ne t'inquiète pas, moins d'une année à tenir et tout sera rentré dans l'ordre. Régine Parizeau aura rendu l'âme, cette petite avocate, Nadège Pascal également, les Morat auront disparu des états civils et les membres du clan de La Bauxière aussi, puisque tu les détestes.

— Ceux-là, ce n'est pas que je les déteste, Bertrand, c'est que leur réussite m'insupporte. Édouard de La Bauxière n'aurait jamais dû épouser une vulgaire serveuse de bar quand ma sœur le convoitait. Quel manque de tact de sa part ! Bon, il aura la monnaie de sa pièce quand il découvrira que l'une de ses filles est une bâtarde ! Dans sa vengeance, Albin nous aura au moins servi à cela…

*

*　*

Lundi 8 mars 2010, 20 heures
Hangar à bananes, Île de Nantes

Lorsque le téléphone de Stéphanie retentit en plein après-midi, la policière est surprise de découvrir la voix de Coralie Morat, un peu plus encore de la sentir embarrassée. Elle vient lui proposer un rendez-vous en soirée, pour parler d'un sujet délicat qu'elle ne peut aborder au téléphone. Stéphanie insiste pour venir avec Renan, puisqu'ils ont prévu de passer la soirée ensemble. Son collègue ouvre de grands yeux, mais d'un signe de la main, la Bordelaise lui signifie de se taire et de la laisser agir. Après un moment d'hésitation, Coralie finit par accepter la proposition et fixe le Hangar à bananes comme point de rendez-vous. Au moins, pour les policiers, il n'y aura pas long de chemin à faire pour rallier le lieu depuis leurs bureaux voisins.

Voilà comment les jeunes policiers se retrouvent tous deux à marcher sur le quai des Antilles, passant devant les Anneaux de Buren, Stéphanie ayant préféré laisser sa moto à l'abri, pas convaincue de la retrouver à sa place, si elle la range sur un parking du quartier. Lui, pantalon et blouson de jean plus un pull marin bleu, comme si souvent, sa garde-robe devant se résumer à ces tenues. Elle, en ensemble de cuir de motarde, même si elle a des habits de rechange au bureau, pour plus de commodité. Ils arrivent au fameux hangar, finissent par découvrir l'Altercafé, le lieu de rendez-vous, puis Coralie, craquante avec son ensemble brique à jupe courte sous son manteau anthracite. Lorsque Steff avait appris que Coralie changeait de tenue tous les jours, elle avait manqué de s'étouffer. Elle leur fait la bise et les invite à la suivre en leur expliquant qu'ici, dans la foule, c'est finalement plus discret qu'au Diabolo lounge où ils sont connus comme le loup blanc.

Ils se débarrassent de leurs pelures inutiles, car l'ambiance est déjà surchauffée, s'installent autour d'une table basse, dans de confortables fauteuils, commandent trois mojitos et la plus jeune des enfants Morat entre immédiatement dans le vif du sujet :

— Nous avons obtenu des nouvelles inquiétantes de notre mère en prison. Une nana est arrivée depuis quelques jours et elle fait la loi à l'intérieur. Ce serait une sportive du genre boxeuse, une vraie terreur avec des bras tatoués, qui a mis tout le monde au pas, les détenues comme les gardiennes. Elle a tabassé notre mère durant la promenade, l'a forcée à se dévêtir devant les autres femmes, elle séquestrerait dans sa cellule la copine de votre chef. Tout cela est possible car le directeur est absent pour maladie et le chef est en stage, ce qui ressemble à un coup monté.

— C'est sympa de nous raconter ça, mais je ne vois pas ce que nous pouvons faire, réplique Stéphanie, surprise de la démarche de Coralie quand les jeunes policiers avaient hésité à la mener en sens inverse pour le compte de Philippe. La sécurité dans les prisons, ce n'est pas le job de la Police, on ne se risquerait pas à aller y fourrer notre nez. On a déjà assez à faire en ville, figure-toi.

— Baptiste me l'avait bien dit, que ce n'était pas une bonne idée de vous en parler, soupire Coralie en se mordant les lèvres. J'avais pensé que votre chef en saurait davantage sur ce qui se passe et surtout qu'il aurait des précisions sur l'identité du commanditaire de cette folle furieuse, qui n'est pas arrivée là par hasard. Enfin, mon frangin pense qu'elle est de mèche avec Nadège Pascal pour mettre notre mère au pas, et qu'elles trament leurs plans dans le huis clos de leur cellule. Moi je ne le pense pas, sinon pourquoi l'ancienne avocate serait-elle privée de sa promenade quotidienne ! Toujours est-il que je ne dors plus, imaginant recevoir en pleine nuit un appel téléphonique m'annonçant la mort de ma mère. Bon, vous prendrez bien un second mojito, j'ai besoin de me détendre, moi.

— Il y a bien une autorité dans la prison, interroge Renan, suspicieux. Une détenue ne peut imposer impunément sa loi, tout de même. Quand le directeur n'est pas là, il doit y avoir un sous-directeur et lorsque le chef des surveillants est absent, quelqu'un prend sa place jusqu'à son retour. Ce n'est pas l'anarchie à la première absence de l'autorité du lieu, c'est impensable d'imaginer cela.

— Pourtant, cela faisait quelques années que ma mère avait imposé la sienne, de loi, répond Coralie, après avoir passé commande, d'un geste du doigt. C'est pas bien, je le sais, mais il s'agissait pour elle du seul moyen de se protéger des agressions permanentes. Les prisons sont régies par des règles qui leur sont propres et les surveillants visent uniquement à ce que tout se passe sans heurts. Jusqu'à l'arrivée de l'avocate, qui a redistribué les cartes, la vie était assez calme, finalement, au centre de détention. Voilà pourquoi Baptiste pense que tout cela n'est pas un hasard et que l'arrivée de Nadège Pascal dans cette prison est liée à la présence de notre mère. Mais j'ai bien compris que vous ne ferez rien pour moi, je n'ai pas frappé à la bonne porte, Baptiste avait raison.

— Écoute, Coralie, l'unique intervention possible, de notre part, c'est d'en toucher un mot à notre boss, consent à promettre Stéphanie, tête basse, en jouant avec son verre. Maintenant, pas plus que vous et moi, il ne peut intervenir dans une enceinte pénitentiaire. Et puis, cette avocate n'est pas sa copine puisque c'est lui qui l'a fait plonger. Il la surveille, il n'est pas convaincu qu'elle ait tout dit lors de son arrestation et, de ce que j'ai compris, c'est tout le contraire de ton raisonnement. Il la pense de connivence avec la Reine.

— Attends, ma grande, cela, c'est ce qu'il te dit, coupe Coralie, sourire aux lèvres. Pour moi, cette nana est l'indic de ton patron dans la place, voilà même certainement la raison pour laquelle les parloirs ont été supprimés pour une période indéterminée. Pour qu'elle n'aille pas geindre auprès de son protecteur. C'est pour la même raison qu'une tierce personne a débarqué pour mettre au pas ma mère. Dans quel but ? Pour quels objectifs et au bénéfice de qui ? Voilà ce que j'aimerais bien découvrir.

— Si je raisonne en flic, poursuit Renan, la donne dans le BTP a bien changé, depuis quelques mois, non ? Bel Art aujourd'hui, c'est Belliard d'hier puissance 3 ! Surtout après la récupération de la société Cheminant qui allait devenir numéro 2 du secteur. Et ton frangin a une baraka du tonnerre, car tout lui réussit. De quoi causer des jalousies, des agacements, voire engendrer des flots de questions sur ses desseins véritables. Alors, ne serait-ce pas lui, la personne visée ?

— Tiens, quand on parle du loup, on en voit la queue, lance Coralie tout en secouant le bras en l'air pour que son frère la remarque parmi la petite foule de consommateurs. Non, ce n'est pas vrai, il a emmené cette grue, ce n'est pas possible ! Il aurait pu la planter au bout du quai, près de la Titan, ç'aurait été plus intelligent de sa part. Elle est là, sa place. Cette jeune cruche est sa nouvelle secrétaire, c'est la fille Cheminant, l'aînée des enfants du patron qui s'est suicidé récemment. Belle plante, mais un peu godiche, quand même. Et puis, même si elle est en deuil, elle n'est pas obligée de nous imposer le noir intégral et sa gueule d'enterrement... Alors, tout est réglé sur le chantier ?

— Oui, les ouvriers nous suivent comme un seul homme, assure Baptiste, satisfait, qui n'a rien entendu des paroles blessantes de sa sœur à propos de sa secrétaire. Personne n'a envie de goûter au chômage, surtout par les temps qui courent. Jennifer, je te présente Stéphanie et Renan, des amis. Alors, vous avez parlé ensemble de notre problème du moment, vous pouvez intervenir ?

— On en parlera ensemble plus tard, Baptiste, coupe Coralie, peu encline à livrer les secrets de famille devant la jeunette.

— Bon, si vous avez fini les apéros, vous pouvez nous accompagner à côté, au Cargo, on voulait passer la soirée en tête-à-tête, Jen et moi, mais si le cœur vous en dit, ce sera plus agréable à plusieurs. Pour un repas et une soirée karaoké.

— Moi, je suis partante, annonce Coralie, motivée à ne pas laisser son frangin seul avec cette poupée de 22 ans qui n'est finalement peut-être pas si innocente que Baptiste ne l'imagine et pourrait lui mettre le grappin dessus, action logique pour une grue... Allez, venez avec nous, ce sera sympa.

— Non, je suis vanné, je vais rentrer me reposer, lance Renan en renfilant son blouson de jean.

— Eh bien moi, ça me tente ! déclare Stéphanie avant de se tourner vers son équipier pour tenter de le convaincre, métamorphosant en une seconde, son visage sérieux en minois de chien battu. Allons, tu ne vas pas m'abandonner en cours de route, quand même.

— Tu n'es pas raisonnable, on n'a qu'une santé, geint le Breton, embarrassé.

— Peut-être, mais on n'a aussi qu'une vie !

Voilà comment tous les cinq se retrouvent autour d'une table devant cinq burgers maison, dans une ambiance bruyante et surchauffée qui interdit toute discussion sérieuse. Ce qui, finalement, arrange bien tout le monde. Si Stéphanie joue le jeu, Renan et Jennifer se demandent ce qu'ils font là, alors que Coralie, décidément de mauvaise humeur, se plaint de frites trop grasses. Une fois le repas achevé, Baptiste se teste au karaoké, suivi par Stéphanie, qui a retiré sa veste de cuir, pour plus de commodité et se débrouille bien dans une interprétation de *Bad Romance* de Lady Gaga, autant pour le texte en anglais que pour la chorégraphie pourtant très sportive. Sollicitée par son patron pour prendre le relais, Jennifer lui rappelle qu'elle vient d'enterrer son père et n'a pas le cœur à la fête. Cela casse un peu l'ambiance, mais permet à certains de rebondir adroitement. Après tout, il est presque 22 heures et tous travaillent le lendemain. Les enfants Morat se rallient à la majorité, avec une pointe de déception.

Une fois à l'air libre et les bises échangées avant de se quitter, Renan et Stéphanie marchent un moment le long du quai, jusqu'à la fameuse grue grise Titan qui est un peu la statue de la Liberté de l'entrée de Nantes. Puis ils rentrent vers les bureaux, pas vraiment très loin, un peu avant le boulevard Léon Bureau et les fameuses Machines qui attirent tant de monde.

À l'intérieur du bâtiment policier, Stéphanie récupère sa moto. Renan lui claque deux bises et s'apprête à repartir vers l'arrêt de bus pour rentrer à son appartement des bords du canal Saint-Félix quand sa partenaire lui propose de rentrer avec elle à l'hôtel. Elle a un casque supplémentaire dans son top-case et une chambre dans le secteur. Il sera pieuté dans dix minutes alors qu'avec le bus, à cette heure… De guerre lasse, il accepte, grimpe à l'arrière du bolide et, effectivement, une poignée de minutes plus tard, après être passés devant un veilleur de nuit suspicieux, tous deux se retrouvent dans la chambre de l'hôtel où la Bordelaise a posé ses affaires, depuis son arrivée à Nantes. Avec un grand lit, c'est déjà ça, ils ne vont pas dormir l'un sur l'autre.

Une fois quitté son blouson et son pantalon de cuir, elle accapare aussitôt la salle de bains, pour une dizaine de minutes. Renan entend couler l'eau de la douche et ne peut s'empêcher d'imaginer sa partenaire nue sous le jet, un savon à la main. Il l'entend chanter, la pense heureuse, c'est déjà cela. Il ne peut interdire à sa mémoire de repenser à Fabienne, qui chantait, elle aussi, dans la salle de bains, même si les rythmes des musiques n'étaient pas les mêmes.

Il est perdu dans ses pensées, allongé sur le lit, quand Stéphanie repasse devant lui en chantant toujours, entièrement nue. Il la regarde passer, ahuri, presque choqué de sa désinvolture, se demandant s'il n'a pas la berlue. D'autant que le dos est couvert par un tatouage qui descend jusqu'à ses superbes fesses et semble représenter un tableau, mais à l'encre de Chine. Fatalement, Stéphanie remarque le regard intrigué de son équipier et, un brin moqueuse et canaille, elle lui lance :

— Oui, je dors toujours toute nue, je me sens plus libre, j'espère que cela ne te dérange pas ! Et puis, pour l'histoire que je t'ai racontée, que je ne voulais pas coucher avec des collègues, ça, c'était à Bordeaux, c'étaient des connards ! Avec toi, c'est différent !

— C'est quoi, ce tatouage qui recouvre ton dos ?

— Cela, mon grand, pour le savoir, il faudrait que tu me fasses jouir comme jamais aucun homme à ce jour. Ce sera la récompense suprême que je réserve à l'homme de ma vie. De toute manière, avec toi, je ne crains rien, tu n'as pas encore tourné la page Fabienne Van Tan, et puis, de toute manière, entre elle et moi, c'est un peu comme avoir à choisir entre Jennifer Cheminant et la grue Titan ! Ou encore Angelina Jolie et la grosse Bertha.

— N'empêche, tu me fais vachement d'effet ! J'avais remarqué les tatouages sur tes bras, j'ignorais celui-là. Impressionnant.

— Allez, Don Juan, on fait dodo, pour ce soir, je suis vannée et puis, cela fait encore trop peu de temps que ton ex a été butée, non ? Ah, deux détails avant de rejoindre les bras de Morphée. Quand j'ai bu de l'alcool, il m'arrive de ronfler. Et puis, parfois, comme je suis habituée à dormir seule, il m'arrive de caresser la personne qui dort à côté de moi. Cela n'a rien d'affectueux ou de sexuel, ne va pas t'imaginer des choses, je suis juste partie dans un rêve et les doigts suivent. Pas toi, j'espère ? Et tu n'as pas intérêt à profiter de la situation pour me peloter, petit coquin.

II

Mardi 9 mars 2010, 9 heures
Centre de détention - 68, boulevard Albert Einstein, Nantes

— Je crois qu'on va devoir passer à d'autres méthodes, toutes les deux, puisque les bonnes relations, ça ne fonctionne pas, balance Sacha Makine, tout en tordant un bras de Nadège pour lui enfoncer la tête dans les toilettes.

— Arrête, pitié, tu me fais mal, susurre l'ancienne avocate, à genoux devant la cuvette, juste vêtue d'un slip. Qu'est-ce qui te prend, tout à coup ?

— Je viens d'avoir mon correspondant, et certains détails de ton récit l'ont agacé. Notamment à propos de ton flic qui veut faire tomber la Reine. Dans ce cas, pourquoi sa gonzesse bosse pour le fils Morat, je te prie ?

— Je l'ignore, murmure Nadège, je ne le connais pas assez pour savoir de tels détails.

— Mauvaise réponse, crache la boxeuse, tout en bloquant un peu plus le bras pour que la tête s'enfonce dans la cuvette, juste avant qu'elle ne tire la chasse. Si tu les connais si peu, pourquoi donc ces gens crèchent-ils chez toi et gratis en plus ? Il va falloir que tu te déballonnes, ma grande, si tu ne veux pas te prendre une raclée. Alors ?

— Il savait que j'avais cet appartement et lui renouait avec sa femme et sa fille, il m'a proposé le deal contre une place ici, au lieu de me retrouver en région parisienne, débite Nadège, les cheveux trempés, proche d'étouffer. Et ils me paient un loyer, c'est le fric qui me permet de cantiner, je n'ai pas le choix…

— Tu te fous vraiment de ma gueule, pétasse, tu vas le regretter, hurle Sacha en attrapant une serviette pour entourer la tête de Nadège et la relever ainsi pour la plaquer au mur. La vérité, cette fois. Par qui ton flic a su pour le corps sur l'île de Versailles ? Par qui a-t-il appris pour la pièce secrète du manoir de la Perdrière ? Pourquoi ses adjoints passent leur soirée avec les enfants Morat ? J'attends tes réponses.

— Je ne sais pas, je te le jure, bredouille Nadège, dans le noir, en éclatant en sanglots, comprenant que cette fois, elle ne s'en sortira pas. Mais je t'en prie, ne me frappe pas, je n'en peux plus !

— Allons, bien sûr que si, tu le sais, ma grande, et je te laisse la journée pour réfléchir à ton destin. Il existe pire punition encore que de te frapper, tu sais. Cela aussi, tu vas y réfléchir sérieusement dans les prochaines heures.

Nadège ne voit rien, elle ne tient plus sur ses jambes et si son adversaire n'était pas agrippée à la serviette blanche qui lui entoure la tête, elle s'écroulerait à terre.

Elle a du mal à respirer, elle suffoque et tousse, proche de l'étranglement, comprend qu'elle ne tiendra pas plus longtemps mais si elle peut gagner une journée, c'est déjà cela.

— Bon, je vais aller rendre visite à la Reine, je suis certaine qu'elle a plus de mémoire que toi, crache la boxeuse en lâchant la serviette mais en retenant encore sa compagne de cellule, bien vacillante. De toute manière, je saurai tout avant la fin de la semaine, que tu le veuilles ou non. Je peux te faire très mal, tu sais ! Ça me ferait de la peine, mais si tu n'y mets pas du tien, il le faudra bien. Tête de mule, va !

Les menaces achevées, elle adresse un monumental coup de genou dans le ventre de Nadège qui n'émet, pour toute réponse, qu'un cri étouffé. Puis le colosse aux muscles bandés soulève le corps inerte avant qu'il ne s'affaisse au sol et le balance sur la paillasse où il s'affale comme une masse. Puis, imaginant proche l'heure de la promenade, elle frappe sur la porte en criant :

— Gardienne ! Servane, tu es là ? J'ai un rendez-vous urgent.

Lorsque Régine Parizeau s'approche de la porte, dans l'attente d'un moment à l'air libre, même si elle se demande à quelle sauce la boxeuse va la manger aujourd'hui, elle est surprise de découvrir sa rivale qui pénètre dans son antre avec le consentement de Servane Quinet. Une fois la porte fermée, deux gifles lui révèlent les intentions belliqueuses de Sacha. Coincée dans un angle de la cellule, la Reine se fait dérouiller, une fois de plus, sans espoir de se sauver de la punition. Et encore se dit-elle que son adversaire modère ses coups pour la garder consciente. Le premier round achevé, la grande brune l'attrape par sa crinière blonde pour la balancer sur son lit où elle la chevauche.

— J'ai trois questions à te poser. Si je n'ai pas les bonnes réponses, je t'achève. Première question : comment parviens-tu à communiquer avec l'extérieur et tes enfants depuis quatre jours ? On a vu ta fille rôder dans le secteur, à l'extérieur, elle a certainement cherché à contacter quelqu'un. Alors, qui ?

— L'une des filles des cellules qui donnent sur la rue fait passer mes messages contre des paquets de clopes !

— Laquelle ?

— Non, ne t'en prends pas à elle, elle n'est pas méchante et…

Un coup de poing dans le visage fait saigner la lèvre inférieure de la Reine. L'interrogation se répète, à laquelle Régine répond cette fois contrainte de vendre son unique lien avec l'extérieur, en ces journées en huis clos. Dans une seconde question, elle demande pourquoi Baptiste s'est-il entouré de toutes ces filles.

— Je crois qu'il les a choisies parce qu'il a jugé qu'il pouvait leur faire confiance, qu'elles ne le trahiraient pas. Il n'a pas confiance dans toutes les personnes qui gravitaient autour de la famille Belliard et il a cherché des personnes qui ne les fréquentaient pas.

— Ce qui signifie donc que seules ces nanas connaissent ses secrets ?

— Baptiste est un taiseux à propos de ses plans, se ressaisit la Reine, haletante, comprenant le raisonnement qui trotte dans la tête de la brute, et plus sûrement dans celle de son commanditaire. Je pense que même sa sœur Coralie ignore ses desseins exacts. Et encore plus son grand frère Aymeric, qu'il ne juge pas fiable, malgré sa brillante carrière.

— Si tu le dis, cela n'engage que toi. On va tout de même vérifier. Dernière question : pourquoi as-tu voulu à tout prix acheter le manoir de la Perdrière ?

— Mais ce n'est pas moi, c'est mon mari Claudius. Je crois qu'il avait un compte à régler avec l'ancien propriétaire, Louis Cordouan, mais j'en ignore la raison, il n'a jamais voulu m'en parler et comme il est mort, je n'ai jamais connu la cause de leur différend. Sans doute une histoire, durant la guerre, mais j'ignore laquelle, je vous jure.

— Je te crois, tu es morte de trouille, tu te pisses dessus, tu as eu peur d'y laisser ta peau. Si jamais tu essaies encore de communiquer avec l'extérieur, je te bute, tu as compris ? Ou alors, pire que cela, je suggère l'idée à mes amis de s'occuper de ta fille Coralie. C'est fou le nombre de cadavres que l'on pourrait trouver dans des dalles de béton, les personnes qui ont grillé dans des incinérateurs ou celles qui ont fini noyées au large, par un jour de tempête. Elle a quel âge, déjà, ta poupée ? 32 ans, je crois ! C'est jeune pour mourir, non ?

— Laissez Coralie en dehors de tout cela, c'est une enfant qui ne pense encore qu'à s'amuser.

— Ça tombe bien, mes amis aussi ne pensent qu'à s'amuser. Allez, je te laisse, ma vieille ! Cette odeur de pisse est absolument insupportable. Excuse-moi, je récupère cette photo de ta poupée, en tenue sexy, elle est franchement mignonne. Une petite bombe qui ne demande qu'à se faire sauter. Et à côté d'elle son frangin Baptiste qui se croit à présent le prince de la ville. Le malheureux, un accident est si vite arrivé.

Après avoir longuement regardé le cliché des enfants de sa rivale, Sacha Makine frappe à la porte, Servane Quinet n'est pas loin et vient lui ouvrir, passée en quelques jours du service de la Reine à celle de la boxeuse, visiblement sans le moindre état d'âme.

Sacha se dirige vers la cour, bouscule une autre surveillante appliquée à surveiller les filles en promenade, se dirige vers une brunette d'une quarantaine d'années, plutôt discrète et sans histoires, qui est en train de cloper avec deux autres détenues. Comme une furie, la boxeuse se jette sur elle, la chope par son pull pour la mener jusqu'au mur devant lequel elle la retourne pour la propulser dessus avec une violence inouïe pour que le doux minois s'écrase sur le ciment. La pauvre n'a rien vu venir et s'effondre à terre, dans une mare de sang qui grossit de seconde en seconde. Elle n'est sans doute pas morte, juste assommée et le visage bien abîmé, mais personne n'ose bouger tant la scène a été impressionnante.

— Que cela serve de leçon à celles qui voudraient rendre service à la Reine ou à la baveuse en faisant passer leurs messages à travers les barreaux, beugle la boxeuse à l'intention des autres filles. Je finis par tout savoir, rien ne m'échappe. Tenez-vous le pour dit.

Pas un mot dans la cour, pas un geste, pas une réaction. Toutes regardent leur copine massacrée. Puis Sacha revient vers Servane, en compagnie de laquelle elle quitte la cour pour regagner sa cellule, balançant au passage à la responsable de la promenade.

— C'est ballot de sa part, la pauvre, elle n'a pas vu qu'il y avait un mur devant elle. Un accident stupide, une étourderie. Il va falloir la conduire à l'infirmerie assez rapidement pour qu'elle se fasse soigner avant que ça s'infecte.

*
* *

Mardi 9 mars 2010, 9 heures
Bureau du groupe Bory - Boulevard de la Prairie au Duc, Nantes

Sitôt arrivés sur leur lieu de travail, Stéphanie et Renan, bien guillerets, vont rendre compte à Philippe Bory des informations de la veille au soir, dont notamment la présence d'une terreur dans la prison, qui a profité de l'absence du directeur et du chef des surveillants pour dicter sa loi aux autres détenues. Principalement à Nadège Pascal et Régine Parizeau. Elle aurait passé cette dernière à tabac devant les autres, avant de l'humilier par un strip-tease public, et garderait l'ancienne avocate prisonnière dans sa cellule, lui interdisant toute sortie. La situation est bien celle que craignait Philippe. Il a une petite idée à propos de l'identité du commanditaire, Nadège aussi, sans doute, peut-être même la Reine, mais il est trop tôt pour intervenir. Cela le saigne de laisser Nadège entre les mains de cette harpie, mais il n'a pas le choix, sinon tout cela n'aura servi à rien. Un vrai crève-cœur mais il n'a pas les coudées franches. Et puis, c'était le deal dès le départ.

Lorsque Domitille arrive avec un peu de retard, elle a une bonne excuse. Après avoir parlé avec son père la veille au soir, elle est parvenue à confectionner la première branche de l'arbre généalogique des Cordouan. Elle se dirige vers le paperboard pour une vision plus nette de la situation. De Louis, le patriarche, le propriétaire du manoir de la Perdrière, aux progénitures de ses trois enfants, ce qui n'est déjà pas si mal pour une famille dont il n'y a aucune trace sur les registres de l'état civil. Jacquelin, l'aîné, né en 1927, un militaire aujourd'hui disparu qui a laissé derrière lui deux filles, Louise et Claude nées en 1947 et 1949.

— Vous ne savez pas ce qu'elles sont devenues ? interroge le chef du groupe, ce qui agace passablement l'intervenante.

— Si je le savais, j'aurais poursuivi ma démonstration par une branche supplémentaire. C'est une base de travail pour démarrer des investigations plus poussées. Seconde enfant, Xavière, née en 1929, celle-là, on la connaît mieux, c'est l'épouse d'Albin Touraine, la mère de Julie, devenue Belliard après le mariage, et de Sophie, la notaire célibataire en liberté surveillée. Et enfin Frédéric, né en 1932, pas d'enfant et pour cause, il est devenu prêtre. Quoi que, là aussi, on pourrait avoir des surprises… Lui aussi est décédé depuis, ce qui signifie que nous ne pouvons désormais compter que sur Xavière pour savoir si c'est son père qui a mis au point le fichier de la pièce secrète du manoir.

— C'est du bon boulot, Domitille, sanctionne Philippe Bory en se levant du bureau sur lequel il avait les fesses appuyées. Reste à découvrir en priorité le parcours de Louise et Claude Cordouan, ces deux sœurs bien discrètes qui, elles aussi, ont dû disparaître des registres de l'état civil.

— Je chipote peut-être, intervient Stéphanie, attentive aux détails, mais tu n'as pas de renseignements sur la femme de Jacquelin Cordouan, le militaire ? Est-elle encore en vie et, si oui, habite-t-elle dans la région ? Car, à moins de me tromper, à la suite de son père, c'est lui qui a habité un temps le manoir, non ?

— Oui, c'est exact, répond Domitille, sans relever le tutoiement, enfin Xavière y a vécu également jusqu'à son mariage en 1955, qui est aussi l'année de naissance de Julie, sa première fille.

— Question subsidiaire : la femme de Louis, le patriarche n'est sans doute plus de ce monde ? poursuit Stéphanie, bien en forme.

— Elle repose auprès de son mari dans le caveau familial qui se trouve dans le cimetière Sainte-Anne.

— Après le père Cordouan, quel était l'intérêt d'un militaire, ou encore de Xavière, à poursuivre la tenue de ce fichier sur les notables de la ville ? intervient Cédric, perplexe.

— Jacquelin Cordouan a été député durant quelques années, précise Domitille, mais aussi un collectionneur d'art réputé. Il se dit que nombre des pièces de sa collection ont été acquises en dessous de leur valeur, au moyen de procédés peu amènes, mais cela, ce sont les rumeurs nantaises, des accusations non étayées.

— Et que sont devenues ces toiles ? poursuit le rugbyman.

— Sans doute réparties entre les filles, mais la question mérite d'être approfondie, répond Domitille, bien à son affaire et plus indulgente avec son partenaire et compagnon. Elles rejoignent l'interrogation de Philippe : que sont devenues Louise et Claude, les deux héritières, qui n'ont pas laissé le moindre souvenir dans la mémoire de la ville ?

— Si elles sont mariées, elles ont changé de patronyme, mais il a bien fallu qu'elles révèlent leur nom de naissance pour le livret, explique Philippe en notant les questions à soulever d'urgence. Si l'on exclut Xavière et ses filles de la liste des suspects, car même si elles savent bien des détails sur la vie de leur lignée, elles ne sont pas les instigatrices de tous les drames causés par un individu mystérieux, ces deux filles restent nos suspectes principales.

— J'ai entendu parler d'un site américain lié aux Mormons par lequel il est possible de trouver pas mal d'informations généalogiques sur des familles dans le monde entier, suggère Renan, je peux essayer de creuser de ce côté, on ne sait jamais.

— Pour l'heure, nous avons un autre chat à fouetter, enchaîne Philippe Bory. Jean-Marc Stark, un maquereau notoire, buté dans cette période charnière précédant la chute de la Reine et l'avènement de

Khoury dans le milieu nantais. De source informelle, le contrat sur sa tête a été commandité par Régine Parizeau, énervée par le rapprochement de ce proxo avec le Libanais. Mais cette rumeur a peut-être été véhiculée volontairement par le vrai coupable.

— Ou alors la Reine est bien la responsable et elle a payé son crime au prix fort, lors d'un piège ourdi par Khoury pour la faire plonger pour vingt ans, suggère Domitille, toujours aussi suspicieuse à l'égard de l'ancienne mère maquerelle. Ce qui justifierait ensuite sa vengeance et la balle du sniper entre les deux yeux du Libanais, devant le commissariat central.

— Comme vous pouvez le constater, nous avons du pain sur la planche, soupire Philippe Bory en se dirigeant vers son blouson. Renan, tu peux suivre la piste des Mormons, même si je n'y crois pas trop. Stéphanie, si tu pouvais accompagner Cédric dans les mairies de la ville et des alentours, pour faire l'inventaire des Louise et des Claude mariées entre les années 1965 à 1995, sait-on jamais ? Domitille, je dois rencontrer plusieurs personnalités de la région pour la journée, j'aimerais pouvoir compter sur votre connaissance de la ville pour stimuler leur mémoire.

— Pas de problème, Commandant, je m'apprête et je vous suis.

*

*   *

Mardi 9 mars 2010, 11 heures
Bureau de la juge Marina Kappel - Palais de justice, Nantes

Suite aux récents événements, la magistrate a tenu à entendre Xavière Touraine, l'épouse d'Albin, le notaire, mais aussi la fille de Louis Cordouan, dont le nom revient souvent dans les dossiers, notamment ceux liés au manoir de la Perdrière. Elle veut entendre ses confidences sur les rencontres secrètes en ce lieu empreint de mystère et de suspicions. Elle a aussi avancé sur la lecture des dossiers concernant des notables de la ville et découvert l'identité de deux autres victimes parmi les douze fillettes de la photo, elles aussi âgées de 35-36 ans, comme Domitille ou Dorothée. L'une est la fille d'un ancien bâtonnier de la ville et la seconde la conservatrice du musée des beaux-Arts.

Première surprise pour la magistrate, l'octogénaire est entourée par deux avocats ; et pas Augustin Fortineau, comme la fois précédente, qui semble se préoccuper essentiellement du sort d'Albin Touraine, l'époux. Cette fois-ci, la magistrate se trouve face à Julien Delapart, l'ancien associé de Nadège Pascal et de sa nouvelle partenaire à la tête du cabinet, Marie-Flore Balaguer. Très vite, ils mettent en avant, certificat médical à l'appui, la santé précaire de leur cliente pour tenter de faire reporter l'audition. Mais rien ne peut freiner Marina Kappel, décidée à avancer dans un dossier aussi touffu que nauséabond.

Elle réclame d'ailleurs vite à Xavière Touraine des précisions sur les dates de sa présence au manoir de la Perdrière. Puis son souvenir le plus ancien de la pièce secrète.

La retraitée se la joue Alzheimer pour esquiver les questions, ce qui agace la magistrate qui assène son premier coup de butoir :

— Maîtres, veuillez signifier à votre cliente que, si elle ne fait pas davantage d'efforts pour faciliter l'instruction de ce dossier, de mon côté, il m'est possible de transformer le contrôle judiciaire en détention provisoire. Je pose des questions simples, j'entends recevoir des réponses précises.

— Madame la juge, répond Marie-Flore Balaguer, que Marina découvre pour l'occasion, comme il est mentionné dans le certificat du médecin traitant, notre cliente a été choquée par les derniers événements, elle suit un traitement assez lourd qui peut la priver momentanément, notamment lors d'une forte charge émotionnelle, d'une partie de ses facultés mentales et mémorielles.

— On va faire plus simple, madame Touraine, vous me répondez simplement par oui ou par non. Avez-vous eu connaissance de l'existence d'une pièce secrète dans laquelle étaient cachés des documents de chantage visant des familles de la ville ?

— Oui, Madame la juge.

— Votre père était-il l'instigateur de ces fichiers ?

— Je l'ignore, Madame la juge.

— C'est-à-dire ? Veuillez préciser votre réponse, je vous prie.

— J'ignore s'il les a découverts à l'acquisition du manoir ou s'il a eu l'idée de cette pièce.

— L'avez-vous vu placer des feuillets dans l'un de ses dossiers ?

— Non, Madame la juge.

— Je vous rappelle que vous témoignez sous serment, madame Touraine, je réitère ma question : l'avez-vous vu placer des feuillets dans l'un des dossiers ?

— Non, Madame la juge !

— Avez-vous eu connaissance de documents que votre père aurait pu placer dans ses dossiers ?

— Allons, Madame la juge, votre acharnement est inadmissible, ma cliente a déjà répondu à cette question, s'emporte Julien Delapart.

— Pas tout à fait, je la renouvelle : à votre connaissance, votre père a-t-il alimenté ce fichier ?

— Il m'est impossible de répondre à cette question, Madame la juge. Je ne peux vous certifier que non, je ne peux jurer que oui. À cette époque, même âgée d'une vingtaine d'années, je ne me mêlais pas de tels sujets. Je suis désolée.

— Avez-vous entendu parler de parties fines, de ballets roses, d'orgies pédophiles avec de très jeunes filles, si vous préférez ?

— Madame la juge, sauf votre respect, vous avez perdu la tête ? s'offusque Marie-Flore Balaguer, tandis que sa cliente baisse les yeux.

— Répondez, madame Touraine et je vous rappelle que vous avez prêté serment.

— Non, Madame la juge. Je ne dis pas que je n'ai pas vu de moments ambigus avec des jeunes femmes, mon père était un homme et vous connaissez les hommes, mais rien d'organisé et prémédité, comme vous le laissez supposer. Quant aux petites filles, cela aurait été scandaleux. Mais vous ne pouvez empêcher les rumeurs de circuler et la calomnie de répandre son venin.

— Vous niez donc avoir un jour assisté à un défilé de fillettes dévêtues dans le manoir de la Perdrière, comme le prétend une rumeur tenace ?

— Bien sûr, Madame la juge !

Se passe alors un moment interminable pour Xavière Touraine, durant lequel, dans un profond soupir, Marina Kappel pose les lunettes pour se gratter le haut du nez, retire sa veste de costume qu'elle pose sur le dos de son fauteuil, avant de rechausser les verres et d'ouvrir une chemise de laquelle elle extrait une photo qu'elle contemple longuement, avant de relever les yeux en direction de son interlocutrice :

— Le document que je vais vous montrer date d'une trentaine d'années, de 1979 ou 1980 vraisemblablement, ce qui signifie que votre père était encore en vie, même si le manoir était dirigé par votre frère Jacquelin, de retour de sa carrière militaire et alors député d'une circonscription nantaise. Un fait est acquis, cette photo est antérieure à la vente de votre propriété à madame Parizeau. Veuillez en prendre connaissance, je vous prie !

Dans les photos découvertes dans sa partie des dossiers, Marina Kappel a extrait l'une qui met en scène Justine Morch, la fille d'un ancien bâtonnier, tout en prenant soin d'effacer son nom à l'arrière du document. Xavière la reconnaît fatalement, elle a déjà vu cette série de clichés, mais elle ne peut le confesser. Quand la juge lui demande si elle reconnaît les lieux, elle secoue la tête positivement. Cette fois, elle vacille, proche de craquer. Mais dans un effort suprême, elle persiste à jurer qu'elle ignorait que de tels actes avaient pu se dérouler au manoir.

— J'ai aussi ce cliché, madame Touraine, montrant un groupe de fillettes, toutes dévêtues, poursuit la magistrate, sur un ton martial. En arrière-plan, maladroitement passée devant l'objectif au moment de la prise de vue, n'est-ce pas vous, nullement scandalisée d'assister à un tel spectacle, plutôt amusée, même ? C'est bien vous, Xavière, une esquisse de sourire aux lèvres ? Oui, bien sûr que c'est vous, votre silence, vos larmes, vos remords, sont un aveu.

— Madame la juge, veuillez cesser vos sous-entendus, je crois que ma cliente ne se sent pas bien, intervient Marie-Flore Balaguer, pour tenter de sauver la mise, en pure perte.

— On serait choqué à moins, Maître ! Non seulement vous saviez, madame Touraine, mais vous avez participé à cette écœurante mascarade. Vous, une femme, vous avez laissé ces innocentes fillettes se faire flétrir pour le restant de leur vie. Je préfère garder pour moi ce que je pense de votre comportement. Alors, une fois cette question classée, je reviens à la précédente : l'instigateur, était-il votre père ou votre frère ? Peut-être même était-ce vous, après tout, vous semblez tellement complaisante, sur cette photo.

— C'était mon frère ! Il avait remporté les élections législatives en mars 1978, avant d'être destitué, suite à un recours, peu après. Une poignée d'opposants avait soulevé un problème dans l'un des bureaux de vote et de nouvelles élections avaient eu lieu, trois mois plus tard. Et cette fois-là, mon frère avait été battu. Il ne s'en est jamais remis, a toujours juré qu'il s'agissait d'une cabale. Mon père en est mort.

— Mais je ne vois pas exactement le lien entre ces photos et le résultat des élections de l'époque, s'agace la juge.

— Un an plus tard, il a profité d'une visite de son frère pour imaginer une vengeance implacable. Au départ, il avait noté, lors de l'inauguration des floralies de 1977, qu'un certain nombre de familles, parmi ses opposants politiques, avaient des filles d'à peu près le même âge. On les voyait alors, âgées de 5 ou 6 ans, poser lors de la cérémonie inaugurale. En 1979, il a demandé à l'évêque s'il pouvait organiser une fête religieuse dans la chapelle du manoir, à la fin du mois de juin, avec une messe que célébrerait Frédéric, notre frère entré dans les ordres. La demande avait été acceptée par le clergé, des femmes proches de la paroisse avaient réclamé une douzaine de fillettes habillées de blanc pour accompagner la statue de la vierge durant la fête religieuse. Celle-ci étant suivie d'un déjeuner champêtre et de jeux dans le parc.

— Mais les parents des enfants étaient présents, tout de même ?

— Non, Jacquelin avait organisé cela le premier samedi de juillet et pratiquement tous les notables étaient pris par l'inauguration d'un musée nantais, après des travaux de rénovation. Des bénévoles au-dessus de tout soupçon, et qui ne se sont doutés de rien, avaient pris en charge les fillettes le matin et avaient été rappelés en fin d'après-midi, pour ramener chaque enfant dans son foyer. De fait, à 16 heures, les filles sont entrées prendre une dernière collation et nous avons ajouté un produit dans leur orangeade pour les saouler légèrement, de sorte qu'elles ne se rendent compte de rien. Je sais, c'est ignoble, mais personne n'a violenté les filles, nous avons juste pris des photos quand elles étaient dans un état second.

— D'une, c'est un viol que de prendre une photo d'un enfant dénudé, madame Touraine, vos défenseurs vous le confirmeront. De plus, c'est encore plus ignoble de garder secret cela depuis tant d'années ! Et votre frère prêtre a été le complice de ce drame ?

— Non, il ignorait tout de nos agissements, comme l'Église, comme les bénévoles. D'ailleurs, personne n'a rien su et on a juste expliqué aux familles suspicieuses que les fillettes s'étaient trompées entre le jus d'orange et le punch et il n'y a plus eu la moindre question sur leur état second, à leur retour dans leurs foyers. Nous avons tous fini par oublier cette histoire. En fait, la vengeance de Jacquelin sur les filles des familles qui avaient monté une cabale contre lui ne lui avait servi à rien. Ni pour le chantage, il n'a jamais eu le cœur d'utiliser ces photos, ni pour l'apaiser par la suite.

— Madame Touraine, cette fois, je vais réclamer votre mise en détention provisoire car les chefs d'accusation de votre mise en examen vont être étendus.

— Mais, Madame la juge, bredouille l'octogénaire, ces faits datent de plus de dix ans, il y a prescription.

— Non, selon l'article 706-47 du code de procédure pénale, tout crime commis sur mineur n'est prescriptible qu'au bout de trente ans et, de plus, ce délai démarre à la majorité de la victime.

— Madame la juge, je le répète, notre cliente n'est pas en état de subir une incarcération et…

— Désolée, cette fois, je ne peux plus rien pour elle !

Xavière Touraine est emmenée hors du bureau par les bleus, suivie par Adeline, la greffière de la juge, qui doit s'occuper du suivi administratif du dossier. Restent les deux avocats, mâchoires serrées et la magistrate, épuisée. Alors qu'elle leur tend la main en leur souhaitant une bonne fin de journée, Julien Delapart la dédaigne. Elle a connu cet avocat à ses débuts, peu sûr de lui, presque craintif, elle le trouve métamorphosé par le collier de barbe qu'il arbore désormais, mais aussi quelques kilos supplémentaires. Et surtout par la présence à ses côtés d'une collègue âgée comme lui d'une quarantaine d'années, mais à la mentalité plus pugnace et au maintien bien assuré. Et là, pourtant, c'est lui qui va affronter la magistrate.

— Marina, je crois que toi aussi, tu as oublié que tu avais une ardoise sans prescription. Tu te débrouilles pour que Xavière Touraine sorte rapidement de prison ou tes petits ennuis pourraient remonter à la surface.

— C'est une menace ?

— Prends cela plutôt comme un arrangement à l'amiable.

— Si vous faites allusion à ma propriété de La Baule, Maître, je m'en suis défait dans l'intervalle et j'ai payé le nécessaire sur la plus-value. Bien tenté, mais raté. Je vais oublier la tentative de chantage, vous êtes déjà si pitoyable, maître Delapart.

— Je ne faisais pas allusion à cette casserole, Marina, mais à une autre. Celle d'une juge d'instruction qui, voilà six ou sept ans, quitte une réception mondaine après avoir éclusé deux ou trois coupes de champagne, renverse par inadvertance un cycliste qui lui aussi n'a pas fait que sucer les glaçons, voit le numéro de son véhicule noté par un témoin mais est sauvée in extremis par le dévoué commissaire Strasser, paix à son âme, qui a fait disparaître la plainte de l'ivrogne et le témoignage accablant.

— Eh oui, mais voilà, pas de preuves, pas d'affaires, réplique Marina Kappel, qui a retrouvé sa faconde, satisfaite de donner une leçon cinglante à ce jeune avocat, et surtout à sa nouvelle associée. À présent, je ne vous retiens pas.

— Strasser avait beaucoup de défauts, enchaîne Marie-Flore Balaguer, mais il fallait lui reconnaître une qualité, il était méfiant de nature. Il n'effaçait pas les traces d'un forfait, il les subtilisait mais les conservait, au cas où. Reste à savoir entre les mains de qui se trouvent à présent ces deux documents, Madame la juge. D'où notre ordre du départ : la remise en liberté rapide de Xavière Touraine. Sinon vous allez la rejoindre en prison, et pour plus longtemps. Remarquez, votre incarcération ferait plaisir à beaucoup de monde en ville, ne serait-ce que dans ce palais de justice. Vous êtes une opportuniste mais, un jour ou l'autre, ces gens-là tombent aussi, comme les autres.

— La libération de Xavière avant la fin de semaine où on te passe à la moulinette, Marina ! insiste Julien Delapart. Et les gens que nous représentons ne pratiquent pas la mansuétude qui a été fatale à Tarim Khoury, ils se fichent bien de tes jolies formes, eux ! Bonne fin de journée à toi aussi. La nuit est souvent bonne conseillère…

*

* *

Mardi 9 mars 2010, 18 heures
Domicile du commissaire Ponthieu - Rue Desaix, Nantes

Suite à de récents problèmes cardiaques, le commissaire divisionnaire Ponthieu a troqué son superbe appartement du centre-ville pour un logement plus modeste, au premier étage d'un immeuble situé pas loin de Waldeck Rousseau. Il lui reste un peu plus d'un an de travail, il veut tenir la distance. D'autant plus que sa jeune épouse Grâce, après l'enlèvement dont elle a été victime de la part de Steven Belliard, vit prostrée chez elle, ne sort plus qu'avec une ou deux amies pour du shopping en centre-ville, ne va plus à son sport, ne conduit plus, préfère s'empiffrer de gâteaux et de chocolats sur son divan en s'abrutissant de séries américaines.

Lorsque Domitille et Philippe sonnent à sa porte, ils sont épuisés par une journée de rencontres de gens haut placés, dans l'espoir de trouver un témoin des luttes passées entre Khoury et la Reine, sans omettre des protagonistes de l'ombre qui veulent à présent reprendre la main. Mais entre les amnésiques volontaires et les bordéliques notoires, pas moyen d'obtenir la moindre piste. Les premiers se souviennent vaguement, mais sans prendre le risque de fouiller plus loin dans leur mémoire, les autres se rappellent de deux ou trois seconds couteaux, mais impossible pour eux de se remémorer d'un nom, encore moins de fournir un document d'époque intéressant.

Ainsi allait une ville avec quelques tireurs de ficelles plus ou moins adroits, de nombreuses marionnettes plus ou moins nanties, des badauds qui commentaient les performances des uns et des autres en pensant connaître les plus subtils manipulateurs. Et puis des policiers qui ramaient pour maintenir l'ordre et la justice, et pas seulement dans les quartiers difficiles. Mais cela, c'était une autre question. Donc, tous deux en ont ras la casquette en arrivant chez leur grand patron, qui lui aussi fréquente la ville depuis quelques années.

Grâce vient leur ouvrir la porte, lasse, elle aussi,

mais de ne rien faire de ses journées. Elle appelle son mari en précisant que c'est pour lui, annonce le commandant Bory. Elle invite les arrivants à s'installer dans le salon, leur propose un apéritif, que tous deux déclinent, ce qui ne l'empêche pas de se servir un doigt de porto. Elle leur offre de se servir en petits toasts, nouveau refus. Enfin, son mari arrive, la sauvant d'une situation désagréable. Pourtant, elle reste présente sur son fauteuil favori, ne serait-ce que pour les petits toasts, alors que Philippe synthétise une journée pourrie à la recherche de personnes ayant connu Jean-Marc Stark. Visiblement, il n'a laissé de souvenirs, ni dans les archives, ni dans les mémoires.

— C'était un petit mac, comme il en fleurissait pas mal à Nantes, il fut un temps, se souvient le commissaire en se servant un whisky. Ils ouvraient leur corolle durant quelques mois et ils se fanaient pour disparaître, vite remplacés par un autre ambitieux qui, fatalement, se heurtait à la Reine et sa garde rapprochée. Car c'est elle qui régentait le commerce du sexe sur la ville. Elle n'avait pas le monopole mais le leadership, ne laissant que des miettes à ceux qui savaient s'en contenter. Bien sûr, à un moment ou à un autre, chacun d'eux voulait récupérer un morceau du gâteau et c'est alors que leur vie se compliquait. Cela ne dérangeait pas la Police et la justice, puisque tout s'organisait sans encombre, à quelques petits grabuges près.

— Jusqu'au jour où Khoury, lui aussi, s'est intéressé au commerce du sexe, intervient Philippe, soucieux d'entrer dans le vif du sujet, et avec des moyens plus conséquents.

— En fait, si j'en crois les confessions de Strasser, la dernière fois où je suis allé lui rendre visite en prison avant qu'il ne se pende, Khoury ne voulait pas s'en occuper, c'est Stark qui lui a proposé de s'associer avec lui pour ce marché spécifique. Stark avait compris que, seul, il ne résisterait pas à la Reine et son petit business de l'époque ne lui suffisait plus. Avec un parapluie nommé Khoury au-dessus de la tête, il se sentait plus en sécurité. Une erreur, visiblement.

— Est-on vraiment certain qu'il a été buté par la garde rapprochée de la Reine ?

— Sans aveux, sans preuves, sans cadavre, on n'est jamais certain de rien, Philippe, vous le savez comme moi. À présent, on a le cadavre, mais cela m'étonnerait qu'on trouve dans sa poche un bout de papier avec le nom de l'assassin. On peut juste dire que l'île de Versailles, ce n'est pas le terrain de jeu habituel des sbires de la Reine. Mais qui d'autres pouvait lui en vouloir, à ce bougre ?

— Sans doute la même personne qui a commandité le meurtre de Tarim Khoury, puis envoyé ses tueurs à Saint-Martin pour se débarrasser de Zelda Khoury et Sandrine Lamy, répond Philippe alors que Domitille sort du dossier une photo de Jean-Michel Stark, peu avant sa mort. Un élément de ce dossier nous échappe totalement depuis le début. Un lien plus complexe entre Stark, Khoury, la Reine et un individu bien mystérieux.

Et comme souvent, dans ce genre de situation, la lumière, plus ou moins puissante, ne vient pas de la personne que l'on attend. Piquée par un éclair de curiosité, Grâce Ponthieu prend la photo sur la table et la contemple longuement. Un type au visage ingrat mais dont il se dit que certaines femmes sont gourmandes : macho, autoritaire, impétueux. Comme si, entre les vapeurs éthyliques et les effets des antidépresseurs, une once de lucidité voulait émerger de son cerveau en bouillie, et y parvient !

— Je l'ai connu, ce gars, il venait parfois dans le bar où je travaillais, il y a de cela quinze ou vingt ans ! Oui, avant de rencontrer Chouchou et de me marier avec lui pour son plus grand bonheur, j'ai fait pas mal de petits boulots.

— Et quel souvenir avez-vous de lui ? questionne Philippe, abasourdi.

— Pour moi, ce n'était pas un mac, c'était un gars qui plaçait des serveuses dans des maisons bourgeoises pour des extras. Il m'a souvent proposé ce style de job, mais moi, cela ne m'intéressait pas. Je crois me souvenir que jamais une fille ne s'est plainte de lui, le lendemain du service. Vous devez faire erreur sur la personne. Oui, c'est bien lui, je l'appelais Starky, à cause de Starky et Hutch à la télé !

— Starsky et Hutch, rectifie Domitille, que la maîtresse de maison doit exaspérer. Mais si c'est le même individu, il avait bien un casier judiciaire long comme le bras pour proxénétisme, notamment.

— Bon, c'est déjà une petite avancée, ponctue Philippe Bory en regardant sa montre. Ce n'est pas tout, mais il se fait tard, nous allons devoir prendre congé. Espérons que demain sera une journée plus positive qu'aujourd'hui.

Une fois tous deux revenus à la voiture, Domitille demande au commandant s'il la reconduit chez elle ou s'il rentre directement. Car, à pied, elle n'en a pas pour plus d'une demi-heure. Il lui explique que la journée n'est pas terminée, si elle a sa soirée disponible. Elle soupire et lui explique que, de toute manière, Cédric est pris à l'anniversaire d'un pote du club de rugby, alors oui, elle a un peu de temps devant elle. Ils traversent le bras de la Madeleine et arrivent au bureau. Tout est fermé et éteint, les jeunes lieutenants sont rentrés dans leurs pénates, à moins qu'ils ne s'éclatent sur une piste de danse, du côté du Hangar à bananes, en compagnie des Morat, leurs nouvelles relations. Ils grimpent l'escalier et arrivent dans le bureau de Philippe et le chef approche deux chaises pour se placer face à sa collègue. Il ne sait pas où commencer, Domitille prend peur, se demande si elle a commis une bavure.

— Je crois que j'ai compris la motivation première à propos de votre volonté de postuler pour une place aux archives, Domitille. Un souvenir qui vous hante depuis la jeunesse et a pourri, même dans l'inconscient, une partie de votre vie. Je voulais aussi vous dire en préambule que les documents que je vais vous montrer, je les ai trouvés dans la pièce cachée du manoir de la Perdrière et que, par affection pour vous, j'ai pris la décision de les retirer des pièces à conviction. Elles font partie d'un fichier qui vous concerne, dans un dossier au nom de votre famille. Le procureur Potel est au courant de mon geste, il est le seul avec moi. Sans m'approuver, il ne m'a pas blâmé. Il m'a laissé la latitude d'enquêter avec discrétion, même s'il s'agit d'un volet distinct de l'affaire qui nous occupe. Cela fait plusieurs jours que j'hésite à vous en faire part et que je repousse l'instant, alors qu'il s'agit, avant tout, de votre vie.

Domitille est blanche comme jamais. Toujours droite, toujours impassible, toujours digne, mais livide. Elle saisit le jeu de photos, passe près d'une minute devant chacune. Une larme coule de sa joue, fait si rare chez elle. Un rictus de crispation déforme la commissure de ses lèvres qui tremblent, mais elle ne s'effondre pas. Sans doute parce qu'une de La Bauxière sait se contenir et ne se répand pas en public. Elle arrive au dernier cliché et relève les yeux, incapable de parler. C'est à Philippe de se lancer.

— Domitille, je vous fais le serment que ces salauds paieront, pour vous, pour Dorothée, pour chacune de ces douze petites filles dont ils ont bousillé en partie la vie. Les coupables font partie de la famille Cordouan, j'en suis pratiquement certain. Je pense que la juge Kappel en aura appris un peu plus de la bouche de Xavière Touraine, sur les comportements douteux de son père et de son frère.

— On en parle souvent, avec Dorothée, mais les souvenirs sont flous. Nous pensons avoir été droguées et pourtant, des bribes d'images nous reviennent à la mémoire mais elles sont confuses, incomplètes, floues. C'était donc ça. Au manoir de la Perdrière, là où mon père n'est jamais allé. Mais comment ai-je pu me trouver là-bas ?

— Il y a certainement une raison logique et nous la trouverons ensemble, Domitille. N'en voulez pas à vos parents, ils n'étaient pas au courant, pas plus que ceux des onze autres fillettes.

— Je les connais toutes, Philippe. Pas les visages mais les noms. Une ou deux sont mortes, trois ou quatre ont quitté la région, mais l'autre moitié, ce sont des jeunes femmes de mon âge, certaines mariées, d'autres non, auprès desquelles j'ai grandi. Leurs parents étaient des amis des miens. C'était donc cela, ce cauchemar qui hantait certaines de mes nuits. Vous me libérez d'un poids. Ne pas savoir est encore pire que les actes, parce qu'on ne peut donner un nom à ses blocages intérieurs. Ma pudeur apparente, ma crainte des garçons, tout cela vient de là, de cette époque, de cette journée affreuse.

— Je vais vous accompagner chez vos parents et nous allons en parler avec eux, proposa le commandant en se levant.

— Non, Philippe, je veux régler ce problème toute seule et ne pas y mêler mes parents.

— Ce n'est pas négociable, Domitille ! Ils doivent savoir pour mieux vous épauler et aussi pour nous aider davantage à découvrir le climat de cette époque à Nantes.

— Je vais tuer mon père !

— Non, vous allez sans doute le libérer d'un poids, même s'il ignorait ce qui s'est réellement passé. Et votre mère également, j'en suis convaincu. Par ailleurs, on n'est jamais à l'abri d'un autre secret de famille…

— Que laissez-vous sous-entendre, Philippe ?

— Rien du tout, je sais par expérience que toutes les familles cachent des secrets. La vôtre n'en est certainement pas exempte, la preuve ! Votre secret révélé va peut-être aider vos parents à mieux comprendre des pans de l'histoire familiale.

— Si vous le dites !

— Demain, prenez votre journée pour en discuter ensemble et, dès que j'ai du nouveau, je vous en fais part. Avec un peu de chance, la juge Kappel aura pu recueillir les aveux de Xavière Touraine pour les dossiers secrets, mais aussi pour les orgies sexuelles avec des fillettes. Et par la suite, à n'importe quel moment du jour ou de la nuit, sachez que je serai toujours là pour vous. Je n'ai jamais douté que vous étiez quelqu'un de bien, Domitille, je sais à présent, en plus de toutes vos qualités professionnelles, que vous êtes une femme estimable.

*
* *

Mardi 9 mars 2010, 21 heures
Quai Marcel Boissard - Trentemoult, Nantes

Depuis une semaine, Guillemette de La Bauxière a quitté le toit familial pour vivre auprès de Patrick Lachenal, dans l'humble petite maison de pêcheur héritée de ses grands-parents maternels. Pour la jeune femme, aucune comparaison avec l'hôtel particulier de ses parents, bien sûr. Mais auprès de son amoureux, elle se sent si bien. Ce soir, malgré le vent frisquet, une fois le repas achevé, tous deux se sont bien couverts pour marcher le long de la Loire. Patrick est intarissable sur ce pan de son enfance, sur ces maisons aux façades de toutes les couleurs. En face d'eux, c'est Chantenay et sur le côté, l'île de Nantes, les lumières du Hangar à Bananes et les grues Titan. Il se sent bien ici, loin de la cohue de la ville pourtant proche, sur les bords du fleuve parfois balayés par les vents de galerne, dans une oasis de couleurs, de simplicité et d'authenticité.

— Si les maisons sont aussi colorées, c'est que dans le temps, les pêcheurs se servaient des fonds de pots de peinture qui servaient à leurs bateaux pour badigeonner les murs de leurs bicoques. De nos jours, la tradition s'est perpétuée. Voilà ce qui donne au village cet aspect si coloré et joyeux.

— Patrick, sans te vexer et sans te couper dans tes souvenirs, je te rappelle que je suis née à Nantes et que, même avec des jupes plissées et des chaussettes blanches, j'ai déjà déambulé dans les petites rues si charmantes de ton paradis !

— Pardonne-moi, Guili, mais je me sens si bien sur cette berge amicale. Je connais tous les gens, ils ne trichent pas, ils sont eux-mêmes. Tu sais que, selon certains, le nom du village viendrait de trente braves qui, au IXe siècle, auraient tenu tête à des envahisseurs venus de Scandinavie ?

— Non, cela, je l'ignorais, vois-tu !

— Et je suppose que tu as donc déjà mangé des pibales, ces jeunes anguilles qui remontent en nombre le fleuve après avoir traversé l'Atlantique, durant un voyage d'un an au gré des courants, depuis la mer des Sargasses ? Ma grand-mère les cuisinait avec une vinaigrette particulière, lors des repas de famille. Mais on en trouve de moins en moins, d'année en année.

— Tu en as déjà pêché ?

— Non, pas des pibales, mais des harengs, oui. Dans sa vie professionnelle, mon grand-père était *barger*, c'est-à-dire qu'il travaillait sur l'un de ces petits bateaux à fond plat qu'on nomme des barges. Et un jour, il m'a emmené pour sa journée de pêche et nous avons suivi le cours de la Loire, presque jusqu'à l'embouchure. Ce jour-là, tu peux me croire sur parole, le roi n'était pas mon cousin. C'est la plus fabuleuse expédition à laquelle il m'ait été donné de participer, je crois. Avant la belle aventure de l'amour à tes côtés, bien sûr.

— Rien n'est plus merveilleux qu'un souvenir de jeunesse, soupire Guillemette, troublée par la comparaison de son presque fiancé. À part un amour éternel, bien sûr !

— Il arrivait aussi à mon grand-père de me faire peur en me parlant du "houppard", une espèce de fantôme qui hantait les quais du port. Les gens d'ici prétendaient que c'était l'âme emplie de remords de Carrier, responsable de la mort par noyade de près de cinq mille prisonniers Vendéens, durant la Terreur, selon un procédé qu'il appelait la déportation verticale. Mais je possède aussi d'autres souvenirs plus tendres, je te rassure, comme le tournage par Jean-Loup Hubert du film *La Reine blanche*, en 1990. Une histoire romancée tirée d'un fait réel, une page de l'histoire du carnaval de Nantes, celle de la première reine de couleur.

— J'ai entendu parler, de ce film, répond Guillemette en arrêtant la marche lente de son compagnon pour le regarder dans les yeux. Voilà ce qu'attendent tes électeurs…

— Le carnaval ?

— Mais non, les gens ont besoin de leaders politiques qui ont les mêmes traditions qu'eux, les mêmes racines et les mêmes joies simples que les leurs, appuie Guillemette en se blottissant sous l'épaule de son fiancé. C'est un point d'ancrage, à l'heure de la mondialisation. Et je suis plus proche des petites maisons colorées de Trentemoult que des usines scandinaves de mon frère. Même si mon destin est de l'épauler dans sa rude tâche, j'aimerais pouvoir m'inventer une autre vie, auprès de toi, travailler par ici de mes mains, tisser des étoffes ou modeler des poteries, puis aller chercher nos enfants à l'école en attendant ton retour.

— Mais tu as une destinée plus grande que ma petite bicoque !

— Moi, prendre l'avion pour aller passer quinze jours par mois dans la taïga, ce n'est pas ma vision du bonheur, figure-toi. Mais je suis née dans une famille de négociants en bois et je dois me conformer à la tradition familiale, bon gré, mal gré. N'empêche, c'est un signe, les habitants de Trentemoult ont fait fuir les Vikings.

— D'abord, je ne sais pas s'il s'agissait de Vikings et ensuite, j'ignore si les gars d'ici les ont fait fuir, rectifie Patrick, pointilleux.

— Bon, si toi aussi, tu es contre moi, j'abdique et range mes dernières illusions d'envisager une vie différente. Va pour la filière du bois et les voyages réguliers en avion, marmonne Guillemette dans un moment de fausse bouderie, avant d'embrasser son fiancé avec passion.

*

* *

Au même moment, dans l'appartement d'Arielle Valmier, l'ambiance est moins détendue entre les associés. Charles Steiner a pris sa décision et veut en informer son amie. Ce n'est pas une résolution facile à annoncer, mais ils ont toujours été directs et sans secrets l'un pour l'autre. Et puis, il n'est pas encore trop tard pour récupérer un coup que Charles voyait mal engagé, quelques heures plus tôt, avant d'analyser froidement la situation.

— J'ai eu une désagréable surprise, aujourd'hui, annonce-t-il tout de go. J'ai été piégé par mon péché mignon.

— Un gars qui t'a roulé ?

— Pire que ça, il m'a piégé et, maintenant, des truands bossant pour un homme puissant veulent me faire chanter. Ils exigent une copie de tous les dossiers que tu prépares pour Baptiste, sinon ils révèlent sur les réseaux sociaux un film de mes ébats avec le gars qui m'a trahi.

— Rien que ça, s'étouffe Arielle, ils n'y vont pas avec le dos de la cuiller. Donc, leur cible, ce n'est pas toi, c'est Bel Art. Intéressant. Et j'imagine que ce film, ils veulent l'adresser à tes parents, connaissant la position extrême, pour ne pas dire extrémiste, de ton père sur ce problème particulier.

— Et pour moi, retour à la case départ ! Je voulais fuir Paris pour éviter à mon père ce genre de prise de tête et, même à Nantes, je me retrouve devant le problème. Des copains ont des parents cool et ils ont fait leur coming out sans le moindre souci, ce ne sera pas mon cas. J'ai donc pris une décision. Accepte la proposition de Baptiste et bosse à temps plein pour Bel Art. On arrête notre société, moi je me casse aux States pour démarrer une nouvelle vie. Tu vas faire un tabac, ici, et moi, je vais rebondir ailleurs.

— Attends, Charles, tu sais très bien que je ne suis plus rien, sans toi, panique la fille du Nord aux beaux yeux bleu océan. Une grande gueule pour argumenter les idées des autres, un moulin à paroles capable d'occuper le terrain du bla-bla. Mais pour les dossiers en profondeur, les vices de procédures, les préparations de plaidoiries, d'une, j'ai horreur de me triturer les méninges, de deux, je n'ai pas ton esprit astucieux et rationnel.

— Tout cela, c'est dans ta tête et rien que dans ta tête. Ce sont des préjugés, des limites que tu te fixes, par confort. Tu es douée et je pense juste qu'il faut que tu t'accroches davantage sur les dossiers pour les faire aboutir. En te préparant le travail, je ne t'ai pas aidée, ces dernières années, je te l'accorde. Mais je m'y retrouvais, moi aussi, car j'ai horreur de plaider, de discuter des contrats, de passer des heures à une table pour ne rien dire et gagner à la fin un nouveau client. Voilà le constat, et aussi ma décision, je vais te regretter, tu sais, mais c'est mieux pour nous deux.

— Sinon, on a une autre solution. Comme a fait Anne Delafontaine récemment. Tu convoques la presse pour faire ton coming out, tu mets ton père devant le fait accompli, certes, mais tu coupes les ailes à tes maîtres chanteurs, tu conserves la maîtrise du jeu. Si tes parents t'aiment, ils accepteront ton mode de vie. Ainsi, nous continuons à bosser ensemble et tu n'auras plus à te casser les méninges pour le cadeau de Noël de ton vieux, tant qu'il te fera la gueule, avant qu'il ne digère le fait d'avoir un fils homosexuel.

— Je ne peux pas lui faire ça ! Je le tue si je le place devant le fait accompli. Pas physiquement, mais professionnellement. Il en casse tellement, du pédé, comme il dit, que le coup bas va le terrasser. Je ne suis pas un salaud, je ne suis pas ce fils-là. J'ai un problème et je ne veux pas que les autres pâtissent de mes choix de vie.

— C'est sûr que si tu avais craqué pour une petite Ch'ti aux cheveux châtain clair et aux yeux d'azur, la situation aurait été plus simple pour tout le monde, mais ce n'est pas le cas. Et je t'arrête tout de suite, je ne vais pas non plus me faire opérer pour te plaire, donc la solution est ailleurs.

— En fait, j'ai déjà mon billet d'avion pour Los Angeles et une ou deux pistes sur place.

— Pour l'atterrissage, deux pistes, c'est une de plus qu'il n'en faut !

— Je te connais, Arielle, quand tu fais de telles vannes pourries, c'est que tu en as gros sur la patate. Je te déçois, pas vrai ? Ou alors tu flippes de te retrouver toute seule à Nantes ?

— Que vas-tu imaginer, mon associé se barre à l'autre bout du monde et me laisse me débrouiller avec l'ensemble des dossiers, au moment le plus critique, ce n'est quand même pas aussi grave que si je m'étais cassé un ongle !

Le petit jeu aurait continué mais la sonnerie de l'interphone retentit. Charles demande à Arielle si elle attend quelqu'un et comme elle répond négativement, il imagine que les bouledogues l'ont suivi jusque chez son amie et viennent les buter tous les deux. Il panique, elle va répondre, elle n'a pas peur, c'est dans sa nature. C'est Baptiste. Elle lui ouvre la porte du bas et aussi celle de son appartement, pour l'accueillir. Charles veut partir, elle le retient. Si quelqu'un peut avoir la solution au problème, c'est bien le jeune PDG.

Bien sûr, Baptiste est surpris et sans doute aussi un peu déçu de découvrir Charles près de son associée, constatant de ses yeux qu'ils sont plus proches qu'ils ne le proclamaient. Il n'a pas le temps d'annoncer la raison de sa venue qu'Arielle brosse le traquenard dans lequel est tombé l'avocat, par la faute d'un amant pas correct. Comme quoi, ce genre de plan pourri n'arrive pas qu'avec les nanas. Et quand Charles annonce qu'il va quitter la France pour ne pas causer de tort à quiconque, Baptiste est formel.

— Il n'est pas question que tu laisses ces bâtards te bousiller la vie. Tu restes à Nantes, vous allez bosser tous deux complètement pour moi, j'ai besoin de vous. Je vais vous prévoir une escorte pour vos déplacements, le temps que cette affaire se calme.

— En admettant que ces fous furieux se calment, murmure Charles, pas fier de lui et pas forcément rassuré.

— Je suis en train de finaliser l'acquisition d'un immeuble près de la tour Bretagne, c'est d'ailleurs le dossier que je venais apporter à Arielle. Mon idée serait d'avoir un certain nombre de mes collaborateurs dans cet immeuble, un système un peu à la japonaise, en plus convivial, tout de même. Anne est toujours en recherche de logement, Marianne a les jetons depuis qu'un gars l'a suivie jusque chez elle, Jennifer aimerait se rapprocher du centre-ville pour ne pas avoir la distance entre Saint-Sébastien et la tour Bretagne à accomplir matin et soir et vous deux en plus, un appartement pour chacun à des loyers préférentiels, bien sûr, ce serait top. Un gardien en bas, dans la loge de concierge, une bagnole et deux gars dans la rue, devant le bâtiment, pour la sécurité.

— Tu as vraiment toujours une solution pour tous les problèmes, s'émerveille Arielle, rassurée.

— Tant que vous n'avez pas trop de problèmes, oui. Ah, et puis, pour percer un abcès, cela ne me dérange pas du tout que tu sois homo, Charles ! C'est ta vie privée, je la respecte. Je comprends mieux pourquoi, entre vous deux, ça ne pouvait pas le faire. En revanche, tu vas voir avec mon chef de la sécurité, si tu peux identifier ces hommes. C'est un ancien flic, il est costaud. Et sinon, on en parlera avec Stéphanie et Renan, eux, ils sont toujours en activité et sauront comment agir.

— Et toi, tu n'as pas peur pour ta vie ? s'inquiète Arielle, tout à coup.

— Regarde dans la rue. Là, c'est ma caisse, du solide avec quelques améliorations au niveau de la sécurité, comme les vitres blindées. Dedans, le plus souvent, mon chauffeur et un garde du corps. Là-bas, près du Jardin des Plantes, c'est une équipe à moi, dans la bagnole avec les veilleuses. Des gars fiables. Pas les meilleurs, pas des pros, mais je sais que je peux compter sur eux, ils ne me la feront pas à l'envers.

— Cela nous rassure pour toi, soupire l'avocate en prenant son associé à témoin.

— Non, celle qui m'inquiète, c'est Coco, enchaîne Baptiste, visiblement soucieux. Elle ne veut rien entendre de tout ça, quitte les bureaux sans annoncer au responsable de la sécurité où elle se rend, change de programme en cours de route comme ça lui chante, ne téléphone jamais pour donner des nouvelles, reste parfois une soirée entière sans consulter les messages que je lui adresse. Elle n'a pas encore percuté que nous avons changé de dimension, que nous sommes des cibles pour nos adversaires. Elle veut s'amuser, s'éclater comme avant ses 30 ans et nos nouvelles responsabilités, notre nouveau statut.

— Je te trouve un peu dur avec ta sœur, objecte Arielle, elle apprécie la vie, et puis, au Diabolo lounge, elle ne craint pas grand-chose.

— Elle doit comprendre qu'elle a 32 balais et, désormais, nous jouons tous les deux dans la cour des grands, ce qui implique une certaine rigueur de comportement. D'ailleurs, je suis en train de voir avec des potes l'éventualité d'organiser un petit faux enlèvement pour lui ficher la trouille. Peut-être qu'ainsi, elle comprendrait.

— Je peux essayer de lui parler, propose Arielle, parfois, entre filles, on se comprend mieux. Ou bien je saurai me montrer plus persuasive que toi, à partir de ma propre expérience.

— Non, c'est à moi de gérer Coco, il s'agit de la famille. Bon, demain, je vous attends pour signer vos contrats ! Vous liquidez votre société et on passe à la vitesse supérieure. On va se faire de l'or, les amis, c'est moi qui vous le dis.

III

Mercredi 10 mars 2010, 9 heures
Bureau de la juge Marina Kappel - Palais de justice, Nantes

Quand elle arrive à la porte de son bureau du palais de justice, Marina Kappel a la tête des mauvais jours. Les yeux gonflés, les cheveux filasse, le maquillage pas net, le dos un peu voûté. Elle n'a pas dormi de la nuit. La faute aux dilemmes cruels, aux appels téléphoniques intempestifs, aux déplacements discrets par peur de représailles, aux injonctions brutales lancinantes, aux atroces cauchemars enfin, comme elle n'en avait pas enduré depuis des mois. C'est au radar qu'elle passe devant Adeline pour rejoindre son fauteuil et s'y avachir pendant au moins deux minutes, avant même d'avoir retiré son imperméable. Serviable, sa greffière le lui fait remarquer et lui propose un café que la magistrate décline, sans oser avouer qu'elle en a avalé une cafetière entière durant la nuit. Elle tourne négligemment les pages du PV du placement en détention de Xavière Touraine quand elle semble se réveiller d'un long sommeil et pousse un cri d'orfraie.

— Non, ce n'est pas possible, comment avez-vous pu commettre une bourde aussi énorme, Adeline, vous mentionnez à trois reprises des documents découverts lors de la perquisition menée au manoir de la Piverdière, au lieu de la Perdrière. Et cela se trouve certainement sur tous les exemplaires, donc aussi sur celui remis aux avocats de Xavière Touraine. C'est une catastrophe ! Ils ne vont pas tarder à débarquer dans mon bureau pour invoquer le vice de procédure et je vais devoir signer la remise en liberté de cette bonne femme, sans parler de la soufflante de la part de mes pairs. Tout ce travail de plusieurs mois pour en arriver là, par une simple faute d'inattention, c'est lamentable !

— Je ne comprends pas, Madame la juge, je ne comprends pas, bredouille l'huissière, sur la tête de laquelle viennent de tomber le ciel et toutes ses galaxies. Je suis presque certaine d'avoir écrit Perdrière, je ne suis pas folle, tout de même.

— Et moi, j'ai peut-être la migraine après cette journée épuisante et une courte nuit, mais je n'ai pas la berlue. Je lis bien Piverdière à trois reprises dans le document, venez juger par vous-même, si vous ne me croyez pas.

— Et vous êtes certaine que personne ne s'est introduit ici dans la nuit pour remplacer nos documents par des exemplaires falsifiés ? avance timidement la secrétaire, toujours persuadée de son travail.

— Allons, Adeline, avec ma signature et celle de madame Touraine ? Vous plaisantez, c'est impossible. Joséphine, l'ange gardien de la télé, peut-être à la rigueur, arrivée par magie, mais cela signifierait qu'elle est passée du côté des méchants. Mieux vaut en rire… Reste à espérer que les avocats de cette femme ne le remarquent pas, mais je ne miserais pas un kopeck là-dessus. Je les entends déjà me tourner en ridicule, après une telle boulette.

— Je suis sincèrement désolée, Madame la juge, je ne comprends vraiment pas ce qui a pu m'arriver, balbutie la jeune femme, au bord des larmes. Il m'a pourtant semblé écrire Perdrière et le vérifier à plusieurs reprises, mais devant les faits, je ne peux que m'incliner.

— Avec les horaires de fou qui sont les nôtres, l'erreur de distraction est presque obligatoire. Vous ne comptez pas votre temps, vous êtes scrupuleuse, d'ordinaire, mais il faut juste que ça tombe sur cette personne avec laquelle j'ai un vieux contentieux…

Adeline Chazot est effondrée. Elle encaisse le coup mais le camouflet passe mal. Au fond d'elle, elle est convaincue d'avoir vérifié ce nom propre, comme les autres, avant de remettre les exemplaires à signer. Il lui arrive de commettre des erreurs, mais une boulette aussi énorme, c'est la première fois, surtout dans un dossier qu'elle sait si sensible. Son amour-propre en prend un sérieux coup.

Elle pense aussitôt à la réaction de son père,

Hubert Ragon, pharmacien renommé, figure politique et notable de la ville, homme à poigne avec les siens comme avec les autres, qui ne lui a jamais rien laissé passer. Comme il la tancerait, s'il apprenait sa bévue ! Une chance, son mari passe plus de temps à l'hippodrome du Vieux-Port ou dans les PMU qu'à la maison et se fiche bien du métier de sa femme. Il a choisi de gagner sa vie en jouant et cela semble marcher, même si la partie des bénéfices qu'il reverse aux siens est bien infime. Restent ses deux mômes, Théo et Jules, 9 et 7 ans. À 37 ans, ils sont sa première raison de vivre et de garder la tête haute.

Depuis sa jeunesse, elle a toujours douté d'elle, paniquant au moment des examens, ou encore pour postuler à des emplois plus gratifiants. Puis elle s'est creusé sa petite place au palais de justice, sans faire de bruit, sans gêner personne. Petite brunette sans attrait particulier, au physique commun et à l'élocution souvent difficile, elle a appris à se fondre dans la masse et ne jamais oser l'excentricité. Comme elle n'est pas exubérante, pas non plus forte de caractère, ce travail minutieux et répétitif, mais à responsabilité cependant, lui convient bien. Même si elle aimerait finir un peu plus tôt chaque soir pour aller rejoindre ses enfants, et parfois son mari, quand il daigne se souvenir qu'il a une femme et des mômes.

Elle s'entend bien avec Marina Kappel, sa patronne depuis deux ans, il faut dire qu'elle y met régulièrement du sien pour arrondir les angles. Face au tempérament fort d'une femme ombrageuse, magistrate de surcroît, elle se suffit du rôle de l'ombre, qui lui correspond assez bien. Elle connaît par son père, un peu du passé ambigu de la magistrate. Elle est arrivée à ses côtés avec beaucoup de suspicion avant de se rassurer en remarquant les bonnes relations qu'elle entretient avec le procureur Pierre Potel, un magistrat intègre, ou le commandant Bory, un flic solide dont elle est secrètement amoureuse, même s'il est plus âgé qu'elle. Mais cela, c'est un sentiment conservé dans son jardin secret qu'elle ne révélerait à personne, bien évidemment. Un fantasme nocturne, un doux rêve, un frisson intime.

Quand on frappe à la porte du bureau, Adeline va ouvrir et Marina sait de qui il s'agit. Elle s'est trompée de peu. Ce n'est pas Julien Delapart mais sa collègue Marie-Flore Balaguer, grande brune comme elle, femme de tempérament comme elle, mais avec quelques années de moins. La place prédominante que cette femme a prise en deux ans dans le barreau nantais est presque ahurissante. À elle seule, elle a comblé les vides laissés par Sandrine Lamy et Nadège Pascal, c'est peu dire. L'avocate joue sur du velours pour préciser à la juge que sa cliente habite au manoir de la Perdrière et n'est donc pas concernée par une perquisition menée au manoir de la Piverdière. Elle affronte une magistrate vaincue d'avance, dans l'incapacité de se justifier, encore moins de riposter. La conséquence est logique, le lancement de la procédure de remise en liberté immédiate de la personne impliquée, pour vice de forme dans le dossier. Une boulette que Marina va devoir aller expliquer au juge d'application des peines.

— Huissière, vous pouvez nous laisser en tête-à-tête, je vous prie ? lance l'avocate et fixant Adeline jusqu'à ce que celle-ci, après avoir regardé sa patronne, n'obtempère, la tête basse et la semelle au ras du plancher.

Marina Kappel est toujours prostrée dans son fauteuil, pas plus pugnace qu'un punching-ball dans une salle de boxe. Elle vient de replonger dans un abysse dont elle pensait s'être extirpée par miracle, comme si c'était son destin, à Nantes, de représenter le jouet favori des personnes influentes. Marie-Flore Balaguer est venue très vite poser ses bonnes fesses sur le bureau pour toiser de plus près la magistrate. Elle a le beau rôle et n'a pas à forcer sa nature pour en profiter.

— C'est bien, tu es une femme obéissante, c'est déjà ça ! Tu n'as pas envie de connaître les désagréments de la prison, tu as bien raison. Quand on sait le traitement qu'endure actuellement Nadège Pascal, par exemple, dans sa cellule. Elle a pour compagne une boxeuse qui la baise tous les soirs et la martyrise le reste de la journée. Tu as échappé à cela, au moins. Mais tu n'en as pas fini avec moi, Marina, je vais avoir d'autres services à te demander et, à chaque fois, comme à présent, tu t'aplatiras parce que tu n'as pas le choix.

— Vous ne valez pas mieux que Sandrine Lamy, vous êtes de la même engeance, lâche la juge, excédée et humiliée. Ça vous fait jouir de me tenir en laisse, pas vrai ?

— Pas plus que cela, tu n'es pas vraiment mon genre, figure-toi, réplique l'avocate en s'amusant, du bout d'une règle métallique récupérée sur le bureau, avec les mèches brunes de la magistrate. Mais je tiens à te mettre en garde contre toute volonté de te regimber, de déblatérer face au procureur ou à un flic, tu le regretterais amèrement. J'ai entendu parler des méthodes de Khoury pour te faire ramper, certaines scènes restent dans la mémoire collective, comme cette fois où, à quatre pattes, tu es venue manger des cacahuètes dans la paume de sa main. Dis-toi que ce n'est à rien à côté de ce que tu endureras cette fois, si tu n'es pas sage. Je te laisse réfléchir à tout ça. À bientôt, Marina, à très bientôt même.

Satisfaite de sa prestation, l'avocate lève ses fesses, se poste derrière la juge pour lui relever la tête en utilisant la règle métallique, lui commande à nouveau de filer droit. Puis elle quitte le bureau en rajustant sa veste de tailleur, passe devant Adeline, restée se lamenter dans la salle des pas perdus et lui lance un sourire ironique qui a valeur d'uppercut au visage de l'huissière. Un peu plus loin, Marie-Flore

Balaguer sort son téléphone pour contacter un complice et lui rapporter que le plan a fonctionné. D'une voix assez forte pour que, par l'effet de résonance du lieu, la personne la plus proche perçoive des bribes de phrase.

Cette fois, l'employée possède la certitude qu'une magouille s'est tramée dans son dos, dont elle doit assumer la responsabilité. Une autre femme qu'elle serait allée croiser le fer avec sa patronne, jusqu'à lui faire avouer les faits, l'évidence. Une autre qu'elle, se serait battue pour son honneur, jusqu'à ce que la vérité soit rétablie, mais elle n'est qu'une larve incapable d'une réaction d'honneur. Elle l'a toujours été, depuis sa jeunesse, au grand dam de son paternel. De plus, elle sait qu'elle bafouillerait en essayant d'argumenter sa position. Elle a 37 ans et, depuis son enfance, elle est une fille couarde et peureuse qui préfère le confort minimal de l'ombre aux rayons parfois brûlants de la lumière.

Tout en ruminant ses pensées assassines, elle a suivi de loin l'avocate dans le couloir, appliquée à relater la scène récente à son interlocuteur, à grand renfort de gestes. Une victoire, pour elle. Un soulagement pour Xavière Touraine, même si cette dernière a assisté avec le sourire au viol de douze gamines, selon les faits narrés par Marina Kappel et corroborés par des photos qu'elle n'a pas osé regarder, comme si elles risquaient de lui crever les yeux. Anéantie, l'huissière part rejoindre d'un bon pas son bureau et sa patronne, qui ne doit pas être dans un état plus brillant que le sien, surtout si elle a dû falsifier des documents à la suite d'un nouveau chantage. Perdue dans ses pensées, elle se cogne à un homme, lui aussi pressé et préoccupé et se retrouve au sol.

— Oh, pardonnez-moi, Adeline, je suis en retard et, en plus plongé dans mes réflexions, s'excuse le commandant Bory en relevant la jeune femme. Je ne vous ai pas fait mal, au moins ?

— Non, ça va, c'est moi, je ne suis pas très bien en ce moment.

— Il faut penser à prendre des congés, si vous suivez le rythme de madame la juge, elle finira par vous tuer à la tâche. Allez, je vous laisse, je suis en retard.

Le policier repart en direction du bureau du procureur Potel. Elle s'en veut de ne pas avoir saisi l'opportunité pour se libérer de son poids. Elle avait l'occasion de lui parler, de tout lui raconter, de s'affranchir de son secret, de sauver un petit bout de justice, mais elle n'est qu'une larve. Si seulement une fois dans sa vie…

— Commandant ! se surprend-elle à crier, d'une voix assez forte pour qu'il stoppe sa course et retourne le regard vers elle avant de faire demi-tour. Il faut absolument que je vous parle. Il se passe des choses anormales. Je crois que madame la juge est en train de faire une grosse bêtise.

— Comment cela, une grosse bêtise ?

— Elle a falsifié un document, certainement sous la menace de deux avocats qui ont passé un long moment avec elle, hier soir, après la convocation de madame Touraine. J'ai dû endosser l'erreur et cela vient de se terminer par un vice de procédure, mais je suis certaine de ne pas avoir commis cette faute.

— Suivez-moi dans le bureau du procureur Potel, nous allons reprendre ensemble tout cela, propose le policier, si convaincant. Et ne craignez rien, cela restera entre nous.

— Mais, que va penser madame la juge de mon absence ?

— Je vais l'appeler pour lui expliquer que vous avez fait un malaise et que j'ai pris la décision d'appeler une ambulance, pour plus de précaution. Ne craignez rien, ni de sa réaction, ni de celle des personnes qui la font chanter, vous êtes sous ma protection.

— Auprès de vous, je ne crains rien, Commandant.

Peu après, Adeline Chazot reprend le récit circonstancié des derniers événements. Avec, en plus de la cachette secrète dont Xavière Touraine connaissait l'existence, l'implication de son père ou de son frère dans un piège qui s'était achevé par des agressions sexuelles sur fillettes. Et la juge, photos à l'appui, avait prouvé que Xavière était présente et n'avait pas éprouvé la moindre gêne à assister à la scène, puisqu'un cliché en attestait.

— Nom de Dieu, peste le procureur Potel, et tout cela a été annulé par un vice de procédure, ce n'est pas possible.

— Je suis certaine que madame la juge a été victime d'un chantage, hier soir, de la part des deux avocats, insiste l'huissière. La faute ne peut venir que d'elle. J'ignore quand et comment, mais elle a modifié le texte sur l'ordinateur, effectué de nouvelles sorties sur papier. Ce que j'ignore, c'est comment elle a pu obtenir la signature de Xavière Touraine. Mais Marie-Flore Balaguer et Marina Kappel se sont forcément rencontrées durant la nuit, car l'avocate est arrivée ce matin avec la nouvelle mouture du procès-verbal. La juge, elle seule, a pu lui remettre ce document.

— Marina Kappel à nouveau face à des maîtres chanteurs, marmonne le procureur, il ne manquait plus que cela. Je croyais son affaire définitivement classée.

— Et moi, j'ai l'impression que Nantes est devenue la capitale du bel canto, peste le policier. On y trouve autant de maîtres chanteurs que de ténors à Milan. Mais pourquoi ne nous en a-t-elle pas parlé ? Elle savait qu'elle n'aurait pas une seconde chance, après son premier faux pas.

— Il va nous falloir mûrir tout cela, Philippe, ponctue le procureur, peu disposé à balancer ce qu'il pense devant la secrétaire. Il est évident que la donne change sur pas mal de sujets.

— Vous avez raison ! acquiesce Bory en se levant de sa chaise. Adeline, je vous raccompagne à votre domicile. Appelez votre médecin de famille pour lui expliquer que vous avez été victime d'un malaise au travail. Il vous prescrira sans doute une quinzaine de jours de repos et des fortifiants. Vous avez fait le bon choix en nous confiant votre désarroi, et cela restera entre nous, je vous le promets à nouveau.

— Merci, Commandant, merci vraiment pour tout !

*

* *

Mercredi 10 mars 2010, 11 heures
Centre de détention - 68, boulevard Albert Einstein, Nantes

Depuis la veille, en plus de souffrir de ses abattis, Nadège Pascal a le moral dans les chaussettes. Elle a passé la nuit à se demander ce qu'elle faisait là, dans cette cellule de prison, sur cette paillasse à même le sol, auprès d'une folle furieuse qui s'est juré de l'éliminer avant de quitter les lieux. Elle n'a plus la moindre nouvelle de l'extérieur, pas davantage de la prison, elle est coupée du monde et c'est insupportable. Les uniques informations sont celles que Sacha Makine veut bien lui fournir et elles ne sont pas reluisantes. Elle avait imaginé des adversaires, elle en découvre d'autres, anonymes et mystérieux, d'une autre trempe que la Reine et ses enfants. Elle est seule à se morfondre dans son trou à rat, sans la moindre possibilité d'appeler à l'aide ou encore de rencontrer Philippe Bory, son habituelle bouée de sauvetage. Elle déprime totalement, sachant que, selon les derniers rebondissements, la boxeuse peut très bien la briser en quelques coups et à jamais.

Justement, Sacha Makine revient de la promenade et son visage satisfait et souriant rassure un peu Nadège. Elle s'explique, elle a reçu de bonnes nouvelles, les petits soucis sont rentrés dans l'ordre, ses amis de dehors ont fait le nécessaire pour cela. En signe de joie retrouvée, elle saisit la tête de sa compagne de cellule pour la bécoter voracement. Avant de lui retirer son pull de laine pour se coller à elle. Nadège n'a pas son mot à dire, elle fait une fois de plus, contre mauvaise fortune, bon cœur. Il en est ainsi depuis l'arrivée de la boxeuse et si ce n'est pas sa première expérience en la matière, ce n'est pas non plus la plus agréable à vivre, loin de là. Une chance, Sacha n'est pas vicelarde. Violente, quand elle est en colère, mais tordue, jamais. Et même plutôt douce dans ses gestes et ses câlins, quand elle est heureuse et apaisée, comme en ce moment.

— Je pense que nous aurions pu être amies, toutes les deux, dans d'autres circonstances, lâche la boxeuse entre deux baisers. Je veux dire, très amies, tu vois ?

— Pour moi, tu es un paradoxe permanent, répond Nadège, en avançant en terrain délicat sur la pointe des pieds. La glace et le feu, le fer et le velours, la violence et la douceur. Quelqu'un sur cette Terre sait-il vraiment qui se cache derrière le masque de boxeuse et les muscles tatoués de Sacha Makine ? Ce n'est même pas ton vrai nom, j'en suis certaine, tu n'es pas plus Russe que je ne suis Asiatique ou Africaine. Oui, peut-être aurions-nous pu devenir amies, mais pour parler de véritables sentiments, il faut se connaître pour de vrai et pas jouer des rôles.

— Nous vivons dans une société où celui qui n'a pas de masque se fait bouffer, ma chérie, lance Sacha en massant les bonnes fesses de sa compagne. Tout le monde joue un rôle et cache sa vraie nature. Ose me dire que tu es réellement toi-même, dans cette prison ?

— Combien d'autres nanas comme moi as-tu rencontré dans des geôles comme celle-ci avec la mission de les tenir en laisse, pour obéir à des ordres fournis par tes commanditaires ? questionne Nadège pour esquiver une question embarrassante.

— Je n'obéis pas à des ordres, j'accepte des contrats, c'est différent. Je n'ai pas de camp, je gagne juste du fric à ma manière et sous couverture. Et peu importe la couleur de la couverture et l'odeur du fric. Le reste, c'est pas tes oignons ! Ne gâche pas le bon moment par des questions stupides, cocotte.

Tout en parlant, d'un mouvement du pied, Sacha déséquilibre sa partenaire qui va s'affaler sur sa couche, puis elle s'allonge sur elle avec voracité et désir. Nadège n'en saura pas davantage sur le passé de sa compagne de cellule, elle se fait peloter une fois de plus et joue le jeu, par forcément désagréable, pas forcément à son goût non plus. À choisir, elle préfère de toute façon ce programme de câlins virils à la volée de coups ou à la tête shampooinée dans la cuvette des WC.

*

*   *

Mercredi 10 mars 2010, 13 heures
Brasserie la Cigale - Place Graslin, Nantes

Inauguré en 1895, le bâtiment de cette brasserie de style Art déco est un incontournable de la vie nantaise, sa décoration intérieure fleure bon les joyeuses opérettes d'Offenbach, une période heureuse durant laquelle les moyens étaient donnés aux artisans et aux artistes de prouver leur talent. Miroirs immenses, dorures flamboyantes et tentures d'époque, rien ne manque pour s'imaginer dans un univers féerique, un rien suranné. Certains osent même prétendre qu'on se trouve ici, face au théâtre, dans la plus belle brasserie du monde. Avec la particularité que, pour apposer les tapisseries sur les murs, l'homme de l'art utilisa à l'époque de la colle de fromage, une préparation à base de caséine, matière issue du fromage blanc, revenant ainsi à une méthode médiévale. Un décor exceptionnel dans lequel on s'attend presque à voir déambuler Anouk Aimée, la Lola de Demy, chef-d'œuvre tourné ici, ou encore les surréalistes Prévert et Breton, discuter devant deux verres d'absinthe.

Installés à une petite table centrale, sous le haut plafond doré, Julien Delapart et Marie-Flore Balaguer fêtent le succès de la matinée. Depuis qu'ils font équipe, la réussite a toujours été au rendez-vous et il n'y a aucune raison pour que cela cesse. Devant leurs assiettes de ceviche de maigre, ils se gaussent sous cape de la mine défaite de Marina Kappel, forcée de baisser les armes, de les rendre, même. Ce n'est qu'une première banderille, d'autres seront bientôt plantées. Dans la peau fine de la magistrate, dans d'autres, plus tannées, de policiers, d'hommes d'affaires, de décideurs.

Ils ont choisi le bon camp et s'en félicitent. Même si tout ne se passe pas toujours comme ils le désirent.

— On n'a pas de nouvelles de Charles Steiner, notre collègue homo ! s'inquiète Julien Delapart, bien à l'abri derrière sa barbe noire qui le rend plus mature. Pourtant, après le traitement qu'il a enduré hier et l'épée de Damoclès qu'il a désormais au-dessus de la tête, peu de chance de le voir jouer les héros.

— Laisse-lui le temps de se retourner, modère Marie-Flore Balaguer, il ne doit pas savoir comment entreprendre sa partenaire. Je la connais peu, mais elle semble dotée d'un sacré tempérament. Un peu comme nous deux, d'ailleurs, c'est amusant. Sans ma présence à tes côtés, tu ne te serais jamais révélé avec ton véritable potentiel. Bon, ces deux-là, ce sont des mômes, ils débutent dans le métier. Ils n'ont pas encore la peau tannée par les joutes de palais. N'empêche, imaginer le vieux Steiner, apôtre de l'intégrisme catho, avec tous les interdits qui en découlent, découvrir que son fils est pédé, cela aurait été savoureux.

— Tu sais, une fois l'affaire classée, rien ne nous empêche de balancer le film sur les réseaux sociaux, pour le fun. Néanmoins, il nous faut trouver d'autres accès pour torpiller ce petit connard de Baptiste Morat. Plus les jours passent et plus la ville parle de lui. Et comme il a son fichier, lui aussi, Dieu seul sait les moyens de pression dont il dispose. J'ai peur que le chantage sur Charles Steiner ne soit pas le chemin le plus efficace pour l'atteindre.

— Attends, tu as vu comment il bétonne la sécurité autour de lui ? s'étouffe Marie-Flore, avant de boire un verre d'eau pétillante. Il est presque intouchable. Chauffeur, garde du corps, véhicule de sécurité derrière le sien, vigile à l'entrée de ses bureaux, pire que le président de la République…

— Je te rappelle qu'il bosse dans le BTP, alors, bétonner, il connaît. Excuse-moi, je n'ai pas pu m'en empêcher. Il finira bien par commettre une erreur, à son jeune âge. Pour l'instant, chapeau bas. Son plan de sauvetage de la société Cheminant tient du génie. Et en plus, embaucher la fille de l'ancien patron à ses côtés pour se mettre les ouvriers dans la poche, il fallait oser.

— Il est peut-être là, son point de faille, susurre l'avocate, son goût prononcé pour les belles plantes dont il a rempli son bureau. Ce n'est plus un staff, c'est une orangerie ! Pour la décoration, passe encore, mais au niveau de l'efficacité, dans le BTP, je ne suis pas convaincue. Mais comme tout est blindé, on ne peut agir que par la bande, comme au billard.

— Va savoir, peut-être que le contact à 14 heures avec Clotilde Morat, l'épouse d'Aymeric, nous apportera du blé à moudre, suggère Marie-Flore en croisant les doigts. Après tout, son ex-mari est influent auprès de son jeune frangin et il ne faut jamais négliger les rancœurs de femmes au bord du divorce. J'ai déjà commencé à envisager l'hypothèse qu'elle récupère un pourcentage des parts du groupe Bel Art, en cas de rupture, puisque son mec est actionnaire majoritaire, même si en réunissant les parts des deux autres, ce sont eux qui sont les plus forts. Imagine un peu que nous ayons, par Clotilde, une entrée directe au capital du groupe, à la table des décideurs, voire un bureau dans la place.

— Pour la faciliter, on peut même lui proposer de la représenter, au conseil d'administration, renchérit Julien, à fond dans le raisonnement. Ainsi, nous aurons accès aux comptes, aux projets, aux secrets du groupe.

— Et comme Baptiste aime s'entourer de belles femmes dotées d'un fort tempérament, je pense que je suis la candidate idéale pour postuler à ce job, s'enflamme l'avocate, des étincelles dans les yeux, en ramenant dans son dos l'une de ses mèches noires de fille d'Ibérie.

— Il est là le hic, module Julien, il aime s'entourer de femmes belles dotées d'un fort tempérament, certes, mais jeunes.

— Salaud, va ! D'abord, tu es marié, je te le rappelle, et ta femme sait me le rappeler régulièrement, aussi je vais te prouver que je suis encore capable de séduire des hommes, même bien plus jeunes que moi.

— Pour cela, je te fais confiance ! L'autre jour, lorsqu'on se trouvait dans le quartier Sainte-Anne, quand on est passé devant la statue en bronze de Jules Verne enfant, il s'est aussitôt mis à bander.

— Tu es con, parfois, toi !

Une demi-heure plus tard, tous deux accueillent dans leur cabinet Clotilde Morat, une superbe métisse de 35 ans, certainement d'origine antillaise. Elle est embarrassée, presque gênée de se trouver là. Marie-Flore lui propose un café que Julien va préparer, pour les laisser entre femmes. Elles s'installent dans le petit salon, la cliente retire son manteau léger et apparaît dans une superbe robe imprimée aux tons blanc et saumon, qui mettent en valeur sa peau basanée. Elle est jeune mais a déjà une belle personnalité, ce qui n'empêche pas la retenue, face à des avocats.

— Clotilde, je me permets de vous appeler Clotilde, le divorce est une démarche douloureuse dans la vie d'une femme, qui pourrait s'apparenter à une opération chirurgicale comme une mutilation ou une amputation sur le plan médical, explique l'avocate, sur un ton doux et compatissant. Cet acte de rupture est parfois nécessaire, quand on a pris conscience d'une erreur dans son choix, quand on souffre dans le foyer conjugal, quand le partenaire n'a plus du tout le visage initial. Le point de départ de la volonté de divorce est crucial pour la suite de la procédure. Votre époux vous a-t-il trompée ?

— Oui, si l'on veut, répond Clotilde, un sourire désabusé aux lèvres, causant une satisfaction à peine dissimulée chez son interlocutrice. Il me vole régulièrement une partie de notre vie pour la consacrer à sa société ainsi qu'à ses jeunes frère et sœur. J'ai souvent tiré la sonnette d'alarme, cela génère un effet de moins en moins long. Surtout depuis que la famille gère un important groupe de BTP dont Aymeric, mon époux, est la caution morale, même si son jeune frère Baptiste en assume la direction. Cette société est son nouveau bébé, il lui consacre une bonne partie de son énergie.

— Je comprends, mais il n'a pas une autre femme dans sa vie ?

— Si l'on considère que sa jeune sœur, qui prend autant de place que moi dans son cœur, n'est pas à proprement parler une rivale, à ma connaissance, non, il ne me trompe pas.

— Nous pouvons engager un détective pour le vérifier, suggère Marie-Flore, car je ne vous cache pas qu'avec une entorse au contrat conjugal, la procédure sera simplifiée et largement plus en votre faveur, même si, en l'état, la partie est jouable.

— Vous ne semblez pas avoir bien compris mon désir, cette discussion a certainement démarré dans une mauvaise direction, j'ai dû sans doute mal formuler ma position. En fait, je ne souhaite pas quitter mon mari, je veux juste lui faire peur pour qu'il soit plus présent et attentionné.

Marie-Flore Balaguer accuse le coup. Julien Delapart arrive avec trois cafés et quelques spéculoos, sur un petit plateau. Il comprend que la situation est mal engagée et rajoute une couche.

— Par expérience, madame Morat, je peux vous assurer que ce genre d'ultimatum ne fonctionne pas. Votre époux vous le reprochera très vite et la situation empirera par la suite, en votre défaveur. Surtout dans un tel cas, face à un individu aussi calculateur que votre mari. Je le connais un peu, vous savez ce que c'est, les obligations que ma femme me reproche aussi bien souvent, on se rencontre, on se cause, on amorce une relation, puis on en reste là. Sa réussite professionnelle est exemplaire, mais la médaille de ce succès a son revers, il délaisse son foyer.

— Je le sais, c'est difficile pour moi de tout assumer, de mon côté, explique l'épouse meurtrie, j'occupe un poste important dans la banque que préside mon père et mes horaires ne sont pas toujours évidents, non plus. Aymeric m'a bien proposé de prendre une nounou, une femme de ménage, mais ce qui me manque, c'est la vie de famille, la présence d'un mari, les gestes de tendresse, les marques d'affection à recevoir et à donner. Sans oublier le partage des tâches, l'éducation des mômes…

— Pour me montrer franc avec vous, poursuit Julien, dans un style qui lui est propre, j'ai été surpris en vous voyant, j'imaginais une autre personne. Dans ma tête, pour le peu que je croise votre mari, madame Morat était bien différente. Elle avait quelques années de plus que vous, était de type caucasien, certes votre taille mince, un regard pétillant et elle se prénommait Solenn…

— Ah, je vois de qui vous voulez parler, sourit l'épouse. Solenn est juste l'une de ses collaboratrices, elle est d'ailleurs déjà mariée, elle aussi…

— Pardonnez-moi, mais comme lors de nos dix ou douze rencontres récentes, au cours de réceptions mondaines, ils se trouvaient ensemble tous les deux et qu'à aucun moment votre mari ne m'avait présenté cette belle femme comme sa collaboratrice, brode volontairement l'avocat, j'avais pensé que... Mon instinct m'aura trompé, cette fois, je suis désolé pour l'indélicatesse. Pourtant, certains gestes ne semblaient pas laisser beaucoup de place à l'équivoque... Par contre, ne prenez pas le fait que cette femme soit mariée comme une assurance tous risques.

— Vous pensez que, tous les deux ?

— Attendez, ne me prêtez pas des mots que je n'ai pas prononcés, je n'ai pas dit que Solenn était la maîtresse de votre mari, juste que leur attitude m'a souvent semblé ambiguë, voire troublante.

— Depuis que je te connais, tu te trompes rarement dans ce genre de situation, insiste Marie-Flore, comprenant la stratégie de son associé, pour récupérer une situation mal embarquée. Et à combien de personnes, hommes ou femmes, as-tu ouvert les yeux sur une évidence qui leur échappait totalement. Ne dit-on pas que l'amour est aveugle... Mais attention, Clotilde, nous pouvons très bien nous tromper, nous ne voulons pas causer en vous un trouble inutile, je vous sens soudain songeuse.

— Je n'avais jamais pensé à cette éventualité, bredouille la jeune épouse, perdue dans ses pensées. Ou peut-être n'ai-je jamais voulu voir la réalité en face, après tout. Aymeric ne cesse de me parler de cette Solenn, qui est une vraie perle, mais il le fait avec une telle sincérité que je ne pouvais pas penser qu'elle était aussi sa maîtresse. J'avais confiance en lui et puis, je le voyais mal en séducteur, pour tout vous dire.

— Ce n'est pas un bon point pour la gent féminine, excusez-moi d'être aussi crue, Clotilde, ajoute Marie-Flore, mais ce que femme veut !

— Cela expliquerait donc les retards réguliers de mon mari, le plus souvent non prévus. Aymeric prend le prétexte de son soutien à Coralie et Baptiste, mais en fait, cette femme lui a mis le grappin dessus et il est trop faible pour lui résister. C'est immonde ! Et dire que je n'ai rien vu de son petit jeu…

— Bienvenue dans la réalité moderne, assène Julien, très à l'aise dans le rôle du faux jeton. Cependant, encore une fois, rien n'est avéré. Le mieux serait certainement de réclamer à un détective une enquête discrète pour en avoir le cœur net. Quelques jours seront suffisants, je peux me charger de contacter une personne fiable, un camarade auquel je fais souvent appel, pour de telles missions. Désormais, vous devez anticiper toute mauvaise nouvelle et vous protéger…

— J'ai réclamé une période de réflexion, le temps de faire le point sur la situation, d'y voir clair dans notre couple, coupe la jeune épouse, forcément troublée. Aymeric dort à l'hôtel de l'Europe, depuis quelques jours.

— À la bonne heure, poursuit Julien Delapart, en verve. Durant cette période, il n'a plus de comptes à vous rendre, il va se croire en liberté. C'est bon pour nous, il va baisser sa garde… À toutes fins utiles, vous devez savoir que vous pouvez bénéficier de la moitié de ses biens, y compris de ses parts dans des sociétés comme le groupe Bel Art, puisque sa réussite professionnelle est basée sur le fait que vous sacrifiez votre propre carrière pour le succès de la sienne.

— Et pensez aussi à l'avenir de vos enfants, reprend de plus belle Marie-Flore. Bel Art est un groupe important qui génère des bénéfices colossaux. Vous aurez ainsi votre mot à dire pour les décisions importantes, mais, pour vous soulager d'un tel fardeau, le moment venu, nous pouvons parfaitement, l'un ou l'autre, vous représenter au mieux de vos intérêts.

— Mon Dieu, je n'avais pas pensé à tout cela, soupire Clotilde en faisant glisser ses fins cheveux noirs entre les doigts. J'ai certainement une somme à vous verser, pour le travail du détective ?

— Non, pas maintenant, nous verrons cela dans quelques jours, au moment des résultats, assure Marie-Flore en posant une main affectueuse sur l'avant-bras nu de la belle métisse. Pour l'instant, vous êtes juste venue chercher un conseil, et les conseils des avocats sont gratuits. Voici aussi une documentation sur les procédures de divorce. Si nous en arrivons là, Aymeric Morat engagera, lui aussi, un avocat, qui tentera de vous salir pour vous discréditer, c'est hélas la règle abominable du jeu. Nous vous aiderons à supporter les coups bas et vous accompagnerons jusqu'à l'issue de la procédure. Bonne réflexion, Clotilde, nous vous tenons au courant des résultats du travail du détective. Vous avez certainement une carte professionnelle et aussi un numéro personnel pour vous contacter directement ?

— Oui, voilà toutes mes coordonnées !

— C'est parfait, nous prenons le dossier en main, ponctue Marie-Flore, satisfaite. Je me permets de vous embrasser. Bon courage, Clotilde et n'oubliez jamais que vous n'êtes plus seule.

La jeune épouse quitte le cabinet, perplexe, des interrogations plein le crâne. Sitôt après, les deux avocats se tapent dans la main ravis de leur coup de maîtres. La situation a évolué de façon incroyable, tout cela grâce à la stratégie de Julien que sa partenaire félicite pour ce plan machiavélique. Elle le savait doté d'un esprit tordu, mais cette fois, il a pulvérisé tous ses plus beaux résultats en inventant une maîtresse à Aymeric Morat, qui plus est, Solenn Mayeur, l'épouse du commandant Bory. D'une pierre, deux coups, du grand art !

Elle va se préparer un second café tout en jubilant d'offrir à leurs clients la tête de l'un des fils Morat sur un plateau. Et peut-être même l'accès au conseil d'administration de Bel Art, pour déjà se tenir au courant des décisions, et qui sait, pourquoi pas, torpiller le groupe de l'intérieur. Après avoir achevé de siroter son petit noir, Marie-Flore se tourne vers son associé, interrogative :

— Je serais curieuse de découvrir de quelle manière tu comptes t'y prendre pour placer Solenn Mayeur dans le lit de son patron, à présent !

— Rien de plus simple, chère consœur ! Je vais demander à un pote d'approcher cette femme pour lui expliquer que, depuis qu'elle a quitté le cabinet comptable pour les bureaux de la tour Bretagne, leur ami commun Aymeric Morat déprime, au point d'avoir quitté le domicile conjugal pour se retrancher dans une chambre de l'hôtel de l'Europe, sur le quai Magellan. Et comme il n'ose pas importuner son jeune frère avec ses problèmes domestiques, il ronge son frein en solitaire.

— Tu crois que ça va marcher ?

— Ma pièce qu'elle va le rejoindre pour le stimuler, sans imaginer le piège qui va se refermer sur elle. Notre détective sera là pour prendre une série de clichés à son arrivée à l'hôtel, une autre à son départ, et le tour sera joué. Une nana qui va rejoindre un mec dans une chambre d'hôtel en début de soirée, c'est rarement pour une partie de Scrabble, tu es d'accord avec moi ?

— Tu sais que tu es un vicelard diabolique, toi ? glousse la brune, ébahie.

— Et encore, je me retiens car mon plan ne s'arrête pas là ! Solenn Mayeur est aussi l'épouse de Philippe Bory, un flic particulièrement chiant !

— Oui, je le sais, même s'ils ont divorcé, ils ont remis le couvert. Ils logent même dans l'appartement de Nadège Pascal mais, j'ai vérifié, ils lui paient un loyer. Tu veux faire d'une pierre deux coups, c'est cela ?

— Mieux que cela, Marie-Flore, avec une seule pierre, on peut faire une belle série de ricochets. Tu connais ce jeu à la télé, *Domino Days*, ces milliers de pièces qui tombent, les unes après les autres. Je ne prétends pas en faire tomber autant, cette fois, mais si on se débrouille bien, cette histoire peut faire imploser le groupe de nos adversaires.

— Dire que je me pensais pourvue d'un esprit pervers et démoniaque, je crois que j'ai trouvé mon maître, glousse Marie-Flore Balaguer, en se contemplant dans l'un des miroirs du petit salon.

*

* *

Mercredi 10 mars 2010, 18 heures
Bureau du groupe Bory - Boulevard de la Prairie au Duc, Nantes

L'équipe est réunie pour un bilan de fin de journée. Le moral n'est pas au beau fixe, et c'est un euphémisme. Philippe Bory ne décolère pas, après le retournement de veste de la juge Marina Kappel. Et comme le procureur Potel a promis de réfléchir à une nouvelle stratégie, le policier est ficelé, ne peut même pas parler à son équipe de la véritable explication du vice de procédure et doit se contenter d'expliquer une erreur de frappe dans la rédaction du procès-verbal. Retour à la case départ, un joker en moins. Énervant.

Renan a vite abandonné la piste des Mormons, beaucoup trop complexe à mettre en œuvre, surtout avec si peu d'éléments à propos de la famille recherchée. Il s'est mis avec Stéphanie et Cédric à la recherche des Louise et des Claude nées à Nantes dans les années 40 et 50. Avant de décortiquer chaque dossier d'état civil, un à un, sans succès pour l'instant. Un vrai travail de Romain, puisqu'après Nantes, il faudra élargir aux localités voisines, puis à tout le département. En espérant que ces deux filles ne soient pas nées en Maine-et-Loire ou en Vendée, voire à la Réunion ou Tahiti. Déprimant.

Domitille absente, les uns et les autres ont posé des questions auxquelles Philippe a répondu en invoquant un gros coup de fatigue. Il est allé prendre de ses nouvelles en fin d'après-midi et l'a trouvée relativement en forme, entourée, et même choyée, par ses parents. Comme Cédric ne se contente pas des premières explications de son pote, à propos de sa partenaire de travail et compagne, Philippe doit improviser en avançant sur le juste terrain, sans tout dévoiler de la vérité exacte.

— Je vous ai caché jusqu'à cet instant une partie des secrets du manoir de la Perdrière. Le contenu du dossier que j'ai demandé à Renan de dissimuler dans ma voiture.

— C'est vrai, j'ai tiqué, sur le moment, reconnaît le Breton.

— Voilà des photos prises lors d'une soirée particulière qui s'est déroulée en ce lieu durant les années 1980, précise Philippe en faisant passer le jeu de clichés à ses partenaires. Douze gamines dévêtues et, parmi elles, Domitille de La Bauxière. Comprenez que je ne pouvais pas laisser les types de l'équipe de Coulet s'occuper de ce dossier. J'ai confiance en eux, mais je protège avant tout chaque membre de mon groupe. Il m'a fallu quelques jours avant de pouvoir en parler à Domi. Je l'ai fait hier soir. Elle a accusé le coup, on le comprend aisément, mais cela l'a soulagée aussi, car ses souvenirs reviennent régulièrement par bribes dans son crâne.

— Mon Dieu, la pauvre, c'est abominable, balbutie Stéphanie, atterrée. Ces salauds ont violé ces gamines qui n'avaient même pas dix ans ?

— Pas certain pour le viol physique, mais rien ne permet de l'exclure totalement. De toute manière, ne serait-ce que prendre en photo des mineures est un crime. D'autant qu'au préalable, elles avaient été droguées ou saoulées.

— Voilà pourquoi elle est ainsi, parfois absente, parfois ailleurs, perçoit Cédric, des larmes au bord des paupières. Dire qu'on prenait sa réserve pour de l'arrogance…

— J'ai eu Domi au téléphone dans la journée, précise le chef de groupe. Elle a passé la matinée en compagnie de ses parents. La maman s'est souvenue vaguement de cette journée funeste, de sa fille quittant la maison dans sa jolie robe blanche, comme une princesse, mais surtout de son retour compliqué, des explications embarrassées d'un couple de bénévoles justifiant l'attitude bizarre de leur fille, hilare et dévergondée, par un moment d'inadvertance des adultes. Livrées à elles-mêmes, les gamines s'étaient soi-disant servies largement en punch, imaginant qu'il s'agissait d'un jus d'orange. Le lendemain matin, plus le moindre effet de l'excès de boisson, à un détail près : Domitille ne se souvenait plus d'un seul fait de la journée. Pour les parents, la conséquence évidente d'une bonne cuite qui, si elle n'était pas à renouveler trop souvent, n'était pas non plus mortelle. Après tout, ce ne pouvait être que cela. Comment auraient-ils pu imaginer un autre scénario ?

— Mais l'ivresse cachait une blessure plus grave, marmonne Stéphanie, le visage dévasté. Quels salauds, ces types !

— Toutes deux ont passé un long moment à discuter, ce matin. Depuis, un lien supplémentaire unit la mère et la fille, décidées à nous aider à faire toute la vérité sur cette affaire et à faire tomber les membres encore vivants du clan Cordouan, puisque le manoir leur appartenait à l'époque. Ce qui me conduit à me montrer franc avec vous. La bévue de ce matin est peut-être liée à un revirement de la juge Marina Kappel, sans doute à nouveau tenue en respect par un chantage, au point de falsifier un document pour le rendre irrecevable. Elle avait la possibilité d'appeler ses amis, le procureur Potel ou l'un de nous, elle ne l'a pas fait.

— Oh, la salope, beugle Stéphanie, de plus en plus écœurée. Je connais des magistrats qui se sont retrouvés à Hazebrouck pour moins que ça…

— Je n'ai pas pu garder cette information pour moi lors de ma conversation téléphonique avec Domi. Bien sûr, dans un premier temps, elle a perdu son sang-froid, cela est compréhensible. Comme j'ai évoqué le malaise de l'infortunée huissière, déjà pas bien sûre d'elle-même en temps normal, au bord de la crise de nerfs et de la démission après cette tuile, Domitille a percuté immédiatement. Adeline Chazot, née Ragon, est l'une des douze victimes de cette journée au manoir de la Perdrière, son nom figure au dos des photos. Son père est un pharmacien renommé de la ville, ses frères et sœurs sont devenus médecins, pas elle. Pour Domitille, ce drame justifie son attitude toujours craintive, si peu sûre d'elle, mal dans sa peau, complexée. Elle s'est mal mariée avec un beau gosse, flambeur et arnaqueur, qui a arrêté de travailler pour devenir turfiste professionnel. Il en vit, mais pas sa femme, ni ses enfants.

— Et en plus, elle est tombée sur une magistrate pourrie, vendue à nos adversaires, peste Cédric, ulcéré de colère.

— Le moment venu, Domitille a promis d'aller rencontrer Adeline pour lui parler. Elle veut d'ailleurs aller dialoguer avec chacune des onze autres victimes, du moins celles qui sont vivantes et habitent la région, pour tenter de trouver une thérapie collective. Cet après-midi, elle est déjà allée montrer les photos que je lui ai laissées à son amie Dorothée elle aussi concernée, mais celle-ci est dans le déni et un fossé les sépare désormais, le temps pour Dorothée d'accepter les faits.

La porte de l'entrée s'ouvre et l'on entend gravir les marches de l'escalier. C'est l'intéressée. Domitille, telle qu'à l'accoutumée, le visage à peine un peu plus sombre. Elle comprend que ses collègues sont au fait du drame qui l'a touchée, quand elle avait sept ou huit ans mais elle n'en veut pas à Philippe. Stéphanie, la première, la prend dans ses bras sans un mot. Puis Cédric, qui la serre plus fortement. Renan y va plus timidement. Non pas par manque d'affection, mais par timidité. Puis Philippe qui ne l'embrasse pas mais pose sa tête contre celle de son équipière, en posant ses mains sur ses épaules, en signe de soutien.

— On les coincera, ces salauds, Domi. Nous, et personne d'autre, nous en faisons le serment ensemble en cet instant, comme nous avons récemment fait tomber la criminelle qui a abattu Fabienne et sa mère.

Spontanément, les trois autres membres de l'équipe viennent les entourer. Pas une parole, juste un silence éloquent de cœurs à l'unisson et les pensées semblables de flics, motivés à boucler la mission qui leur a été confiée. Sans haine, sans esprit de revanche, proprement, dans le respect de la procédure, par foi en la justice, tout simplement.

Sur le tableau blanc situé devant l'équipe, rien n'a bougé dans la journée. L'organigramme de la famille Cordouan est toujours au même stade. Avec des points d'interrogation à côté des prénoms Louise et Claude. Sur un autre plan, pas de nouvelles des experts. À coup sûr, l'identification du corps du présumé Jean-Michel Stark est difficile. Après tant d'années passées dans le béton et l'humidité, pas étonnant. Pas plus de renseignements sur son parcours, comme si ça portait malheur de raviver son souvenir. Les mauvaises légendes ont la peau dure, les ramener à la surface est souvent cause de malheurs, pour les gens de la région, surtout ceux qui sont originaires de Vendée ou de la Brière. C'est Cédric qui résume le mieux la situation.

— J'ai relancé mes indics à ce sujet, surtout les plus anciens et je sens bien que deux ou trois d'entre eux savent des choses mais ont peur de parler. Comme si, au-dessus de la petite pègre de la ville, il existait un groupe encore plus puissant, une sorte de parrain local dont nous ignorerions l'existence. Un type, célèbre ou anonyme, qui tire les ficelles sans se faire remarquer. Un mec, ou une nana, qui serait lié à la famille Cordouan, d'une manière ou d'une autre.

— On a quand même récolté un indice dans la journée, selon tes renseignements, Philippe, enchaîne Stéphanie, tout en dessinant des figures géométriques sur une feuille de papier. Nous savons que Julien Delapart et Marie-Flore Balaguer sont les avocats de Xavière Touraine, donc, vraisemblablement, selon ton récit des événements récents, les maîtres chanteurs de la juge Kappel. Par déduction, eux aussi sont liés, soit directement, soit par leur job, au clan Cordouan.

— Tu as raison, nuance le chef de groupe, mais tant que le procureur garde le silence sur la trahison de la juge, nous ne pouvons utiliser cette piste, pas plus que nous pouvons aller tirer les vers du nez de Marina Kappel. Cela ne nous empêche pas de fouiner sur le pedigree de ces deux avocats et aussi sur leurs clients, leurs relations, leur entourage, leurs ennemis. Dans notre situation, nous n'avons pas davantage à nous mettre sous la dent.

— Une fois de plus, la personne qui nous en parlerait le mieux, c'est certainement Baptiste Morat, insiste la Bordelaise, au grand agacement de son partenaire.

— On dirait que tu ne peux plus te passer de lui, maugrée le Breton. On va finir par vous pacser, tous les deux, c'en devient presque agaçant.

— Allez, ne fais pas ton jaloux, ricane Stéphanie en shampooinant de la main le crâne roux de son partenaire, je vais finir par m'imaginer que tu tiens à moi.

— Non, ce serait trop délicat de nous montrer sans cesse dans leurs basques, ponctue Philippe Bory en se levant pour enfiler sa veste. Ah, cela vaut pour chacun de vous, vigilance totale dans les prochains jours. Nos adversaires finissent la journée par une victoire, ils vont vouloir enfoncer le clou. Domitille, ce soir, vous êtes certainement la première dans la ligne de mire de nos ennemis car, à leurs yeux, vous êtes la responsable principale de l'incarcération de Xavière Touraine. Mais nous sommes tous dans leur collimateur. Voilà aussi pourquoi, traîner dans les guêtres des enfants Morat n'est pas un bon plan. Car pour une raison que nous ignorons encore, nos adversaires, sans doute des membres du clan Cordouan, en veulent aux Morat. Notamment à la Reine, dans sa cellule de prison.

— Au fait, Philippe, questionne Cédric, des nouvelles de Nadège ?

— Non, toujours silence radio, mais les dernières informations ne sont pas très optimistes. Même si nous la connaissons et si elle est dans notre camp, nous devons faire abstraction de son cas et de son sort.

— Toi qui tiens tant à elle…

— Je sais ce que je lui dois, mais la priorité, c'est notre enquête, découvrir qui a tué Jean-Michel Stark et qui tient en ce moment les rênes de ce mouvement de fronde qui reprend du poil de la bête. Il nous faut aussi faire toute la lumière sur les événements qui se sont déroulés au manoir de la Perdrière, même si ce n'est pas officiellement notre priorité. De toute manière, je suis intimement convaincu que les deux affaires sont liées. Je n'ai aucun indice matériel pour l'affirmer, c'est juste une intuition. Allez, bonne soirée à tous et je vous le répète : prudence maximale !

IV

Mercredi 10 mars 2010, 21 heures
Diabolo lounge - Quai Turenne, Nantes

Une fois de plus, Baptiste a demandé à sa sœur de se montrer prudente et de rester à leur domicile, une fois de plus, Coralie n'en a fait qu'à sa tête et sauté dans sa petite Fiat pour se rendre auprès de ses copains et copines, au Diabolo lounge. Elle est un oiseau de nuit, n'a besoin que de quelques heures de sommeil et puis, si on ne s'amuse pas à 32 ans, ce n'est pas à 82 qu'on le fera. Voilà pourquoi elle se trouve dans le salon qui leur est quasiment réservé, un verre de mojito à la main, entourée de quatre ou cinq gars et filles, parmi les plus fidèles amis du duo. Ils parlent de tout et de rien, rient, chantent, s'amusent de bêtises, s'éclatent, se défoulent, décompressent.

L'ambiance est beaucoup plus détendue lorsque Baptiste n'est pas là et quelques-uns, à demi-mot, osent même susurrer à la frangine qu'il est devenu un peu chiant, depuis qu'il occupe un poste à responsabilités. Elle les rejoint dans leur analyse, il prend son job trop à cœur, lui, le bringueur invétéré, le dragueur incorrigible, le manipulateur impénitent, il s'est totalement rangé et gère désormais sa vie comme il suit les comptes de sa société, en bon père de famille. Et quand l'une de ses copines de longue date lui demande où elle en est de sa vie sentimentale, Coralie éclate de rire avant de se confier en toute sincérité.

— J'avais jeté mon dévolu sur notre nouvel avocat, Charles Steiner, mais il est homo. C'est tout moi, un tel plan foireux. Là, je vise un petit lieutenant de police, mignon comme un cœur, timide rouquin d'origine bretonne, sérieux et rassurant, mais je lui laisse le temps de se remettre du décès de sa collègue eurasienne, dans le parc de Procé. Le problème, c'est qu'il est en train d'en pincer pour sa partenaire, une motarde avec tenue de cuir et chevelure gominée, tatouages un peu partout, jalouse comme une tigresse et du genre à ne pas te demander la permission avant de t'adresser un bourre-pif. Mais à la réflexion, il est vrai que je n'ai pas baisé avec un mec depuis pas mal de temps et ça me manque grave. Et avec les nanas, désolée les copines, mais ce n'est pas le même trip.

Son laïus achevé, elle se lève du canapé en cuir, rajuste sur son collant de résille noire la jupette de flanelle grise à plis qu'elle a acheté dans la semaine, laisse à côté d'elle sac et blouson, baisse les manches de son chemisier rouge en annonçant à ses amis qu'elle est en conférence pour cinq minutes. Ils savent ce que cela signifie, se marrent de la voir remuer du popotin, ne peuvent s'empêcher de persifler sur la langue tirée par les gars de la grande salle, quand ils vont la voir passer devant eux, la tentation faite femme. L'une des filles ne peut s'empêcher de susurrer que Steven Belliard encore vivant, Coco aurait atteint le cent, avant qu'une autre ne lui explique que, dans ce cas de figure, peut-être seraient-ils tous deux fiancés et leur copine ne courrait plus les bars de la région. Ou alors, son frère et elle seraient toujours deux ombres dans le sillage de leur mentor et non les nouvelles stars nantaises, enviées et jalousées par tous les jeunes de la ville. Sans doute pas que les jeunes d'ailleurs, car leur réussite éclatante fait aussi grincer les dents des générations précédentes.

Effectivement, les regards des jeunes, gars ou filles, se sont retournés à son passage dans la salle principale, mus par l'envie ou la jalousie, selon le sexe de la personne. Coralie le remarque bien et s'en veut – mais juste un peu – d'adorer cela ; elle a toujours été chipie, elle aime attirer la lumière à elle. À présent, elle se trouve sous les projecteurs, elle est la reine du spectacle, encore plus belle aux yeux de tous depuis qu'elle est riche, devenue une diva qui ne peut laisser personne indifférent, alors elle ne va pas se priver d'un tel plaisir jouissif. Oui, cette sensation nouvelle est une jubilation indescriptible, un kif total, une revanche sur les années dans l'ombre, quand les plus beaux garçons lui préféraient des filles plus sexy, plus huppées, plus pimentées.

Les toilettes ne se trouvent pas bien loin du bar, dans l'angle du fond de la longue salle, au bout d'un couloir qui donne sur la cour intérieure, en face d'un entrepôt de fûts de bières et autres boissons. Rénovés depuis peu, les sanitaires sont vastes et propres, régulièrement nettoyés, un plus indéniable, surtout pour les filles. Une fois la porte principale refermée, même si la musique bruyante de la salle est encore perceptible, les oreilles sont moins agressées et cela n'est finalement pas désagréable.

Coralie se rend bien sûr dans la partie réservée aux filles et signalée par une silhouette de sylphide, s'enferme dans un WC, en ressort trois minutes plus tard et se dirige vers le lavabo pour se laver les mains, se passer un peu d'eau sur ses yeux fatigués par le trop peu d'heures de sommeil. Puis elle enfonce les phalanges des doigts dans le sèche-mains moderne, certes, mais peu efficace et surtout assez bruyant.

C'est alors qu'elle sent une ombre s'avancer derrière elle, puis une énorme paluche la museler avant qu'elle ait pu crier. Elle est soulevée du sol d'un geste décidé et amenée manu militari vers le dépôt où, une fois les pieds à nouveau en contact avec le sol, elle fait la connaissance de trois autres gars cagoulés, comme sans doute celui qui lui interdit encore d'appeler au secours. Ils l'entourent, la collent et l'un d'eux, lame à la main, lui explique les règles d'un jeu qu'elle connaît déjà, même si elle n'en a encore jamais été la victime.

— Ce n'est pas très malin de se balader toute seule, Miss Morat. Surtout maintenant que tu es le parti le plus convoité de la ville. Enfin, si tu es intelligente, tout se terminera bien. Sinon, tant pis pour toi. Pour ton info, la porte des toilettes est bloquée et un panneau explique au public que l'endroit n'est pas utilisable pour le moment. Ainsi, personne ne viendra nous déranger, tes copains ne pourront pas te secourir, si l'idée leur venait de se soucier de ta santé. Maintenant, mon pote va retirer sa main de ta bouche, tu ne vas pas crier, car tu n'as pas envie de prendre un coup de surin dans le bide, tu vas juste obéir à nos ordres et tout se terminera bien.

Aussitôt dit, aussitôt fait. Le type retire sa grosse paluche, l'autre avance son cran d'arrêt vers le ventre, les deux derniers s'approchent d'un ou deux pas. Entourée par quatre colosses plus grands qu'elle d'une vingtaine de centimètres au minimum, Coralie n'ose pas crier, prise en sandwich, sans la moindre marge de manœuvre. Il lui faut quelques secondes pour recouvrer ses esprits et adopter une ligne de défense appropriée. Elle pense avoir trouvé la bonne parole.

— Quand mon frère apprendra ce qui m'est arrivé, il vous retrouvera, qui que vous soyez, et je n'aimerais pas être à votre place, lance-t-elle, en cherchant à se libérer des gars qui la serrent de trop près à son goût.

— Tu ne manques pas de culot, Coralie, tu es sur le point de te faire sauter et tu penses à ce qui va se passer demain pour nous, sans te préoccuper d'abord de ce qui peut t'arriver dans les prochaines minutes. Allez, tu es toute rouge, retire ton chemisier, c'est peut-être lui qui déteint sur toi. Hop, hop, hop, obéis, sinon on te dérouille.

Ramenée à la réalité de la situation, après un mot d'objection vitre réprimé, Coralie s'exécute, contrainte et forcée, regrettant de ne pas avoir été plus prudente. Elle comprend que le moment qu'elle appréhendait depuis des années lui tombe dessus au moment où elle s'y attendait le moins. Pourtant son frère l'avait mise en garde, mais elle n'en fait toujours qu'à sa tête, alors, forcément… Elle déboutonne son chemisier, tremble comme une feuille, ce qui fait forcément sourire d'aise les gars qui l'ont piégée. Ensuite, une fois débarrassée de l'habit, elle doit subir leurs commentaires graveleux et humiliants. Elle se regimbe davantage quand elle doit retirer son soutien-gorge, finit par obéir quand le chef, lame toujours à la main, lui susurre à l'oreille que, si elle n'est pas obéissante, ce sera l'intégrale. Elle se retrouve les seins à l'air, entourée de quatre gars hilares, et quand elle voit l'un d'eux sortir son portable pour immortaliser le moment, au bord des larmes, elle les supplie de lui épargner cette humiliation.

— Et pour quelle raison nous raterions l'opportunité d'un tel buzz, Miss Morat ? questionne le chef de bande en laissant glisser le fil de la lame sur le tendre mamelon. Tu crois que ton frère, ou encore ton petit copain Steven, de son vivant, ont pris de tels gants avec leurs victimes ? Tu vas tenir tes petits seins avec tes mains et nous sourire comme si tu prenais du plaisir, ma jolie.

— Non, pitié, vous ne pouvez pas me demander ça, c'est terriblement blessant.

— Tu as le choix, comme tout à l'heure pour le soutif ou l'intégrale. Là, c'est la photo maintenant ou tu passes à la casserole, c'est toi qui décides. Nous, on ne te veut rien de mal, juste gagner un peu de fric et on a des consignes pour ne pas te faire souffrir, la première fois, si tu es docile.

Coralie obtempère finalement, peine à regarder l'objectif, à esquisser un semblant de sourire. La photo est prise, une série même, on n'est jamais assez prudent. Le chef supposé regarde le résultat par les trous de sa cagoule, trouve que le modèle n'est pas assez souriant et fait reprendre une série plus convaincante avant de tapoter la joue de la malheureuse et de récupérer le sous-vêtement en trophée. Coralie veut l'en empêcher, mais en pure perte. Il passe de mains en mains pour finir dans la poche d'un blouson. Pendant ce temps, le chef balance le chemisier en haut de la pile de fûts, là où il sera plus difficile à attraper, alors que ses copains quittent le lieu par une porte qui donne vers l'extérieur. Ils ne sont plus que deux, un colosse cagoulé et une brunette aux seins nus.

— À ton avis, combien ton frangin est prêt à débourser pour garder ton honneur intact, Miss Morat ? questionne-t-il en laissant le dos d'un doigt glisser sur la peau douce de la poitrine de Coralie. 1 000 euros ? 10 000 ? 100 000 ? Tu le sauras quand il aura reçu le message de notre patron. Et puis, après tout, il s'en moque peut-être, de ton honneur ? Allez, bonne fin de soirée et bravo pour ta silhouette, elle est très appétissante. Et n'oublie pas que tu es dans notre collimateur. Les occasions ne vont pas manquer de faire davantage connaissance avec ton agréable anatomie, puisque tu passes tes nuits dans les bars de la ville, alors on se dit à bientôt.

Le dernier gars s'en va. L'affaire n'a duré que quelques minutes mais Coralie est anéantie. Après un moment à se remettre de ses émotions, elle récupère avec peine son chemisier en escaladant les fûts, le renfile fébrilement et le reboutonne en tremblant. Elle se demande si tout cela est la réalité ou un affreux cauchemar. Mais il lui suffit de regarder autour d'elle pour comprendre qu'elle vient de se faire piéger, qu'elle aurait très bien pu se faire violer, qu'elle aurait dû écouter son frère lui recommandant de ne pas sortir toute seule, qu'elle va le mettre dans l'embarras, pour lui sauver la réputation.

Elle tente de recouvrer ses esprits. Pas facile. Et comment faire bonne figure face à ses potes ? Elle sort du petit entrepôt, retourne se passer de l'eau sur le visage, se regarde dans la glace. L'une de ses copines arrive, preuve que les toilettes sont à nouveau disponibles, la voit le visage humide, lui demande si tout va bien.

— Oui, un coup de fatigue ou une mauvaise digestion, rien de plus, répond-elle pour sauver la face. Je crois que je vais rentrer, ce n'est quand même pas la grande forme. L'un de vous pourrait-il me ramener, je ne suis pas en état de conduire ? Et si tu pouvais me récupérer mon blouson et mon sac dans le salon ?

— Pas de problème, on va s'organiser et on te ramène ta Mini à ton parking, Coco, lui promet son amie, prévenante. Allez, ce n'est rien. Ménage-toi quand même. Tu tires tellement sur la corde qu'à un moment, elle lâche.

Une demi-heure plus tard, Coralie Morat est dans le salon de l'appartement qu'elle partage avec Baptiste, non loin de la tour Bretagne. Son frère n'est pas encore rentré. Normalement, il n'avait rien de prévu ce soir. Elle flippe un peu plus, l'appelle mais tombe sur la messagerie. Cela ne lui dit rien de bon. Et si ces fous l'avaient piégé en le forçant à venir en un lieu discret pour le buter ? Grosse panique, une boule au ventre, une envie de vomir. Elle va se prendre une douche, elle a froid, elle est angoissée comme jamais, elle a honte d'elle, de la situation dans laquelle elle vient de se mettre, de ce que ces pervers l'ont forcée à faire.

Enfin un message sur son portable. Soulagement. De courte durée. Ce n'est pas Baptiste, ce sont ses “nouveaux copains” qui lui adressent une photo d'elle. Elle est humiliée comme jamais. Sa poitrine nue remontée par ses paumes de mains, son sourire de quasi-consentement, les fûts de bière derrière elle, en guise de décor pour une pocharde aux mœurs légères. Pourtant, elle en a vu, de telles photos d'autres filles, quand elle était avec Steven. Elle s'en amusait alors, trouvait toujours un mot sarcastique à ajouter en commentaire. Mais là, c'est elle, son corps dénudé, son visage qui sourit à ses bourreaux, sa poitrine qui est livrée en pâture aux quolibets des membres de ce clan. Et qui sait si d'autres personnes n'ont pas déjà reçu ce cliché abject, des pervers qui se gaussent, à leur tour, de voir la fille Morat ajouter son nom à une longue liste ?

Elle enfile son pyjama et va se coucher. Dernier appel à Baptiste, toujours sur messagerie. Elle flippe un max, tout se bouscule dans sa tête. Elle sait qu'elle ne dormira pas. Plus jamais elle ne désobéira à son grand frère, plus jamais elle ne sortira seule, au risque de tomber à nouveau sur ces fous qui, cette fois, ne lui feront pas de cadeau. Du moins, si

Baptiste est toujours en vie et s'il lui pardonne un tel affront. Quel dommage que la vie ne possède pas une touche retour en arrière pour effacer une scène funeste de son existence et la rejouer après avoir pris la bonne décision.

*

* *

Mercredi 10 mars 2010, 21 heures - Hôtel Première Classe - Rezé

Au même moment, Stéphanie Bordage reçoit un appel du réceptionniste de l'hôtel car un homme désire la rencontrer, qui se présente comme son équipier. Elle hésite un moment, elle est vannée, mais d'un autre côté, elle se dit que ce soir, Renan sera un peu plus entreprenant car une bonne nuit de baise lui ferait le plus grand bien. Finalement, elle accepte de se présenter et réclame juste quelques minutes pour se préparer et rejoindre l'accueil. Comme elle est entièrement nue pour la nuit, à son habitude, elle enfile à la hâte un short de sport et un maillot à manches courtes, chausse ses pantoufles et traverse le couloir qui mène à la réception. Et là, surprise, elle reconnaît Baptiste Morat, habillé pour sa part d'un costard bleu marine et d'une chemise ouverte. La grande classe. Impressionnant. Le gardien de nuit est méfiant, il doit avoir des consignes pour éviter à des prostituées de bosser dans cet hôtel. Mais celle-là, c'est une policière, selon sa fiche. A priori, pas de souci, donc. Si maintenant, on ne peut même pas faire confiance aux flics, doit-il penser. Ou pas…

Sans plus de formalité, Stéphanie demande au veilleur si elle peut prendre place, avec son équipier, à une table de la salle du petit-déjeuner. D'un geste de la tête, le gardien de nuit opine. En passant devant la porte d'entrée de l'hôtel, la policière remarque la belle voiture de Baptiste, avec chauffeur et garde du corps. Tous deux s'installent au fond de la salle, pour plus de discrétion, elle lui fait le reproche de l'avoir piégée en se faisant passer pour son équipier, il concède que ce n'était pas loyal de sa part, mais il ne pouvait pas se présenter autrement devant le vigile, sous peine de la faire passer pour une fille de mœurs légères. Il se confond en excuses puis passe à l'essentiel.

— Mon entourage m'a déconseillé de venir te rencontrer, mais je prends le risque, avoue-t-il en restant scotché sur les belles cuisses de la policière. Je suis face à un gros problème dont j'aimerais te parler. Mon avocat, Charles Steiner est homosexuel. Cela le regarde et ne me dérange pas. Hier, il a été agressé par trois hommes qui l'ont menacé de révéler des photos et un film pris alors qu'il se trouvait avec un autre mec dans des scènes explicites, s'il ne révélait pas le contenu des contrats qu'il rédige pour Bel Art.

— C'est simple, il doit porter plainte, avec un maximum de renseignements sur ses agresseurs, rétorque très vite Stéphanie, mais cela n'est pas de mon ressort. Ce type de requête n'entre pas dans mes attributions, il doit se rendre au commissariat central, place Waldeck Rousseau et…

— Bon, ce n'est pas aussi simple, sinon je ne serais pas là, coupe Baptiste, embarrassé. Charles n'a jamais fait son coming out pour ne pas choquer son père, homophobe notoire. Les gens qui l'ont alpagué font partie d'un groupe puissant, nanti d'informateurs un peu partout, nos adversaires seront très vite informés si Charles va déposer plainte et ces salauds mettront leurs menaces à exécution. Toi et Renan devez enquêter discrètement sur ces personnes. Mon chef de sécurité a récupéré quelques renseignements que voici sur eux : le lieu exact de l'agression, l'heure précise, la description des deux voitures et quelques signes distinctifs sur les kidnappeurs. C'est peu, mais avec les moyens de la Police, c'est un départ, non ?

— Baptiste, même si je voulais t'aider, je ne le peux pas, pour plusieurs raisons, rétorque la policière, désolée. La première, c'est que les moyens techniques dont nous disposons ne peuvent être utilisés hors d'une enquête légale. La seconde, c'est que je bosse dans une unité dirigée par un commandant et je ne me vois pas demander à mon supérieur de prendre deux heures de mon temps pour aller mener une enquête pour le compte d'un quidam. La troisième est personnelle. Ce que tu me demandes, c'est de devenir ton informatrice et cela, je le refuse. Quand tu es flic, tu mets ton doigt dans cet engrenage et tout y passe à la suite. Je n'ai que 31 balais, mais déjà un peu de métier. De plus, je suis déjà échaudée et…

— Si tu vois nos relations à ce niveau, alors je n'ai rien de plus à te demander, coupe Baptiste, une main perdue dans les cheveux en se levant de sa chaise. Pardonne-moi, de mon côté, je suis un novice qui essaie, jour après jour, d'apprendre son nouveau métier en cours accélérés. Mais tant de coups bas, en si peu de temps, de la part de nos adversaires, cela me sidère. D'un autre côté, tu as raison, pour quels motifs m'aiderais-tu, après tout ? Tu ne me dois rien. Tu n'as aucune raison de foutre ta carrière en l'air pour me venir en aide. Excuse-moi de t'avoir dérangée. Bonne nuit.

Baptiste se dirige d'un pas fatigué vers l'autre bout de la pièce et la porte de sortie. Stéphanie se souvient de la requête de Philippe, mais aussi de sa mise en garde. En fait, tout dépend de la sincérité de ce garçon.

Lui fait-elle confiance ou non ? La réponse est oui, majoritairement.

— Baptiste ? On peut discuter, non ? Passe-moi tes infos, je vais voir ce que je peux faire. Mais ce n'est pas gratuit.

— Combien veux-tu ?

— T'es con, je ne vais pas me laisser corrompre, en plus. Et puis, je n'ai jamais rendu service pour du fric, je ne vais pas commencer avec toi. En revanche, j'ai aussi un service à te demander, si je veux gagner du galon. Je dois découvrir qui était vraiment Jean-Michel Stark, le type dont on vient de trouver le corps sur l'île de Versailles. On sait que c'était un proxo, mais pas beaucoup plus. Les gens sont peu bavards avec les flics, quand on les questionne sur un tel gus.

— Vous avez dû entendre raconter que c'est ma mère qui l'a fait disparaître, mais c'est faux, certifie d'emblée Baptiste. Elle nous a toujours juré qu'elle n'y était pour rien et elle n'avait aucune raison de nous mentir.

— Oui, on sait ça, mais c'est tout ! Si, unique maigre info, une piste mystérieuse, il paraîtrait qu'il alimentait quelques maisons bourgeoises en chair fraîche pour soirées du grand monde. Je crois qu'on appelle cela des parties fines, en langage châtié. Je dois en savoir davantage sur lui. Si ton chef de la sécurité est un ancien flic, il aura peut-être des détails sur l'itinéraire de ce gars. Si tu pouvais l'inciter à coopérer, cela me tirerait une bonne épine du pied. Et mon patron serait plus enclin à me renvoyer l'ascenseur.

— Je vais l'interroger et je te donne réponse. J'ai quelques personnes, dans mon entourage, qui peuvent l'avoir connu sans compter quelques autres qui me doivent un service.

— Ce serait super, acquiesce Stéphanie en se levant à son tour de sa chaise. Et puis, sur la lancée, si tu peux me rancarder sur ce groupe puissant, sur des éléments qui peuvent en faire partie, sur leurs motivations, je suis preneuse.

— Là, c'est toi qui me demandes de devenir ton indic !

— Non, j'ai juste l'intuition que nous avons un même adversaire et des intérêts communs. Qui sont ces gens ? Nous sommes sur la piste d'une famille Cordouan de laquelle on ne sait pas grand-chose, à partir des années cinquante, ils se sont effacés de l'état civil.

— Mais tout cela, ce ne sera pas gratuit, ironise Baptiste.

— Je n'ai pas de blé, désolée !

— Qui t'a parlé de blé ? Renan n'est pas avec toi, ce soir ?

— Alors là, ce n'est pas une bonne idée. D'abord, tu mérites mieux que moi, tu deviens un grand PDG, je suis une fliquette borderline. Ensuite, je ne mélange jamais les relations personnelles, surtout le sexe, et le boulot. Restons juste amis, tous les deux, cela vaudra mieux. Et puis, je ne veux pas voir Coralie débarquer un soir dans ma chambre d'hôtel pour me crever les yeux. La femme de ta vie, c'est elle, uniquement elle, exclusivement elle, et pas une autre nana ne pourra s'approcher de toi, tant que tu auras ta petite sœur dans les pattes.

— On peut quand même se faire la bise. En amis.

Ceci fait avec beaucoup de tendresse, Baptiste s'en va un peu penaud, laissant Stéphanie avec quelques regrets, partagée entre le cœur et la raison, le désir et la sagesse. Mais juste superficiels, les regrets, pas au tréfonds, car elle sait qu'une histoire entre eux ne mènera nulle part. Le panard d'un soir, d'une nuit, rien de plus. Il s'approche de la porte mais se retourne :

— Ah, j'ai oublié de te dire, tu as de très jolies jambes ! Et je m'y connais particulièrement, en galbe de gambettes, c'est un peu mon fantasme, si tu veux tout savoir.

*

* *

Mercredi 10 mars 2010, 21 heures

Appartement de la famille Bory - Rue Scribe, Nantes

Dans l'appartement de la famille Bory, ce sont aussi les grandes discussions. Philippe a pris un coup de spleen après la trahison de la juge et Solenn tente de lui remonter le moral à sa manière mais ses paroles tombent souvent à côté de la plaque. Fatalement, lorsque Philippe se livre ainsi, son épouse en fait de même, quitte à enfreindre la déontologie du métier en révélant les petits potins de son boulot. Et là, elle parle de l'ambiance du bureau, du fait que Baptiste Morat lui a proposé de l'employer directement, que son frère aîné Aymeric compte sur elle et n'entend pas la laisser partir ainsi, d'autant qu'il passe une période difficile sur le plan du couple, puisque son épouse lui a demandé de quitter le domicile conjugal. Situation qu'il vit très mal.

— Pour être passé par une phase identique, je le comprends parfaitement, figure-toi, ne peut s'empêcher de rappeler le mari.

— Pourquoi faut-il que tu ramènes toujours tout à toi…

— Faux, la nuit, la couverture, c'est toi qui la ramènes de ton côté !

— Voilà, tu as gagné, j'ai perdu mon fil, s'emporte Solenn, en soulevant la tête qu'elle avait posée, sur les cuisses de son mari, pour le fusiller d'un regard réprobateur. Tu es vraiment détestable, quand tu me coupes la parole, on dirait que je compte pour du beurre.

— Moi, mon souci concerne Nadège, je n'ai toujours pas de nouvelles d'elle, les parloirs sont interdits jusqu'à nouvel ordre et les relais entre elle et moi ne fonctionnent plus. De plus, je viens d'apprendre qu'on lui a collé une virago dans les pattes, qui ne lui épargne rien. Même si c'est la règle du jeu, qu'elle le sait, que je le sais, la période est difficile à vivre. Et comme, malgré ses certitudes, je pense qu'elle se plante et que Régine Parizeau dite la Reine, ne se trouve pas derrière la mort de Khoury et nos ennuis plus récents, je suis en train de me poser des questions. Tous ces risques servent-ils réellement notre travail ?

— Je peux te poser une question tordue ? lance Solenn, de sa voix espiègle d'éternelle adolescente, la tête à nouveau placée sur les cuisses de son mari et le corps en chien de fusil sur le canapé.

— Vas-y, j'ai l'habitude, à force ! Tu es une fille droite avec des questions tordues.

— Ça, ce n'est pas mignon de ta part. Je m'interrogeais : si un jour, dans une situation extrême, tu n'avais le temps de sauver qu'une personne et que tu doives choisir entre Nadège et moi, tu choisirais qui ?

— Je n'hésiterais pas une seconde, ce serait toi, mon amour ! Et Nadège le sait et l'accepte. Cela fait aussi partie de la règle du jeu.

— Cela me fait du bien de l'entendre. Alors, tout cela, si elle ne le fait pas pour tes beaux yeux, elle le fait pour quoi ?

— Par vengeance personnelle, par goût de la justice, par défi, aussi ! Tu vois, Nadège serait incapable de passer une soirée comme toi, allongée sur un canapé, à papoter de tout et de rien. Il lui faut en permanence une dose d'adrénaline, un shoot d'angoisse, elle est conçue ainsi. Un mec, ça va cinq minutes et elle passe à autre chose. En fait, pour tout te dire, j'ignore qui elle est, à quoi elle carbure et j'ai, depuis longtemps, cessé de chercher à répondre à toute interrogation la concernant. Hormis une : quel est le lien qui l'unit au procureur Potel.

— Tu penses que c'est son père ?

— Impossible, ses parents sont morts dans un accident, quand elle était môme, m'a-t-elle expliqué un jour.

— Un ami de son père ou de sa mère, qui s'est engagé à la protéger. Enfin, pour la protéger, la jeter dans ce guêpier, avec des tigresses, ce n'est pas vraiment réussi.

On sonne à l'entrée. C'est Morgane qui rentre de son travail ou d'une soirée. Elle est vraiment mignonne, désormais, avec ses longs cheveux roux de Bretonne. Si elle se mariait avec Renan, cela ferait des enfants pleins de taches de rousseur, se prend à sourire parfois le père. Mais elle traverse la période : pas de mariage et pas d'enfants dans un monde aussi pourri. Et les parents, pas trop près, mais c'est quand même pratique de crécher chez eux quand on est en galère. Puis aussi pour les repas, le linge et le ménage, pour les câlins, de temps en temps.

Et surtout pour l'argent de poche vu que le gouvernement est incapable de juguler la croissance. Morgane est dans la place, fini le calme, oubliés caresses et mots tendres.

— C'est vrai ce qui se raconte, Papa ? La juge Kappel aurait foiré son dossier comme une débutante ?

— Tu l'as su comment ? s'étonne le père.

— Par des potes de Séverine et Jimmy avec qui nous avons pris un verre, après notre reportage sur le concert d'Alborosie à la salle festive Nantes Erdre. Génial, le concert, entre parenthèses. Oui, ces gars tiennent l'info de la bouche même de l'avocate de la mère Touraine qui, ce soir, peut se prendre un bain chaud dans l'appartement de sa fille. Tu ne trouves pas ça bizarre, toi ?

— Une erreur, cela arrive, je ne vais pas accabler l'huissière, c'est une fille honnête et consciencieuse, c'est juste moche que ce soit sur ce dossier.

— Oui, juste moche ! ironise Morgane, en rapportant du frigo une cuisse de poulet froid et un bocal de cornichons. Maman, il faudra penser aux chips, il n'y en a plus en réserve.

— Que sous-entends-tu Morgane ? insiste le père, pas satisfait par le bout de phrase.

— Marina Kappel, il y a du dossier sur cette nana, et du lourd. On pourrait faire un bouquin sur toutes ses erreurs, notamment à l'époque de Khoury. Et voilà que ça reprend, comme par hasard. Chassez le naturel, il revient au galop. Pour moi, ça sent la retraite anticipée ou la mutation à Cayenne. Enfin, un qui a le triomphe modeste, c'est l'associé de l'avocate, Julien Delapart, le neveu de

Xavière Touraine. Il doit être fier de son coup de la journée.

— Quoi, Delapart est de la famille Touraine, s'étouffe Philippe en se levant d'un bond, à la désapprobation de son épouse.

— Je n'ai pas dit ça ! Sa mère est la fille du frère de Xavière, un type qui les connaît bien nous l'a certifié. D'où sa motivation logique à la faire sortir de prison.

— La fille du frère de Xavière, donc de Philippe. Ce qui signifie qu'il s'agit, soit de Louise, soit de Claude, explique le policier, soudain ragaillardi. Julien Delapart est le fils de Louise ou de Claude, incroyable !

— Cela, je l'ignore, je ne suis pas flic, non plus ! bredouille Morgane, la bouche pleine. Mais, sans te donner de conseil, à la Police, sur vos bécanes, vous avez un logiciel qui, si je me souviens bien, s'appelle le STIC et, à partir duquel, avec un minimum de jugeote, tu peux retrouver pratiquement toutes les personnes du pays. Si tu tapes Julien Delapart, cela te donnera sans doute les noms de ses géniteurs.

— Dire que tu viens de me donner en dix secondes, plus que toute mon équipe en deux jours de boulot, savoure le père en embrassant sa progéniture.

— Ça, pour moi, ça sent la bécane neuve avant le début de l'été, susurre Morgane qui ne perd jamais le nord. Ou encore un peu de blé pour mes leçons de conduite puis le permis de conduire, le moment venu. J'ai bien fait de rentrer me pieuter ici ce soir, moi, finalement !

*

* *

Mercredi 10 mars 2010, 21 heures
Salon de l'hôtel de l'Édit - Rue de Strasbourg, Nantes

Deux hommes et une femme discutent autour d'une table basse sur laquelle sont posés trois verres de digestifs. Ils sont déjà là depuis une demi-heure et ils ont fait le tour des banalités éculées de la vie mondaine, histoire de mettre un peu d'huile dans les rouages de la conversation. À présent, les propos se font plus concrets. Encore dans les généralités, mais plus concrets. En quelques mots, Marie-Flore Balaguer et Julien Delapart ont brossé les volontés de leurs commanditaires à l'invité qui les écoute sans réagir, soucieux de découvrir enfin où ils veulent en venir. Une requête difficile, pour qu'ils pataugent autant avant d'en venir aux faits, pense-t-il, sans laisser suinter son impatience. Peu à peu, les lignes se resserrent et le sujet devient plus précis. Enfin, Julien Delapart se lance :

— Les Touraine nous ont mis dans la merde, depuis quelques mois. D'abord, les errements de la famille Belliard, les conneries du fils, Steven, et le coup de théâtre du père qui lègue ses parts de société à ses deux mômes tombés de nulle part. Enfin, pas de nulle part, de ses relations avec Régine Parizeau ! Ne me dis pas que ton père ignorait ce fait, il était tout le temps avec eux.

— Nous y voilà, ironise Augustin Fortineau, satisfait de pouvoir enfin participer à la discussion. On va mettre les choses au point dès le départ, pour gagner du temps. Mon père était l'avocat de la famille Touraine, de très longue date. Il était proche de Julie, pas de Jean-Marc Belliard qui se méfiait de lui. Mon père aurait donc été la dernière personne à qui ce type aurait révélé la paternité de Baptiste et Coralie Morat, avant de se foutre en l'air.

— Admettons, poursuit Julien Delapart, qui connaît son interlocuteur depuis l'université de droit. Mais alors, puisque la famille Fortineau est si proche des Touraine, pourquoi ne pas avoir tenu en laisse Albin Touraine, le patriarche, avant qu'il ne pète les plombs ? Aller menacer une juge d'instruction, ce n'est pas malin. Je ne parle même pas des tripotages financiers de l'étude qui ont fait couler la famille. De toute manière, nos commanditaires ne sont pas concernés par leurs magouilles et se fichent de l'avenir des Touraine.

— En revanche, enchaîne Marie-Flore Balaguer, le flop du projet de l'île Pinette leur reste en travers de la gorge. Avec, en guise de pompon, le suicide de

Cheminant, celui qui devait, à terme, prendre la suite de Belliard et poursuivre le système mis en place sur la région. Nos amis démarrent la prochaine campagne électorale avec un budget divisé par deux, et peut-être même un peu moins.

— C'est donc cela, nous y voilà, s'amuse Augustin Fortineau. L'extrême droite a des états d'âme dès que son portefeuille prend un coup de froid.

— Wilfried Kohler a une chance unique de devenir conseiller général face au jeune Patrick Lachenal, qui accumule les casseroles, en plus de son inexpérience, reprend Julien Delapart, survolté. La dernière en date, c'est sa relation à peine cachée avec Guillemette de La Bauxière, la fille de l'un des patrons les plus puissants de la région. Faites ce que je dis, mais oubliez ce que je fais… Pour Kohler, ce poste, c'est le tremplin pour la mairie de Nantes, il lui faut des moyens financiers pour torpiller rapidement son adversaire principal.

— Je ne te savais pas aussi impliqué dans la politique, Julien, continue à taquiner Augustin Fortineau, très à l'aise. Et surtout bien plus à droite encore que ton père. Fais gaffe, la Terre est ronde, à force, tu vas te retrouver à gauche, mine de rien ! Une influence de ta nouvelle associée qui a visiblement pris l'ascendant sur toi ?

— Laisse Marie-Flore hors de tout cela, coupe Julien Delapart, agacé. Je suis venu ici en ami pour te mettre en garde. Nos commanditaires ont peur que les Touraine bavent, le père comme la fille. Contre une remise de peine, ils pourraient révéler que les détournements n'étaient pas pour leur compte personnel et pas entièrement de leur fait. D'ailleurs Xavière, la femme d'Albin, a des doutes à son sujet. Il vit mal la prison et surtout la suspicion de ses anciens amis de droite, qui n'ont pas vu depuis longtemps la couleur de son argent dans leurs comptes. Et pour cause, comme tu le dis, il partait un peu plus à droite, ces derniers temps.

— Et tu veux me mettre en garde face à quoi, exactement ? questionne Augustin Fortineau, incrédule.

— Tu rappelleras au père et à la fille que nous possédons un dossier sur les détournements qui dépassent, et de loin, les petites sommes pour lesquelles ils sont tombés. Nous pouvons lancer un pavé dans la mare, et tu seras éclaboussé, toi aussi. Nous avons les preuves que ton père et toi Augustin, avez trempé les doigts dans le pot de confiture.

— Nous y voilà donc, vous m'avez convoqué pour me faire chanter. En clair, si tous deux se suicidaient en s'excusant auparavant dans un courrier d'avoir trahi la confiance de leurs clients, cela vous conviendrait ?

— N'allons pas jusque-là, intervient Marie-Flore, implacable, le vieux seulement, c'est le plus ennuyeux, c'est lui qui est au cœur du trafic. Sa fille n'est pas au courant du millième des dossiers secrets de la ville. Elle, une fois qu'elle sera derrière les barreaux, on n'en entendra plus parler, comme sa frangine qui est bien muselée, à Rennes. Elle aurait dû suivre les conseils de sa mère, plutôt que de voir son père comme un dieu.

— Mes pauvres, si vous savez comme vous êtes loin de la plaque, se gausse Augustin Fortineau, au spectacle. Si vous n'aviez pas des œillères, vous gratteriez plus profond et vous remarqueriez que tous deux vont plonger non pas pour les histoires de fric, mais pour les fichiers secrets du manoir de la Perdrière, et peut-être même pour plus grave : une histoire de ballets roses qui ne concerne pas la famille Touraine, mais les Cordouan. Pour l'instant, personne n'en parle, les flics sont discrets. Mais ils remontent les pistes de la famille Cordouan, les ramifications, les descendances, mon petit Julien. Et là, va savoir ce qu'ils trouveront ?

— Pourquoi Xavière ne nous a rien dit ? s'offusque Marie-Flore, les yeux méchants. À quel jeu s'amuse-t-elle ?

— Je pense qu'elle a plus peur de vous et de vos respectables commanditaires que de la Police ou de la justice, répond Augustin Fortineau, détendu. Cela ne me regarde pas, je ne suis pas son avocat. En revanche, si tout ce que je sais peut permettre d'innocenter mes clients de certains faits, j'utiliserai ces munitions sans problème.

— Je n'en suis pas certain, maître Fortineau, comme je ne suis pas certain que vous rirez encore à gorge déployée à la fin de la soirée, assène Marie-Flore Balaguer en se levant de son fauteuil, pour surplomber son interlocuteur. Sous vos habits de père la vertu, vous êtes l'époux d'une belle algérienne qui, voilà peu, n'avait pas encore la nationalité française. Pour obtenir des papiers en règle, vous avez, disons, utilisé des voies suspectes et même répréhensibles aux yeux de la loi de notre pays. De plus, de sources bien renseignées, je sais que son frère est fiché comme un terroriste potentiel lié à des mouvements proches d'Al-Qaïda. Si me servir de cet argument peut me permettre d'éviter des ennuis à mes clients, je l'utiliserai sans problème, moi aussi. Comme je me ferai une joie d'assister, derrière les vitres de l'aéroport, au retour précipité et sous bonne escorte de votre chérie vers sa terre natale.

— Vous voulez la guerre, vous allez l'avoir ! promet Augustin, visage soudain fermé, menaçant, même. Mais je vous promets que si vous touchez un seul cheveu de Latifa, je fais exploser une bombe à ma manière. Elle ne tuera personne, mais elle touchera beaucoup de personnes qui profitent de l'omerta de la ville pour poursuivre leurs saloperies.

— Tiens, le chantage vient de changer de camp, on dirait…

— Bien, je vous laisse, je n'ai plus rien à vous dire, crache Augustin Fortineau, en se levant d'un bond. Je vous laisse régler les boissons, cela se rapproche des pots-de-vin. Ah, si, une dernière chose, Julien : j'ai entre les mains une série de photos banales en apparence. Tu passes un coup de fil depuis la cabine située en face du palais de justice, sur l'île de Nantes. La date et l'heure sont inscrites dessus. Ces clichés ont été pris à l'issue du procès vite expédié de Tarim Khoury. Je veux bien croire que tu appelles ta secrétaire pour lui annoncer que tu auras un peu de retard pour ton rendez-vous, mais je pense que les policiers pourraient y voir un appel au sniper qui a abattu Khoury à son arrivée au commissariat.

— Complètement ridicule, raille l'intéressé, le visage déformé par une crispation. Supposition tellement aléatoire et hypothétique que les policiers ne lui consacreraient même pas une heure de leur journée.

— Dans ce cas, tu n'as rien à craindre et je vais me couvrir de ridicule. Néanmoins, par précaution, j'ai remis un double de ce jeu de photos à une personne de confiance qui doit ouvrir l'enveloppe, si jamais il m'arrivait un accident fatal. Par contre, si vous touchez à Latifa, ce document fait partie de mon feu d'artifice, comme pas mal d'autres aussi détonants, par exemple tes véritables origines, que tu caches avec tant de soins et de précaution, Marie-Flore. Tu aurais d'ailleurs dû changer de nom, même si Balaguer est un patronyme courant en Espagne, il peut réveiller des souvenirs dans la mémoire de certaines personnes, par ici… Allez, bonne nuit, les maîtres chanteurs. Avant de vous coucher, prenez du miel, c'est bon pour la voix !

*

* *

Mercredi 10 mars 2010, 22 heures
Appartement d'Arielle Valmier - Rue Frédéric Caillaud, Nantes

Cela fait une dizaine de messages que la jeune avocate laisse sur le portable de son associé, sans obtenir de réponse de sa part. Il n'est pas dans les habitudes de Charles de sortir en laissant derrière lui son téléphone. Une fois l'an, peut-être, par inadvertance, et encore revient-il alors pour le récupérer car il ne peut s'en passer. Pour elle, grosse dormeuse, il est bientôt l'heure d'aller se coucher. Elle a déjà fait sa toilette et enfilé son pyjama pour la nuit, elle tente de suivre distraitement une série télévisée, Quai n°1 sur NRJ 12, mais un mauvais pressentiment la taraude et elle n'aime pas quand son instinct l'éveille sur un danger. Et s'il était arrivé quelque chose de grave à son associé ?

Bien sûr, elle sait qu'il possède un second portable, qu'il utilise quand il passe une soirée intime avec un autre garçon, de manière à ne pas mélanger travail et plaisirs. Un jour, il lui en a confié le numéro en lui faisant promettre de ne l'utiliser qu'en cas d'extrême urgence et de ne pas le placer dans son carnet d'adresses, comme lui-même n'y possède aucun lien avec le cabinet et son associée. Jamais encore, elle n'avait eu à composer ce numéro, mais ce soir, elle sait qu'elle ne dormira pas avant d'avoir eu des nouvelles. Elle sait pertinemment que le lendemain, elle se fera tancer de l'avoir importuné dans un moment intime, mais elle veut en avoir le cœur net. Elle sort le petit carnet qui contient tous ses petits secrets et attrape son propre portable. Sonnerie, une fois, deux fois, trois fois, quatre fois, puis une réponse. Elle s'attend à se faire exploser de le déranger dans un moment intime, mais elle ne reconnaît pas la voix de son associé et se montre un peu gênée. Son partenaire du soir, sans doute. Elle prend sa voix la plus délicate :

— Bonjour, je suis bien sur le portable de Charles Steiner ? Je suis son associée, Arielle Valmier, serait-il possible de le joindre, je vous prie ?

À l'autre bout de la conversation, trois gars attablés au fond d'un bar peu reluisant, à la faveur du haut-parleur, écoutent avec délice la voix douce, fluette et inquiète qui les interpelle. L'un d'eux se décide à répondre en adressant une œillade à ses potes.

— C'est une chance que vous appeliez, votre associé a fait un malaise et nous attendons l'arrivée des secours. Nous ne savions pas qui contacter pour informer un proche, nous restons auprès de lui jusqu'à votre arrivée.

— Et où vous trouvez-vous précisément ? questionne Arielle en attrapant un petit carnet et un crayon pour noter l'adresse.

— Nous sommes au Galopin, un petit troquet de la rue de Cornulier, entre la gare et le stade Marcel Saupin. Le patron nous dit qu'il restera ouvert exceptionnellement jusqu'à votre arrivée.

— Bien, je ne suis pas très loin, le temps de me préparer et je suis à vous dans moins d'un quart d'heure.

Communication achevée, les trois gars se marrent. Quel coup de bol phénoménal, la jolie poupée qui s'offre à eux. Même pas à l'embrouiller, elle fonce directement dans le piège à souris. Celui qui a pris la conversation est plié en deux en imitant la voix de l'avocate lui promettant : « Moins d'un quart d'heure et je suis à vous. » Elle ne croit pas si bien dire. L'un de ses compères en rajoute une couche :

— Moi, j'ai eu l'occasion de la voir plaider récemment, c'est une tigresse, cette nana. Un petit bout de femme qui a du tempérament et de la tchatche.

— Eh bien moi, enchaîne le troisième, je l'ai vu un jour en vrai, sans sa robe noire, avec un petit ensemble à jupe courte, elle a un de ces pétards, à faire bander un mort. J'en ai déjà l'eau à la bouche. Je ne pensais pas que ça pouvait être si long, un quart d'heure, il me tarde de la voir débarquer.

— Ne vous bilez pas, intervient le troisième, un grand philosophe. Attendre augmente l'intensité de la jouissance. D'ici peu de temps, à nous la partie de plaisir, les gars. On a dû être sage et le père Noël nous offre un beau cadeau. Je n'en reviens pas encore de ce coup de bol.

Dans son appartement, Arielle a vite retiré son pyjama et enfilé ses sous-vêtements. Elle se dirige vers son survêtement, avant de convenir que, si elle doit accompagner Charles aux urgences, ce n'est pas la tenue appropriée. Elle ouvre sa garde-robe et extrait un pantalon de son portemanteau avant d'inventorier ses pulls pour choisir un rouge carmin léger à col roulé, en raison de la fraîcheur possible de la nuit.

Elle s'assoit ensuite pour enfiler deux mi-bas puis ses ballerines. Elle n'a pas le temps de se remaquiller, tant pis. Elle se donne juste un coup de peigne rapide, histoire de dompter ses mèches qui oscillent entre le blond et le châtain clair. Elle enfile sa veste, attrape au vol son sac et son imper, referme à clé derrière elle et descend par l'escalier, plus rapide que l'ascenseur.

Elle se dirige vers sa voiture, garée rue d'Alonville, quand son téléphone retentit dans son sac. Empêtrée dans ses affaires, elle ne parvient pas à extraire rapidement le portable du sac. Enfin, elle y parvient et répond à son interlocuteur, imaginant qu'il s'agit des urgentistes, arrivés sur les lieux, qui réclament un document ou un autre. Surprise, c'est Charles qui est donc revenu à lui.

— Alors, comment vas-tu ? questionne-t-elle en balançant son barda sur le siège du passager, avant de s'installer au volant. Je suis vers toi dans dix minutes, je suis heureux que tu aies repris connaissance.

— Mais que me racontes-tu, Arielle ? C'est quoi cette histoire de perte de connaissance. Je suis un peu ivre, c'est vrai, mais encore conscient.

— Je t'ai appelé sur ton second portable, tu vois lequel, et une personne a décroché pour m'expliquer que tu avais fait un malaise, qu'il avait appelé les secours et que je devais venir sur les lieux le plus vite possible.

— C'est un piège, Arielle, n'y va pas ! hurle l'avocat de la cabine du bar, soudainement dégrisé. Je me suis fait voler mon portable et je pense que c'était un acte volontaire, des gens nous ont dans leur collimateur. C'est pour cela que je t'appelle, tu dois redoubler de vigilance. On se voit demain, on fera le point sur ma soirée et toute cette affaire et on prendra une décision.

— Tu es certain que tout va bien ?

— Oui, rentre au plus vite à ton appartement et enferme-toi à double tour, c'est plus prudent. Et n'ouvre à personne, je crois que ces gens sont prêts à tout. À demain matin, repose-toi bien, quand même, et pardon pour les mauvaises émotions.

Arielle Valmier récupère ses affaires et court dans la rue déserte jusqu'à son immeuble, grimpe les marches de l'escalier deux par deux, ferme tous les verrous de sa porte, reprend son souffle, se sert une rasade de genièvre de Houlle, un souvenir de son Nord natal, tout en se rendant soudain compte qu'à cette heure, sans un petit miracle, elle pourrait se trouver entre les mains de pervers dans l'arrière-salle d'un bar glauque du quartier de Malakoff. Elle n'est pas d'une nature à flipper mais là, en se représentant la scène, elle éprouve des frissons d'angoisse. Elle boit d'une traite le contenu de son petit verre et retourne enfiler son pyjama.

L'idée lui vient d'appeler la Police pour expliquer le piège qui lui a été tendu, mais elle y renonce. Elle pense alors à Baptiste, mais il a d'autres chats à fouetter. Si Charles avait été à ses côtés, il aurait su comment agir. Mais là, toute seule dans son appartement, bien barricadée, elle est en sécurité. Même si, comme une imbécile, elle a laissé la possibilité à ces truands de récupérer son numéro de portable. Le lendemain, à la première heure, elle va faire le nécessaire pour obtenir un nouveau numéro.

Elle sait très bien qu'elle ne va pas fermer l'œil de la nuit ou alors cauchemarder sur les scénarios possibles de cette embuscade abominable à laquelle elle a échappé de si peu. Presque par miracle. Certes, elle va passer une nuit blanche, mais du moins est-elle libre et en vie.

V

Jeudi 11 mars 2010, 7 heures 10
Appartement des enfants Morat - rue de l'Abreuvoir, Nantes

Quand elle sort de sa chambre, les yeux encore emplis de sommeil, Coralie met bien peu de temps avant de revenir à la réalité et attrape l'angoisse d'affronter la réaction de Baptiste, si jamais ses agresseurs ont mis leurs menaces à exécution. Elle va se passer un peu d'eau sur le visage, enfile sa robe de chambre et se présente dans la kitchenette où son frère est installé sur un haut tabouret, le bol de café posé sur le bar qui sert de séparation avec le salon. Il la voit s'approcher, la tête basse et soulève le soutien-gorge pour le gigoter devant les yeux de sa frangine.

— Tu n'as pas oublié cela quelque part, hier soir, à tout hasard ?

— Baptiste, je suis désolée, tu vas m'en vouloir terriblement, j'ai été piégée comme une débutante, au Diabolo lounge, là où je me pensais à l'abri, bredouille-t-elle, au bord des larmes. Je sais, tu m'avais mise en garde, j'aurais dû t'écouter, une fois de plus. Si tu savais comme je m'en veux. Ces gars ont pris des photos de moi, la poitrine à l'air.

— Je sais, j'ai aussi reçu les clichés, en même temps que ce trophée dans la boîte à lettres, rétorque Baptiste, visage fermé. Ma frangine qui va passer pour une pute aux yeux des habitants de cette ville, je ne le crois pas. Je t'avais pourtant prévenue des risques à sortir toute seule en ville, non ? Cinq fois, dix fois, cent fois. Mais mademoiselle Morat n'en fait toujours qu'à sa tête. Elle sait tout mieux que les autres, elle n'a pas besoin de conseils, elle est une grande fille. Tu parles, foutaise… Tu es complètement immature, tu es un boulet, Coco ! Un boulet qui me coûte horriblement cher parce que ces œuvres d'art ont un prix, figure-toi.

— Ils demandent combien pour les détruire ? murmure la benjamine, tête toujours basse.

— Tout, Coco, tout ! L'intégralité de nos parts de la société. J'ai le choix entre sauver l'honneur de ma frangine ou conserver Bel Art, ce n'est pas plus compliqué que cela. Voilà la situation dans laquelle je me trouve, à cause de tes conneries.

— Et tu vas faire quoi ?

— À ton avis !

— Je ne sais pas, comment veux-tu que je sache ! s'énerve Coralie, au bord de la crise de nerfs. Bel Art, c'est toute notre fortune, mais d'un autre côté, si ces photos sont diffusées sur Internet, plus jamais je n'oserai sortir en ville.

— Tu es consciente de la situation, au moins ? insiste le frangin, sur un ton blessant. Tes seins à l'air sur la Toile, ton amour-propre va en prendre un coup, c'est certain, mais tu t'en remettras, tu ne seras pas la première ! Alors que sans Bel Art ou la valeur des parts sociales, toute la famille se retrouve à poil. Tu le piges, ça ?

— Ne m'engueule pas, je t'en supplie, je ne me rendais pas compte, hurle à son tour la jeune sœur, les mains sur les oreilles. Ce sont des salauds, quand même, de te réclamer autant. Je crois que j'ai bien appris ma leçon, tout est de ma faute, je dois en assumer les conséquences. Tu as raison, garde Bel Art, sauve la famille. De mon côté, je vais apprendre à vivre avec cette tache indélébile, comme tant d'autres filles avant moi à Nantes, à la différence que pour moi, les photos auront été publiées.

— Estime-toi chanceuse, ce n'est que le haut, ils auraient pu aussi te sauter, te souiller, t'humilier davantage, t'emmener pour une tournante dans une cave de cité et même te buter et déposer ta tête sur mon paillasson. S'ils n'avaient pas été de mes copains, si ces gars avaient agi pour leur propre compte, ils ne se seraient pas privés de se payer la petite bourge de Coralie Morat, qui se la pète tellement, depuis qu'elle se trouve à côté de son frangin à la tête du groupe Bel Art, crois-moi. Et même là, à les écouter…

— Qu'essaies-tu de me dire ? s'étouffe la jeune sœur, complètement perdue. Tu connais ces garçons ?

— C'est moi qui leur ai demandé de te donner une leçon, Coco ! Il n'y a pas de chantage, pas de rançon, pas de vente de Bel Art et j'ai récupéré toutes les photos comme je suis en possession de ton soutif. L'affaire est classée, on n'en parle plus ! Ce qui t'est arrivé hier soir, c'est le minimum, tu t'en sors bien parce que ce sont des gars corrects qui m'obéissent, eux. J'espère que cette frousse t'aura mis un peu de plomb dans la tête. C'était pour moi le seul moyen de te faire entrer quelques notions basiques dans le crâne, j'espère juste que le message a été bien capté.

— C'était toi, tu es un salaud, quand même, crache Coralie, hors d'elle, en tournant autour de la pièce, je ne te pardonnerai jamais l'humiliation que j'ai endurée.

— Tu l'as bien cherchée, cette leçon, et c'est moindre mal ! Et ce n'est pas tout : la prochaine fois que tu émets le moindre commentaire sur les femmes de mon entourage, tu te trouves un appartement en ville et tu vis ta vie comme bon te semble. Nous ne sommes pas mariés, tous les deux, et je ne te dois rien de plus que l'affection et la protection d'un frère pour sa sœur. Alors, tu me lâches la grappe, Coco !

— Tu me largues, c'est ça ? Avec tout ce que je fais pour ton image de marque et ta notoriété ? J'ai sacrifié mon avenir pour te soutenir, moi…

— On va mettre les choses au clair, une fois pour toutes, coupe le frangin, pas mal agacé. À Nantes, il n'y a qu'une reine, c'est notre mère. Et tu n'es pas une princesse. Si princesse il doit y avoir, ce sera ma femme, un jour. Toi, tu restes à ta place, dans l'ombre, comme mes autres collaboratrices, sinon tu gicles. Par ta frivolité, tu peux foutre en l'air, en une soirée, mon travail de plusieurs mois. Que cette leçon sans frais te mette un peu de plomb dans le crâne. Tu es vulnérable lorsque tu es seule. Reste à ta place, ne tiens pas ta cour au Diabolo lounge comme si tu me remplaçais, encore moins à susurrer à nos potes que les soirées sont plus cool en mon absence. Ne te crois pas plus que tu n'es car, que tu l'acceptes ou non, à cette heure, Coco, tu n'es rien !

— OK, c'est très clair, limpide même, tu me jettes, profère Coralie, à bout de nerfs, Jennifer Cheminant est tellement plus glamour dans ton sillage. Et sans doute très intelligente pour t'avoir manipulé au point de nous diviser.

— Épargne-moi ta crise de jalousie à deux balles et les comparaisons stupides. J'ai agi ainsi et je te parle de la sorte, uniquement parce que je t'aime. Tu le comprendras un jour, rapidement, j'espère. Bon, je te laisse, je vais bosser, je dois rejoindre Arielle et Charles à leur cabinet, ils ont un gros souci, m'ont-ils annoncé. Toi, tu peux prendre ta matinée pour récupérer et pour réfléchir à ton choix de vie. Positivement, je l'espère. Allez, claque-moi deux bisous sur les joues et cesse de faire la tronche, tu t'en es sortie en un seul morceau et je n'ai rien eu à débourser pour sauvegarder ta dignité, petite sœur.

*

* *

Jeudi 11 mars 2010, 9 heures
Bureau du groupe Bory - Boulevard de la Prairie au Duc, Nantes

Chaque membre de l'équipe bosse d'arrache-pied sur les différentes pistes à suivre pour établir une connexion entre la victime, Jean-Michel Stark et le clan Cordouan, si discret. Domitille s'occupe de ce lien familial possible entre l'avocat Julien Delapart et Jacquelin Cordouan, son potentiel grand-père, suite aux renseignements glanés par l'incroyable Morgane auprès de ses mentors, les deux journalistes de Nantes-Infos-Scoops. Et, nantie des précisions rapportées par la fille de son chef de groupe la veille au soir, Domi a avancé promptement, au grand soulagement du commandant Bory le flic, et à la fierté de Philippe Bory, le père de Morgane. L'air de rien, une première passerelle est lancée en direction de cette famille qui se trouve vraisemblablement au centre de l'affaire. Fidèle à elle-même, Domitille note les informations glanées sur le tableau blanc pour en faire profiter ses collègues.

— Julien Delapart, avocat à Nantes et, entre parenthèses, ancien associé de Nadège Pascal, est bien le fils de Joseph Delapart, lui aussi avocat, mais à présent à la retraite, et de Claude Cordouan. Cette dernière est effectivement la fille de Jacquelin Cordouan, mais on ne trouve pas de trace de sa naissance à l'état civil. En fait, la page a disparu et toutes les archives ne sont pas encore informatisées. Cela reste donc un mystère. Peut-être n'est-elle pas née en France, après tout ?

— C'est bien notre veine, marmonne Stéphanie, fesses posées sur son bureau, comme à son habitude.

— En consultant des archives militaires, j'ai pu obtenir le dossier de Jacquelin Cordouan, officier de l'armée de la République, de nombreuses citations et médailles, qui a commencé au grade de capitaine et a fini colonel. En grattant un peu, on découvre deux anicroches à son parcours, toutes deux pour une raison identique. La première est le viol présumé d'une jeune femme en Indochine en 1952, la seconde, plus récente, en Algérie, signale une relation inappropriée avec la fille d'un autre officier. Celle-ci date de 1960. Cordouan a quitté l'armée peu après, en mai 1961, ce qui peut aussi sous-entendre qu'il a suivi, avec son unité, les généraux putschistes d'Alger. Mais là, ce n'est qu'une supposition de ma part. Bref, il n'y aurait rien d'étonnant à ce que cet homme au passé si controversé et aux penchants si marqués pour les femmes, soit l'organisateur des parties fines du manoir de la Perdrière, à l'époque où, revenu dans la région, il occupait cette demeure.

Le débat va se poursuivre quand la sonnerie de la porte de l'entrée retentit. Renan s'apprête à descendre, comme souvent, mais Philippe Bory est proche de l'escalier et va ouvrir.

Il se trouve face à un homme d'une bonne soixantaine d'années, assez grand et baraqué, avec une courte chevelure à la brosse comme il en existe de moins en moins.

— Bonjour, commandant, permettez-moi tout d'abord de me présenter : je me nomme Lucien Dangeau, j'ai fait partie de la boutique durant plus de trente ans et j'ai fini au grade de brigadier-chef. Je viens vous rencontrer car il paraît que vous cherchez des informations sur un dénommé Jean-Michel Stark. En fait, je suis actuellement responsable de la sécurité du groupe Bel Art et c'est mon patron, Baptiste Morat, qui m'envoie vers vous.

— Eh bien, tout d'abord enchanté, cher collègue, veuillez me suivre jusqu'à mon bureau. J'avoue que je suis un peu surpris de votre démarche, et surtout de l'identité de la personne pour qui vous travaillez, puisque votre boss n'est pas censé connaître la personne sur laquelle nous enquêtons, mais vos renseignements tombent plutôt bien.

Une fois à l'étage, Philippe interpelle son équipe pour les inciter à quitter la salle de réunion et le rejoindre. Il présente le visiteur à chaque membre du groupe et s'étonne aussitôt du fait que Baptiste Morat soit au courant de leur enquête à propos de cet homme disparu depuis tant d'années.

— C'est moi qui ai vendu la mèche, patron, et je l'ai fait en connaissance de cause, déclare Stéphanie, en levant la main. Je le sais en souci avec un groupe mystérieux qui lui cherche des poux dans la tête. J'ai pensé que lui et nous avions des adversaires communs et que, de lui faire part de notre épine pouvait ouvrir une porte.

— D'accord, d'accord, répond le chef du groupe, un peu surpris. Donc, vous connaissiez Stark, monsieur Dangeau ?

— Oui, c'était un bon client ! opine le visiteur, un sourire aux lèvres. Très ami avec l'inspecteur divisionnaire Strasser, devenu par la suite commissaire. Son truc, c'était le proxénétisme, mais pas comme on l'imagine.

— C'est-à-dire ?

— Lui, avant l'heure, il s'était confectionné un fichier de jeunes femmes disponibles qu'il se chargeait de placer, selon les demandes, pour des soirées huppées. Vous savez, à l'époque, nombreuses étaient les filles qui quittaient leurs campagnes pour trouver un emploi à la ville et ne faisaient pas l'affaire. J'ignore comment il se débrouillait, mais il avait ses réseaux. Il prenait alors ces jeunes femmes sous son aile et il les formait, en quelque sorte. Parfois, l'une d'entre elles s'en sortait, trouvait un emploi grâce à son carnet d'adresses ou même parfois restait au service de la famille chez laquelle elle venait faire un extra.

— Oui, en effet, c'est particulier, comme système, intervient Philippe Bory, un peu dérouté. Innovant pour l'époque, certainement, mais assez bizarre.

— Stark, c'était un gentleman, toujours tiré à quatre épingles, jamais un mot plus haut que l'autre, très riche de vocabulaire, érudit sur bien des sujets, poursuit le visiteur, de l'admiration dans les yeux. Parmi les proxénètes, on en a connu, des racailles violentes, des petites ordures qui frappaient leurs prostituées, des salauds qui ne pensaient qu'au fric, mais Stark, c'était différent, c'était un protecteur, dans le sens noble du terme. Il leur trouvait un toit, une chambre de bonne, une place dans un foyer, il veillait à leur santé, à leur petit confort basique, à ce qu'elles soient respectées par leurs clients.

— Un saint homme, quoi, fustige Domitille, choquée par le portrait trop parfait. Il faudra préparer un dossier pour qu'il soit canonisé et béatifié, je dois me rendre au Vatican la semaine prochaine, je me chargerai de le transmettre au Saint-Père.

— Veuillez pardonner les remarques de ma collègue, elle a l'épiderme sensible sur certains sujets, est contraint de justifier Philippe, pour amortir l'onde de choc. Mais alors, pourquoi quelqu'un l'a buté un jour, s'il était si formidable ?

— Ah, ça, c'est une histoire bien tordue qui n'a jamais été résolue. Je m'excuse, c'est une lapalissade de ma part, sinon vous ne seriez pas forcés de vous en occuper aujourd'hui. Je peux vous livrer ma version, sans vous certifier que c'est la vérité. D'un côté, Stark avait des relations avec Tarim Khoury, nouveau venu sur la place de Nantes, à qui il proposait des filles, lors de soirées intimes dans sa belle demeure. À ce qui se dit, celui-ci lui a proposé de devenir son associé, chargé du marché du sexe, mais dans des conditions qui ne satisfaisaient pas Stark.

— Sur le plan financier ? questionne Philippe Bory.

— Non, le problème était plutôt d'ordre moral, car Stark refusait de devenir un proxénète, il se considérait comme l'ange gardien des jeunes femmes paumées. Je sais, cela prête à sourire, mais je crois qu'il était sincère. Il s'est donc rapproché de la Reine, dont la pension pour nénettes à la rue se rapprochait un peu de sa vision du métier. Avec quelques différences, tout de même, la Reine n'était pas une sainte femme, elle ! Mais voilà, pour Régine Parizeau, le deal possédait une clause rédhibitoire : Stark ne devait plus fournir en filles Bertrand Combesson.

— Bertrand Combesson, c'est qui, celui-là ? questionne Renan, en repassant ses fiches sous les yeux.

— Combesson, l'expert et critique d'art, collectionneur et marchand de toiles de peinture ? veut se faire préciser Stéphanie, dans le même élan, mine ahurie. Cet homme qui parcourt le monde pour expertiser des toiles, savoir si ce sont des copies ou des œuvres authentiques ?

— Oui, c'est bien lui, un homme invisible et pourtant bien présent sur la ville depuis deux décennies, répond l'ancien policier, tellement heureux d'aider des collègues. Un milliardaire qui fait effectivement son business dans le monde entier. Peintre aussi à ses heures, ou du moins, c'est le prétexte pour accueillir de jeunes modèles féminins dans sa propriété de Nort-sur-Erdre, pour des séances qui cachent mal leur véritable objet : le sexe. Cent fois, mes supérieurs ont voulu le coincer, cent fois ils ont reçu des ordres de ne pas approcher le milliardaire, un intouchable, et chaque fois que nous avons tenté de le prendre en flag, nous avons toujours fait chou blanc.

— Il est si puissant qu'on le juge au-dessus des lois ? interroge Philippe Bory, amusé. Mais comment se fait-il que je n'en ai jamais entendu parler ? Qui est donc ce célèbre inconnu ?

— Déjà, il est marié avec Louise Cordouan, l'une des filles du colonel Jacquelin Cordouan, précise Lucien Dangeau, déclenchant un brouhaha dans le bureau. Eh oui, Cordouan a eu deux filles dont les mères sont inconnues, ce qui est très original. D'ordinaire, c'est le père qui est inconnu. Je suppose que les deux génitrices étaient ses maîtresses en Indochine, ce qui explique que ses filles soient très typées.

— Non de Dieu, les voilà, nos deux filles Cordouan, et voilà pourquoi on ne trouve pas de trace de leur naissance dans la région.

— L'Indochine, c'est bien la région du Vietnam actuel ? questionne Renan, perplexe.

— Oui, explique Domitille, comme souvent lorsqu'il fallait des explications historiques, l'Indochine française rassemblait trois pays actuels, le Cambodge, le Laos et le Vietnam, jusqu'à sa dissolution en 1954. Mais pourquoi cette question ?

— Parce que c'est aussi du Vietnam que venait Katya, la mère de Fabienne, répond le Breton. Mais vous avez raison, cela n'a sans doute rien à voir.

— Donc, pour revenir à notre sujet, intervient Philippe Bory, l'affaire ne s'est pas faite avec Régine Parizeau pour la simple raison que Stark livrait des filles à Combesson ?

— Pour tout vous dire, j'avais des liens particuliers avec la Reine, avoue l'ancien policier en s'empourprant. Oh, pas ce que vous pouvez imaginer, j'étais marié et fidèle, malgré les tentations quotidiennes. Mais elle était un peu mon indic sur certains dossiers. Discrètement, bien sûr. En échange de la mansuétude de notre unité de police lors de certaines descentes commandées, elle me livrait des informations sur des protagonistes d'affaires en cours. En fait, à la mort de Jacquelin Cordouan, rattrapé par son passé équivoque et des pages sulfureuses dans celui de sa famille, les époux Combesson ont un peu disjoncté.

— Qu'entendez-vous au juste par « rattrapé par son passé équivoque et des pages sulfureuses dans celui de sa famille », se fait préciser Philippe Bory.

— D'une part, des plaintes ont été déposées contre lui par de nombreuses femmes, notamment des épouses ou filles de militaires. En résumé, ce gradé était un pervers sexuel, un terrible prédateur. En plus, des documents d'archives établissaient que, malgré leur acquittement lors d'un procès durant l'épuration, les membres de la famille Cordouan avaient bien collaboré avec l'ennemi, et surtout jamais participé aux activités de la Résistance, comme ils s'en prévalaient régulièrement. Xavière et lui risquaient de perdre leurs biens, ils ont alors passé une période difficile dont ils se sont sortis tant bien que mal. Mais peu après, alors que les charges s'accumulaient contre lui et les siens, Jacquelin Cordouan est mort dans un accident de voiture qui a tout d'un suicide.

— Et savez-vous comment s'est établi le lien entre Combesson et la famille Cordouan ? poursuit Philippe Bory, qui sent que l'enquête prend une autre dimension.

— Une fois de plus, ce ne sont que mes souvenirs bien vagues et j'espère que ma mémoire ne va pas vous induire en erreur. Si Strasser, était toujours en vie, il vous en dirait davantage, lui qui les fréquentait assidûment et les couvrait quand une affaire les mettait en cause. La famille Cordouan avait des toiles à vendre, dans les années soixante-dix, pour conserver leur train de vie. Ils ont fait la connaissance de Bertrand Combesson, un jeune marchand d'art qui a éprouvé un grand intérêt pour ces œuvres, mais aussi pour Louise, la plus jolie des deux sœurs. Si les Cordouan tenaient à se débarrasser de ces tableaux, c'est surtout pour la raison qu'ils provenaient tous de collections de familles juives disparues lors de la rafle de juillet 1942, à laquelle avait effectivement participé Louis Cordouan, le patriarche.

— Et cette famille a pu rester vivre dans la région sans avoir d'ennuis ? peste Cédric, ahuri par le récit abject.

— Nantes est une ville qui a toujours été habituée à cohabiter avec ses démons, explique Domitille, une fille d'ici. Avant-hier les négriers, hier les collabos, aujourd'hui les racistes ou les violeurs de jeunes filles. Les siècles passent, la noirceur de certaines âmes humaines demeure. Ils sont une infime minorité, mais ils salissent souvent tout ce qu'ils touchent. Enfin, l'histoire peut aussi s'appliquer à Bordeaux, pas vrai Stéphanie ?

La Girondine ne répond pas, elle est perdue dans ses pensées, comme si elle découvrait une page affreuse de l'histoire de l'humanité. Elle n'a pas entendu l'interpellation de Domitille, elle est ailleurs. Où ? À quelle époque ? Seule, elle, peut le savoir.

— Quelle sinistre famille, ponctue Philippe Bory. Cordouan, ce n'est pas un nom d'ici ?

— Non, ce sont des Espagnols qui ne cachaient pas leur attachement à Franco, mais qui ont pourtant dû fuir leur pays avant la Première Guerre mondiale, pour une raison inconnue. Au cours de votre enquête, vous découvrirez certainement aussi l'existence d'un fichier qu'ils avaient mis en place, après avoir récupéré celui des miliciens à la Libération. Personne n'a jamais pu mettre la main dessus, mais son existence a été confirmée par de nombreux témoignages de personnes qu'ils ont fait chanter, à l'époque. Des collègues plus anciens m'ont parlé de descentes au manoir de la Perdrière, du temps où la propriété appartenait aux Cordouan, mais sans résultat.

— Et ce Combesson, que pouvez-vous m'apprendre sur lui ? poursuit le commandant Bory.

— Là encore, ce ne sont que des rumeurs, mais il se dit que le milliardaire ne s'intéresse qu'aux portraits de femmes nues. Il aurait une salle réservée aux plus belles pièces de sa collection et aurait acheté certains tableaux à prix d'or aux quatre coins du monde. Mais je ne suis jamais entré chez lui, je ne peux donc affirmer que ces bruits sont fondés.

— Je vous remercie pour vos explications magistrales, monsieur Dangeau. Elles nous ouvrent des pistes que nous n'aurions jamais imaginé explorer. Je crois que nous aurons encore besoin de vos lumières à l'avenir, car j'ai l'impression de me trouver dans le rôle d'un premier de cordée pour une ascension de l'Everest par une face encore inexplorée. Et vous serez un peu notre sherpa.

— Si je peux vous rendre service et si mon patron accepte de me libérer pour vous aider à résoudre cette affaire, je me ferai un devoir de révéler ce que je sais.

— Juste une dernière question, intervient Domitille. Pourquoi venir nous parler aujourd'hui ?

— Parce que monsieur Morat me l'a demandé. Vous savez, il est parfois des sujets qu'il est préférable de ne jamais aborder, pour profiter de la vie le plus longtemps possible. Les Nantais le savent, on ne touche pas à certaines personnes dont certaines familles de notables au passé ambigu et suspect…

— La famille de La Bauxière en fait partie ? poursuit Domitille, visage fermé.

— Oh non, mademoiselle Domitille, votre père est un saint homme au regard de tous ceux que nous venons d'évoquer, certifie spontanément le policier. Vous êtes issue d'une bien belle famille, vous savez…

— Donc, si Baptiste Morat ne vous avait pas ordonné de venir nous faire partager vos informations, vous auriez gardé le silence ?

— Oui, mademoiselle Domitille ! Il faut me comprendre, j'ai une femme, des enfants et des petits-enfants, je ne veux pas leur nuire, leur causer de problèmes. Ces gens-là, ces puissants, savent tout, un jour ou l'autre, et ils sont aussi capables de tout !

Lucien Dangeau quitte le bureau de Philippe Bory. On pourrait entendre une mouche voler. Chaque membre de l'équipe est perdu dans ses pensées. Personne n'ose parler, personne n'ose bouger. C'est le chef qui s'y colle et revient vers la salle de réunion pour compléter le tableau d'un patronyme déterminant : Combesson. Avant de compléter les liens des deux filles de Jacquelin Cordouan, à partir des infos livrées par Dangeau. Le groupe le rejoint, à part Stéphanie qui met un peu plus de temps à émerger des limbes ; quand elle rentre dans le bureau, son patron la taquine.

— Je devrais te tirer les oreilles d'avoir parlé de notre enquête à Baptiste Morat, et pourtant je te félicite de cette initiative qui nous permet de bien avancer dans notre enquête !

— J'ai déjà entendu parler de ce Combesson, susurre-t-elle du bout des lèvres, blanche comme une boule de neige. Il a volé un tableau à mes grands-parents et mon père s'est battu jusqu'à la mort pour le retrouver. J'ai moi-même pris un blâme pour l'avoir harcelé, lors de l'un de ses passages à Bordeaux, décidée à obtenir des explications de sa bouche. Cet homme est le diable incarné. Il s'est fixé pour objectif de récupérer toutes les toiles d'un peintre espagnol réfugié à Nantes en 1936 et mort peu après la fin de la guerre. Un spécialiste des nus féminins, effectivement. Il se nommait Juanpe Balaguer.

— Quoi, Balaguer comme l'avocate, s'étouffe Philippe Bory.

— Oui, moi aussi, cela m'a intriguée, avoue Stéphanie, mais je ne veux pas m'enflammer, j'ai connu tant de déconvenues. C'est ce tableau que je me suis fait tatouer dans le dos par un artiste graffeur bordelais. Renan, c'était l'unique moyen, pour moi, de prouver que je connais cette œuvre que j'avais photographiée, puisque la toile a aujourd'hui disparu de la circulation. Commandant, si je suis là, ce n'est pas un hasard, je ne peux pas y croire ! Lorsque vous êtes passé me rencontrer, je venais justement de découvrir sur une revue d'art, que ce fameux Bertrand Combesson possédait une demeure en banlieue nantaise. Je ne crois pas aux hasards, moi non plus, vous ne m'avez pas proposé ce poste de manière innocente.

— Tu sais, la vie est faite de circonstances certaines favorables, d'autres défavorables, argue Philippe Bory, qui patauge un peu, et parfois le destin nous donne un coup de pouce.

— Qui vous a incité à prendre contact avec moi, Chef, ce n'est pas le Saint-Esprit ? questionne Stéphanie, toute retournée.

— Pour Philippe, le Saint-Esprit a très souvent pour pseudo Nadège Pascal, ironise Domitille. Je me trompe, Commandant, si je dis que c'est bien elle qui vous a susurré la candidature de Stéphanie Bordage pour prendre le poste laissé vacant par Fabienne ?

— Oui, c'est vrai, pourquoi vous mentir, Nadège t'a croisée lors d'une affaire à Bordeaux, Stéphanie, et tu as frappé son esprit. Elle était convaincue que tu nous aiderais dans nos enquêtes. Elle devait connaître ton histoire.

— Décidément, quel que soit le sujet, cette avocate est toujours présente dans nos enquêtes depuis le début, s'étonne Cédric, lui aussi sidéré. C'en devient presque irritant, à la longue.

— Et je pense qu'elle a encore pas mal de longueurs d'avance sur nous, glousse Domitille, sarcastique. À se demander pourquoi elle a besoin de notre soutien pour résoudre cette affaire. À moins qu'elle prenne du plaisir à tirer les ficelles et à nous voir gesticuler à sa guise, comme des petites marionnettes…

— Voilà une matinée qui a passé à une vitesse incroyable, coupe Philippe, soucieux de changer de sujet. Allez, on va manger un bout ? Les émotions, ça creuse !

*

* *

Jeudi 11 mars 2010, 13 heures - Rue Mercœur, Nantes

Alors qu'elle se rend en solo dans une petite brasserie pour se manger une salade composée, après une matinée de travail assez compliquée en raison de l'état d'irritation de son patron, Solenn Mayeur est accostée dans la rue par un homme très bien habillé et aussi très poli. Il s'excuse de son indélicatesse et promet que c'est pour la bonne cause. Tous deux s'enfoncent dans l'entrée d'une porte cochère pour ne pas gêner la marche des badauds sur le trottoir. L'homme explique sa requête :

— Je suis un ami d'Aymeric Morat, votre patron et je voulais vous dire qu'il ne se sent pas très bien, en ce moment. Peut-être l'avez-vous remarqué, vous aussi. Il traverse une passe difficile dans sa vie de couple, il ne peut plus compter sur votre appui, puisque vous travaillez désormais à temps complet dans les bureaux de Bel Art et il se sent seul.

— D'une part, c'est lui qui m'a proposé d'occuper ce poste de superviseur de la comptabilité de son jeune frère, se justifie Solenn, mais en plus, il possède d'autres collaborateurs, bien plus anciens que moi dans son cabinet, auprès desquels il peut s'épancher de ses soucis. Je comprends que ses problèmes personnels le minent, je suis aussi passée par là, mais je ne vois pas bien que faire pour lui apporter mon aide.

— Je me permets d'insister, cela fait combien de temps que vous ne l'avez pas rencontré ? Je veux dire, un peu plus qu'un rapport rapide entre deux portes de bureaux.

— C'est vrai que cela fait quelques semaines, à présent que nos points plus complets ont disparu de nos agendas communs, acquiesce Solenn, en fouillant dans ses souvenirs, mais si la situation de Bel Art le justifiait, je ne manquerais pas de lui réclamer un entretien plus long et je suis certaine qu'il me l'accorderait sans problème.

— Savez-vous qu'il loge désormais dans une chambre d'hôtel et qu'il est complètement perdu ? On peut être un patron parfait, un expert-comptable hors pair et patauger lamentablement dans sa vie personnelle. En plus, privé de l'affection de son épouse, il ne veut pas déranger son frère et sa sœur, bien accaparés de leur côté, pas davantage peser sur ses collaborateurs peu au fait de sa vie privée.

— Oui, mais…

— Il me l'a encore dit hier soir, une seule personne, pourrait l'aider à y voir clair, c'est vous, Solenn, qui possédez la maturité, l'expérience de la vie de couple et le recul nécessaire pour le conseiller. En fait, vous êtes plus qu'une collaboratrice, pour lui, vous êtes devenue une amie, au fil des mois. Entendons-nous bien, que les choses soient claires, ce n'est pas un plan de drague de sa part. Vous êtes une femme mariée, il le sait parfaitement et le respecte. Mais il est convaincu que vous êtes pour lui une confidente sérieuse et avisée, capable de le réveiller par un bon conseil.

— Ce que vous me demandez est très gênant, Monsieur, répond Solenn, confuse et embarrassée. Oui, moi aussi, j'apprécie beaucoup Aymeric Morat et il a su me donner ma chance quand bien d'autres m'ont pensée inapte à un poste à responsabilités, après plusieurs années d'interruption de travail.

— Il occupe la chambre 44 de l'hôtel de l'Europe, boulevard Magellan et je sais qu'il y sera aujourd'hui, à partir de 17 heures. Je crois que si vous quittez une heure plus tôt votre bureau de la tour Bretagne pour faire un point sur les activités avec votre patron, Baptiste ne trouvera rien à y redire.

— Non, bien sûr, mais que vais-je pouvoir dire à Aymeric, je ne vis pas dans son couple, je connais très peu son épouse, j'ignore la teneur du problème et cela me met terriblement mal à l'aise. Bon, je vais voir ce que je peux faire.

— Ne le laissez pas tomber, implore l'inconnu, s'il faisait une grosse bêtise, vous le regretteriez toute votre vie.

— Il n'en est pas là, tout de même !

— Voilà une question à laquelle il m'est impossible de répondre, soupire l'inconnu, sourcils froncés. Je peux juste dire pour conclure ce moment que je compte sur vous et que vous comptez beaucoup pour lui.

*

* *

Jeudi 11 mars 2010, 17 heures - Square Élisa-Mercœur, Nantes

Comme il le lui a été ordonné, Charles Steiner arrive près du bassin du square, s'installe sur un banc public, pose à côté de lui un attaché-case noir et sort de sa poche le journal du jour. Autour de lui, à la faveur d'une douce température, quelques mamans avec leurs jeunes enfants qui font leurs premiers pas dans la vie, des retraités avec leur chien en laisse, des badauds aux pas lents, des personnes actives à l'allure plus agitée.

En déambulant dans le jardin, l'avocat a appris qu'Élisa Mercœur était une poétesse nantaise disparue en 1835. Il n'en avait jamais entendu parler auparavant. Il se couchera donc moins idiot ce soir.

Un homme d'un certain âge vient s'installer auprès de lui et, prompt à engager la conversation, il lui explique que le séquoia de Chine est l'un des premiers plantés en Europe, que la sculpture au milieu du bassin se nomme la Fontaine de verre, que l'endroit sera bientôt transformé, avec l'espoir pour l'octogénaire qu'on ne touche pas aux arbres si agréables. Mais il doute que son vœu soit exaucé.

Charles l'écoute poliment, mais il commence à

s'agacer de ce voisin un peu trop encombrant, tellement heureux d'avoir trouvé une oreille disponible pour recevoir ses paroles. Enfin, satisfait de s'être reposé quelques minutes, d'avoir papoté un peu, même s'il avait alimenté l'intégralité de la conversation, l'homme se lève et reprend sa marche vers son domicile, dans la direction du château des Ducs de Bretagne.

Judicieuse idée que de libérer l'avocat car un homme s'approche de ce dernier et, même s'il ne faut pas se fier aux apparences, il n'a rien d'un homosexuel en quête d'un bon plan pour la soirée. Il tourne un moment autour de Charles avant de l'apostropher.

— T'as nos dossiers ?

— J'ai rassemblé ce que j'ai pu, j'ignore ce que vous recherchez et nous n'avons pas beaucoup avancé, ces derniers jours !

— C'est toi qui as briefé ton associée, hier soir, pour qu'elle zappe notre petit rendez-vous ?

— Je ne vois pas de quoi vous voulez parler, certifie l'avocat. Je n'ai pas vu Arielle de la journée et hier soir, j'ai cuvé dans un bar jusqu'à pas d'heure. Mais vous connaissez certainement mon emploi du temps complet, un gars me suivait, j'ai failli l'inviter à coucher chez moi, tant il était peu discret. En revanche, vous aviez promis de ne pas vous en prendre à Arielle. Si vous ne tenez pas vos promesses, je romps notre accord.

— N'inverse pas les rôles, c'est toi qui es dans la merde, pas nous. Et si on veut discuter avec la baveuse, ce n'est pas toi qui nous en empêcheras. Conserve ton téléphone sur toi en permanence, on va te rappeler en cours de semaine prochaine pour te filer un nouveau rancard. Mais cela pourrait être plus rapide si mon boss n'est pas satisfait de tes dossiers. Il a horreur qu'on se fiche de sa gueule, alors tu as intérêt à lui avoir préparé du lourd.

— Du lourd, du lourd, ça dépend de votre balance… J'ai fait de mon mieux, à vous de voir, à présent.

Sans un mot d'au revoir, sans un signe amical, l'homme a récupéré l'attaché-case et s'est volatilisé aussi discrètement qu'il était arrivé. À présent, advienne que pourra. Charles a besoin d'un bon scotch pour se remettre de ses émotions. Il a horreur de ces petits jeux pour lesquels il n'est pas taillé. Mais plus que tout, il ne veut pas que ces gars s'en prennent à Arielle, comme cela a failli être le cas la veille au soir. Il regarde le portable qui n'est plus tout à fait le sien et imagine facilement que ces types y ont implanté un traceur, pour pouvoir surveiller ses déplacements, ses relations. Peut-être ont-ils même les moyens d'écouter ses conversations, avec les inventions quotidiennes en téléphonie mobile, tout est possible. Il balise à nouveau, comme la veille au soir. Décidément, il n'aurait pas été un bon agent secret.

*

* *

Jeudi 11 mars 2010, 17 heures 30
Hôtel de l'Europe - Boulevard Magellan, Nantes

En quittant sa voiture garée dans le parking souterrain pour se rendre vers l'hôtel situé au-dessus, Solenn Mayeur se demande ce qu'elle fait là. Si elle avait appelé Philippe pour lui faire part de son initiative, son mari l'aurait dissuadée de s'embarquer dans une telle galère. Mais elle ne peut s'empêcher de penser qu'Aymeric Morat lui a tendu la main quand elle avait besoin de démarrer une nouvelle vie professionnelle et ce n'est pas facile de retrouver un emploi à son âge. Plus encore que cela, rapidement, il lui a confié des responsabilités et a su la remercier de son sérieux et de son professionnalisme, une reconnaissance rare chez des patrons. Il serait indélicat de sa part de ne pas avoir un geste amical en retour.

Profitant d'une température douce et d'un soleil éclatant, Solenn a laissé l'imperméable dans la voiture pour ne prendre que son sac à main. Après être sortie à l'air libre rue de Belfort, elle avance sur le quai Magellan et découvre, un peu plus loin, la porte d'entrée de l'hôtel. Elle hésite encore un peu, fait les cent pas sur le trottoir, se demande comment elle va se présenter à son patron. Elle ne trouve pas de formule convenable, tergiverse et tourne en rond, espérant ne pas faire de bêtise.

Juste devant elle, confortablement installés à l'avant de leur véhicule, deux hommes filment la scène jouissive de cette femme plus que respectable qui joue le jeu de manière inespérée. Elle est touchante, dans sa robe noire qui s'arrête un peu au-dessus des genoux, les mains à présent dans les poches de sa veste gris anthracite, son sac à l'épaule, hésitant encore un peu avant de pénétrer dans l'hôtel, parfaite dans son rôle de femme adultérine titillée par un ultime remords. Enfin, elle monte les marches et pousse la porte de verre. Une fois la petite caméra arrêtée, les deux hommes se tapent dans la main. Première partie réussie, le piège a fonctionné. Ils appellent Julien Delapart pour lui annoncer la bonne nouvelle : le poisson est ferré.

À l'intérieur de l'hôtel, sans la moindre malice, Solenn se dirige vers la réceptionniste pour lui demander si Aymeric Morat, le client de la 44, se trouve bien dans sa chambre. Elle ne remarque pas le petit sourire de l'interlocutrice pour lui répondre par l'affirmative, après avoir vérifié que la clé ne se trouvait pas en son lieu de rangement. Un ascenseur, quatre étages, un couloir, la 44.

Elle hésite à nouveau, plantée devant la porte, puis elle frappe. Elle attend un moment, elle entend du bruit dans la chambre enfin un loquet qui tourne. La porte s'ouvre.

Surprise de l'expert-comptable qui se demande ce que sa collaboratrice fait là.

— Un problème chez Bel Art ? questionne-t-il.

— Et vous, comment allez-vous, je n'ai pas de nouvelles depuis longtemps et je sais que vous passez une période difficile. Alors je me suis dit…

— C'est Baptiste qui vous envoie, pas vrai ? Il a des remords après les dures paroles qu'il a proférées contre moi l'autre soir ? Il regrette de s'être emporté de la sorte ?

— En fait, non, j'ai juste pensé que vous n'aviez personne auprès de qui vous libérer de vos tracas et comme je pense représenter à vos yeux plus qu'une collaboratrice, une amie solide et d'expérience, je me suis décidée à venir vous témoigner mon soutien. Ce n'était pas une bonne idée, visiblement.

— Si, si, Solenn, c'est juste que je suis surpris de votre démarche. Vous me prenez au dépourvu. Mais entrez et installez-vous dans le fauteuil. Je ne m'attendais pas à une telle marque d'affection de votre part, elle me va droit au cœur, croyez-le sincèrement.

— Je n'oublierai jamais que vous m'avez laissé une chance de vous prouver que j'étais encore capable de vous rendre service, je ne sais pas ce que je serais devenue, sans ce travail.

— Je ne le regrette pas, Solenn, croyez-moi. Mais vous avez été mal renseignée, tout va bien pour moi, si ce n'est que ma femme a souhaité faire un break et m'a suggéré de quitter le domicile conjugal pour quelques jours. Ce qui me permet au final de travailler plus tranquillement ici.

— Votre ami n'est pas du tout psychologue, alors, s'amuse la candide Solenn. Depuis votre rencontre d'hier soir, il vous pense proche du suicide.

— Mon ami, quel ami ? Je n'ai vu personne hier soir. On vous aura fait une blague. Quel était le prénom de cet ami.

— Fred, il m'a dit que vous sauriez de qui il s'agit.

— Je connais bien un Fred, mais je ne l'ai pas vu hier, Solenn, s'étonne l'expert-comptable.

— Un homme très classe, de belle allure, la quarantaine, un costard noir, une barbe bien taillée et des lunettes de soleil, se souvient Solenn, assez physionomiste. Il m'a abordée au sortir des bureaux de la tour Bretagne, vers 13 heures.

— Dans ce cas, ce n'est pas une blague, Solenn, c'est un piège diabolique, lâche l'expert-comptable en se grattant la joue. Soit pour vous, soit pour moi. Dans les deux cas, il faut trouver une parade.

— Comment cela, un piège ? s'étouffe la visiteuse, qui tombe des nues.

— Si c'est moi, ma femme cherche à faire croire que j'ai une maîtresse pour remporter le procès et repartir avec un maximum d'argent. Dans ce cas, un homme vous aura pris en photo à votre entrée dans l'hôtel, convaincu que la réceptionniste pourra confirmer le numéro de la chambre que vous lui avez demandée. Ces professionnelles sont physionomistes et un visage aussi angélique que le vôtre, cela ne s'oublie pas. Et ce même homme va attendre votre sortie pour prendre une autre série de photos. Et ainsi, mon mariage va me ruiner.

— Non, ce n'est pas possible, je vous promets que j'ignorais tout cela, Aymeric. Comment une femme peut être assez tordue pour imaginer un piège pareil ?

— L'idée ne vient sans doute pas d'elle, mais de son avocat. Je ne la blâme pas. Comme vous, elle est un peu ingénue. Ce n'est pas forcément un défaut, bien au contraire, mais parfois, cela provoque de désagréables surprises. Néanmoins, une autre possibilité existe. Le parking souterrain de ce lieu est l'un des moins sûrs de la ville. La vidéo est souvent en panne, l'accès direct à l'hôtel est détérioré et en travaux, il est de notoriété publique que de nombreuses femmes y ont été agressées. Dans ce cas, la cible, c'est vous. Avez-vous garé votre voiture dans le parking souterrain ?

— Euh, oui, au second sous-sol. Vous pensez que…

— Il est aussi possible qu'ils fassent d'une pierre deux coups, coupe Aymeric, qui réfléchit à haute voix. Avec moi, ils discréditent les Morat, puis avec vous, en vous enlevant, ils musellent votre mari.

— Mon Dieu, que pouvons-nous faire ?

— Je ne vois qu'une solution, appelez votre époux et expliquez-lui toute la situation. Il est policier, il saura comment agir.

Une petite heure plus tard, Philippe Bory arrive dans la chambre 44 pour rejoindre sa femme, avant de sortir un quart d'heure plus tard à son bras, en narguant les deux gars de la voiture garée non loin de l'entrée, sans doute alertés par un complice que la nana quittait l'hôtel et qu'elle était accompagnée. À quelques encablures, ils retrouvent Renan et Stéphanie pour descendre ensemble jusqu'au véhicule de Solenn, sans encombre. Par prudence, le commandant escorte cependant sa femme jusqu'à la maison.

Dans une bagnole plus loin, les deux gars en planque pestent, l'homme qui accompagnait la brune n'était pas Aymeric Morat. Le temps de composer le numéro de Julien Delapart pour lui laisser un message désappointé et on frappe à la vitre du véhicule.

— Bonjour, Police nationale, lance Cédric Cazal, contrôle du véhicule, puis-je voir vos papiers et la carte grise ?

— Et moi, j'aimerais voir votre téléphone, Monsieur, renchérit Domitille, dans le dos de son équipier.

— Vous n'avez pas le droit !

— Dans ce cas, vous sortez de votre véhicule immédiatement et vous nous accompagnez au poste. Allez, hop, hop, hop !

— Non, c'est bon, on obéit. Mais que nous reprochez-vous, au juste, on ne faisait rien de mal.

— Filmer des jeunes femmes qui entrent dans des hôtels, ce n'est pas légal, réplique Domitille, en leur montrant leur téléphone. Je suis certain que vous allez nous raconter pour le compte de qui vous travaillez. Sinon je vous colle sur le dos tous les dossiers de disparitions inquiétantes non élucidés dans les cinq dernières années.

Le fourgon de la patrouille arrive juste après et les deux gars sont embarqués, protestant comme de pauvres diables, bons pour méditer sur la morale de l'arroseur arrosé.

*

* *

Jeudi 11 mars 2010, 20 heures 30
Restaurant le Fin gourmet - Rue d'Orléans, Nantes

Philippe Bory reconnaît aisément ce petit péché mignon : il aurait pu intervenir plus tôt et appréhender Marie-Flore Balaguer et Julien Delapart à la sortie de leur cabinet, en toute discrétion. Il aurait même pu les alpaguer dans le café voisin où tous deux ont pris un petit apéritif avant de rallier un bouchon en vue du centre-ville où ils ont sans doute réservé une table. Et là encore, alors que Cédric lui a demandé si, à présent, c'était bon, le commandant a lanterné un moment de plus, souhaitant davantage de monde dans la salle, en prétextant que ces deux avocats allaient regretter d'avoir voulu s'en prendre à sa femme.

À 20 heures 30, le restaurant est quasiment plein. Bien installés à une petite table pour un duo, les associés dégustent avec délectation, qui sa tranche de foie gras – gourmandise, quand tu nous tiens –, qui sa salade gourmande – régime drastique oblige –, en sirotant de bonnes gorgées d'un excellent monbazillac. Ils s'interrogent tout de même sur l'absence de nouvelles de la part de leur équipe en planque devant l'hôtel. Julien, un peu plus inquiet, veut appeler le chef du petit groupe, Marie-Flore l'en dissuade, imaginant que l'aîné des Morat passe peut-être du bon temps avec l'épouse si souvent délaissée du commandant de police. La réalité rejoint si souvent la fiction, après tout. C'est au moment où le garçon dessert les assiettes que tout se gâte pour eux.

Cinq personnes pénètrent dans la salle, brassard rouge au bras, et en un instant le silence se fait. À croire que tout le monde a quelque chose à se reprocher. Pourtant, à l'intérieur de ce restaurant, le gratin n'est pas dans l'assiette mais assis sur les chaises. Philippe se délecte de ces instants suaves, riches de milliers de sensations. Au fond de la salle, Marie-Flore Balaguer ne saisit pas encore que les flics sont là pour son associé et elle. Comprenant qu'il se passe quelque chose, dos à la salle, Julien lui demande quel est ce cirque, derrière lui, avant de tenter de se retourner d'un geste brusque, quand il voit sa partenaire se décomposer.

— Maître Delapart, Maître Balaguer, veuillez nous suivre, je vous prie, lance le commandant, à très haute et bien intelligible voix.

— Mais pour qui vous prenez-vous, s'insurge Julien, pris à défaut, vous voyez bien que nous sommes à table.

— Je vous en prie, ne faites pas de scandale, ne rendez pas le moment encore plus humiliant pour vous deux, poursuit Philippe Bory, lui aussi au festin, mais d'une autre manière. J'aimerais éviter les menottes, mais si vous m'y forcez…

— Je vous préviens, cela ne va pas se passer comme ça, hurle l'avocat, moins conscient de la situation que sa consœur. J'ai des relations, cela va barder pour votre matricule, faites-moi confiance. Je vais en référer au commissaire Ponthieu et j'exigerai des excuses de votre part.

— Je ne sais lequel de vous deux a pondu la brillante idée de mêler ma femme à vos tripotages et vos manipulations douteuses, mais il va s'en mordre longuement les doigts. Et n'incriminez pas vos hommes, ils n'ont pas parlé. Ils ont juste eu l'idée saugrenue de laisser un message sur votre répondeur pour vous assurer que le poisson était ferré. Nous n'avons même plus besoin de vos aveux, le dossier est déjà bouclé. Allez, debout, on y va.

Résignés, les deux avocats se lèvent et passent, tête basse, sous les regards critiques des autres convives, qui pour la plupart, les connaissent et pour quelques-uns, sont leurs clients. Au bout de la salle, vers la sortie, le garçon leur tend leurs manteaux. Ils n'avaient certainement pas prévu de finir la soirée au poste de police. Philippe Bory sait pertinemment que leur garde à vue ne donnera rien, mais il veut les sonder. Et puis ce type a viré un jour Nadège de son cabinet, tout cela parce qu'elle aimait défendre la cause des plus démunis, et rien que pour cela, il mérite bien de sentir souffler le vent du boulet.

Tous deux prennent place à l'arrière de la voiture de Philippe Bory en compagnie de Domitille, Cédric se place à l'avant. Les deux lieutenants suivent sur la moto de Stéphanie. Tous les cinq se relaieront durant la nuit pour pilonner les deux avocats. Philippe est tranquille, Morgane est à la maison et va s'occuper de sa mère, un peu choquée par le déroulement de sa fin de journée. Touchante et candide Solenn, éternelle princesse au monde des Bisounours.

La soirée et la nuit s'annoncent longues. Les avocats ne diront rien d'intéressant, mais leur garde à vue marquera les esprits de ceux qu'ils représentent. L'équipe est motivée, pour différentes raisons. La guerre ne se gagnera pas là, mais une bataille est déjà remportée car, à la place des deux avocats en cellule, Aymeric Morat aurait pu se retrouver sur la sellette et Solenn captive de gens peu recommandables. Voilà pourquoi, sans le laisser paraître, Philippe Bory est heureux, profondément serein. Le plan avance et mène inéluctablement vers la vérité.

VI

Vendredi 12 mars 2010, 8 heures
Bureau du groupe Bory - Boulevard de la prairie au Duc, Nantes

Quand il revient aux affaires après deux heures à pioncer sur un lit de camp, Philippe Bory est en forme, de bonne humeur et prêt à en découdre avec les deux avocats. Ceux-ci se sentent sûrs de leur force et de leurs droits. Le commandant commence par l'audition de Julien Delapart qui a visiblement mal vécu ses heures en cellule. Il n'est pas un habitué des lieux, surtout à cet endroit, cela le rend nerveux. Il s'assoit sur son siège de la salle des interrogatoires, Philippe Bory arrive un peu après, guilleret.

— Salut Julien, la nuit n'a pas été trop longue ? lance-t-il d'emblée. Je me permets de te tutoyer car même si la barbe a poussé, on se connaît depuis longtemps, tous les deux. Je crois que j'ai assisté à ta première plaidoirie. Pas brillante, pour être honnête, mais au moins, tu ne pouvais que faire mieux, par la suite. Enfin, un peu mieux… Et je t'appelle par ton prénom car tu as été proche de Nadège Pascal, une ancienne avocate que je tiens en haute estime parce qu'elle a le courage d'affirmer ses convictions. Elle a des, comment dirait ta petite copine d'origine espagnole, des *Cojones*, c'est ça ?

— Vous êtes pitoyable, dans votre numéro de clown triste.

— Ainsi, tu es donc le petit-fils de Jacques Cordouan et, Ô surprise, Marie-Flore est aussi la petite-fille de Jacques Cordouan. Le monde est petit, non ? Ne me dis pas que tu l'ignorais, si je ne suis pas très bon en clown triste, tu es complètement nul en guignol. Tu le savais ?

— J'ai le droit de garder le silence et je ne vous dirai plus rien.

— Cela tombe bien, j'ai une belle histoire de salauds à te raconter et j'ai horreur d'être interrompu. Tu vas voir que la Police bosse, elle aussi.

Et Philippe Bory de narrer la saga de la famille Cordouan, depuis l'arrivée des arrière-grands-parents de Julien en France en 1936. Louis, le patriarche du clan, était déjà marié avec Dolorès en 1925, de la naissance en Espagne des trois enfants, Jacquelin en 27, Xavière en 29 et Frédéric en 32. Malheureux Frédéric, homme de foi et d'église, qui ne supporta pas qu'une célébration catholique au manoir de la Perdrière s'achève en fête païenne avec abus de douze jeunes vierges, au début des années quatre-vingt et se suicida peu après, à l'aube de la cinquantaine. Pour sa part, Xavière mariée avec Albin Touraine, qui a sans doute eu beaucoup de premiers prix à l'école, mais pas celui d'honnêteté. Quant à leurs deux filles, Julie et Sophie, la première visite les recoins de la prison de Rennes alors que la seconde se balade dans un quartier restreint de Nantes avec un bracelet électronique à la cheville. Mais, selon les garants de la souche, toutes deux sont des Touraine, pas des Cordouan. Reste Jacquelin, le mec, le viril, le militaire. On lui connaît deux filles, mais il a sûrement d'autres enfants de par le monde, si l'on s'en réfère à sa rapidité à dégainer, même quand il ne porte pas son arme sur lui.

— Je suis obligé de supporter ces conneries encore longtemps ? peste l'avocat, pas très à l'aise.

— Ce serait dommage de ne pas connaître la suite car elle est encore plus intéressante. Pour te la faire courte, elle parle notamment d'un mec devenu avocat grâce aux amis de son père, qui a vendu son associée pour plaire à ses ascendants. Un lâche, une larve, une couille molle. Mais tu as raison, les sagas ne valent que par la trempe des héros et là, je n'en ai pas rencontré un seul. Parce que le Jacquelin, il a peut-être glané de nombreuses médailles sur les champs de bataille, mais il a encore plus de casseroles aux fesses à la suite de ses exploits au pieu. Le plus souvent, dans le camp ennemi, mais parfois aussi dans son propre camp, ce qui est encore moins glorieux. Bon, je te laisse te reposer, je vais aller m'amuser avec ta cousine, à l'étage du dessous, voir si elle a un peu plus de répondant, elle. Mais ne t'inquiète pas, je ne suis pas de ta race, je ne tire pas sur tout ce qui affiche un sexe féminin, comme les Cordouan.

Lorsque Philippe Bory descend dans la cellule du rez-de-chaussée, en regardant à travers la vitre sans tain, il découvre une avocate déconfite et au bout du rouleau. Pour elle aussi, il doit s'agir de la première garde à vue. Elle ne supporte pas la pression. Pour l'instant, elle a retiré sa veste blanche, posée sur une chaise, comme sa belle écharpe de soie. Même son pull en V semble avachi. En face d'elle, Domitille est implacable, posant des questions en rafale sur ses origines, sur les raisons de son patronyme, différent de celui de son père et de sa mère. Avant d'enchaîner sur son enfance, ses études brillantes, ses copains de fac de droit. Marie-Flore n'en peut plus, elle dégouline de sueur mais ne peut ôter son pull et s'afficher en soutien-gorge.

Philippe Bory en est un peu responsable, lui qui a augmenté la température de l'immeuble, pour que les détenus fatiguent plus vite. Un truc de vieux flic. Il entre dans la salle d'interrogatoire. Domitille se lève pour lui laisser la place, le temps d'aller s'en griller une ou deux à l'air libre. Une connivence unit désormais les deux policiers, une motivation commune à faire craquer ces représentants de sadiques. Il pose une main sur l'épaule de sa collègue, elle place l'une des siennes sur la hanche de son supérieur. Un passage de relais dans les règles de l'art.

Philippe s'installe sur la chaise et regarde longuement l'avocate, son maquillage défait, son visage décati, ses cheveux en bataille, les perles de sueurs qui suintent d'un peu partout. Elle s'éponge régulièrement le front, de l'intérieur de son bras.

— Je vous prie d'accepter mes excuses, la chaudière est mal réglée, lance-t-il en préambule, sans faire réagir son interlocutrice.

— Vous êtes fier de vous, vous tenez votre vengeance de petit flic, ne peut s'empêcher de répliquer Marie-Flore, les nerfs à fleur de peau.

— C'est vrai que la nature m'a gratifié d'un modeste mètre soixante-dix, mais ce n'est pas bien important, sinon Napoléon n'aurait pas fait la carrière qu'on lui connaît. Ainsi, selon Julien, c'est vous qui avez eu l'idée de piéger mon épouse. Toutes mes félicitations, c'était du grand art !

— À ce que je sais, vous êtes divorcés, tous les deux, réplique l'avocate, proche de craquer. Maintenant, si vous vivez à nouveau ensemble, c'est votre problème.

— Vous avez raison, pourquoi s'occuper de la vie intime des autres. Parlons du professionnel. Vous occupez, auprès de Julien, la place qui était celle de Nadège Pascal, avant que son associé ne lui savonne la planche et qu'elle ne dérape. Cela ne vous soucie pas trop, visiblement ?

— Je préfère me trouver à ma place qu'à celle de votre copine, rétorque l'avocate au sang espagnol, un sourire aux lèvres. Je me suis laissé dire qu'elle ne rigole pas tous les jours. Surtout en ce moment.

— Vous avez des informations de l'intérieur alors que les parloirs sont supprimés, c'est étonnant, non ?

— La loi permet à tout avocat de dialoguer avec son client dans le parloir qui est réservé à cet effet, même si le détenu est placé en cellule de discipline ou à l'isolement, selon le code de procédure pénale, récite Marie-Flore, comme un élève débite sa leçon, tout en s'épongeant à nouveau le front. Je suis surprise que vous ne le sachiez pas, en qualité de commandant de police.

— Il faut parfois prêcher le faux pour savoir le vrai, c'est-à-dire découvrir qui a placé dans la cellule de Nadège une tigresse qui lui mène la vie dure.

— Comme vous me menez la vie dure en ce moment, Commandant, rétorque l'avocate, satisfaite de ferrailler avec l'ami de sa rivale de jadis. À la différence que vous n'avez pas droit de vie ou de mort sur moi. Alors que votre amie, celle à qui j'ai piqué la place, vit chaque journée comme si c'était la dernière. Ne mésestimez jamais vos adversaires, la vanité est souvent le péché des policiers. Si j'avais un conseil à vous donner, ce serait de penser à la santé et à l'avenir de Nadège Pascal, avant de mener des actions coup de poing, comme celle d'hier soir. Nantes est une petite ville au sein de laquelle les nouvelles circulent très vite.

— C'est une menace, Marie-Flore ?

— Oh non, je n'ai pas besoin de cela ! Prenez mes paroles comme un conseil.

— Vous semblez bien sûre de vous !

— Entendons-nous bien, je ne joue pas ma vie ou ma mort dans cet interrogatoire, je suis avocate et je tente de défendre mes clients au mieux de leurs intérêts. Telle est la noblesse de mon métier. Je sais que vous me détestez, comme vous vilipendez mes confrères, car vous arrêtez des gens et nous les faisons libérer, très souvent en raison d'un vice de procédure. Cela s'appelle la justice. Qu'ils soient innocents ou coupables, mon devoir est de leur assurer le respect de leurs droits.

— Parfait, je n'ai pas besoin de vous poser davantage de questions, j'ai les réponses espérées. Oh, juste un conseil, à mon tour ; lorsque Nadège sortira de prison, évitez de vous trouver face à elle, votre visage serait encore plus abîmé qu'il ne l'est en ce moment. Elle n'est pas d'origine espagnole, du moins, je ne le pense pas, mais elle a cependant, elle aussi, le sang chaud et la rancune tenace. Je vous laisse y réfléchir. Le procureur ne devrait pas tarder à lever votre garde à vue. Malgré vos maladresses, à mon avis, aucune poursuite ne sera engagée contre vous. Ce n'est pas une preuve de votre innocence, c'est, de notre part, une marque de respect envers votre profession. Maintenant, vous savez aussi que nous vous avons à l'œil. À bientôt, maître Balaguer.

*
* *

Vendredi 12 mars 2010, 14 heures
Appartement de Patrick Lachenal - Quai Marcel Boissard, Trentemoult

Guillemette et Patrick sont en train de déjeuner tranquillement d'une tranche de saumon grillé après quelques huîtres. Pour Guillemette, étudiante en dernière année de commerce international, cela signifie le début du week-end, puisqu'elle n'a pas de cours l'après-midi. Pour Patrick, ce sont les quelques heures qui précèdent un meeting important au Zénith de Nantes, en compagnie des candidats de gauche des autres cantons du département, mais aussi des ténors locaux du parti et de quelques leaders nationaux, à deux jours des élections régionales. Pas encore rompu à ces grands rendez-vous, le jeune politicien n'a pas dormi de la nuit et se sent bien fébrile.

La présence de sa fiancée à ses côtés le rassure un peu. Guili est si paisible, si maîtresse de ses pulsions que joie intense ou frayeur extrême ne filtrent presque jamais. Elle est comme un modèle devant lui. Ils se régalent d'une compote de pommes, confectionnée par la maman de Patrick, quand une voiture s'arrête devant leur maison. Une portière claque, la porte d'entrée s'ouvre précipitamment. Surpris, les deux tourtereaux se lèvent de leur chaise avant de se rassurer en découvrant l'imposante carcasse du père Lachenal.

— Vous avez lu la presse, ce matin ? Wilfried Kohler n'a pas seulement développé ses thèses extrémistes, il tire à boulets rouges sur toi, la marionnette fantoche d'une gauche en mal de reconstruction. Je le cite : « *Patrick Lachenal, un petit arriviste passé de Sciences Po à son poste confortable d'attaché parlementaire, en sautant la case travail et qui prétend vouloir défendre les intérêts des ouvriers, des retraités, des plus humbles. Alors qu'il partage, le soir venu, le lit de l'héritière de l'une des plus grandes fortunes de la région. À lui seul, Patrick Lachenal représente l'imposture de la gauche.* »

— Tu as dû en lire sur ton compte aussi, des articles de ce style, tu sais bien qu'avec ces gens, tous les coups sont permis, tous les procédés, même les plus abjects, sont bons à utiliser, répond le fils, plus calme que son père sur ce moment. L'extrême droite a compris que pour les régionales, c'était fichu et, dès maintenant, Kohler s'inscrit pour les cantonales, dans un an, où il sera à coup sûr mon plus coriace adversaire.

— Et tu le laisses dire ?

— Les entreprises ferment sur le bord de Loire, le chômage est de plus en plus fort, le pouvoir d'achat des foyers les plus fragiles diminue et la gauche est aux affaires depuis pas mal de temps sur le canton de Rezé alors, Kohler sent qu'il a une carte à jouer. J'ai un an pour expliquer aux électeurs mon projet sur la situation du bassin social. Sans leur mentir, mais sans céder à l'abattement. Et jamais je ne m'abaisserai à critiquer l'un de mes adversaires, à me livrer à des attaques personnelles.

— Patrick, mais ouvre les yeux, si tu ne te bats pas contre ces gens, si tu acceptes les campagnes de dénigrement, tu es foutu, s'insurge son père, fort de son expérience. La politique, c'est œil pour œil, dent pour dent, coup pour coup. Ce n'est pas se rabaisser, ça. C'est entrer dans l'arène et s'opposer à son adversaire. Si tu ne le fais pas, tes adversaires te considéreront comme un lâche et tes partisans te tourneront le dos.

— Papa, je respecte ton point de vue et ton parcours. Je démarre le mien et je le mènerai à ma manière. Pour le boulot, ne t'inquiète pas, j'ai quelques pistes pour trouver rapidement un vrai job et ainsi faire taire les critiques de ceux qui pensent qu'un attaché parlementaire est un planqué. Et pour la stratégie, je vais en étonner plus d'un.

— Il faudra aussi que, pendant un an, tous les deux, vous soyez discrets sur votre relation parce que, c'est vrai, les gens jasent de te voir te balader avec Guillemette. Je n'ai rien contre toi, ma petite, mais quand je lis un peu plus loin dans l'article : « *Le jeune Lachenal a pour conseillère personnelle la plus jeune des filles de La Bauxière, cela donne une idée précise de ce que sera sa politique en matière d'emploi. D'ailleurs, il a déjà son couvert à la table du grand patron.* » Tu cherches vraiment les bâtons pour te faire battre, fiston.

— Papa, avec tout le respect que je te dois, tu ne te mêles pas de ma vie privée, d'accord ? Les militants ont accepté ma candidature en connaissance de cause, ils ont ovationné Guillemette, quand elle est entrée dans la salle, tu ne t'en souviens déjà plus ? Et si jamais je perdais ce scrutin, jamais je ne veux entendre de ta bouche que c'est à cause de ma relation avec Guillemette. Jamais, ou tu ne me revois plus, je quitte le parti et la région.

— Si on ne peut plus discuter, maintenant, bonjour l'ambiance, module le père, qui n'avait peut-être jamais entendu de sa vie sa progéniture élever la voix de la sorte, avec détermination. J'ai encore le droit d'exposer mon point de vue, on est en démocratie, non ?

Face à lui, Patrick Lachenal est allé se poster derrière sa fiancée et lui tient les épaules, certes bien fragiles. Il veut la protéger, lui faire sentir qu'il ne l'abandonnera jamais, qu'il l'a choisie, contre vents et marées, quitte à rompre avec sa famille. Elle est proche de pleurer, en proie à une crise d'angoisse, comme il lui en arrive parfois depuis cette soirée durant laquelle une partie de sa vie a basculé. Mais une fille de La Bauxière ne pleure jamais, elle fait face à la douleur, toujours la tête haute.

Un mauvais film se déroule dans sa tête de compagne d'un homme politique, elle se souvient de l'abattement de son père, battu à des élections après une campagne de calomnie nauséabonde nourrie de rumeurs de caniveaux et de sous-entendus blessants. Guillemette ne veut pas que, par sa faute, Patrick se trouve la cible de telles attaques hostiles et méchantes.

— J'ai compris ce que désire ton père, il vaut mieux que je rentre chez moi durant un an et les élections, c'est plus raisonnable, bredouille-t-elle, la gorge serrée.

— Il n'en est pas question, Guili et, s'il le faut, je jette l'éponge, mais jamais je ne passerai à côté de la femme de ma vie. Je te préfère 10 000 fois à la politique. Et s'il faut laisser de côté mes engagements sincères envers les gens de ce canton et de cette ville pour que nous vivions notre amour sans déranger personne, je le ferai. C'est clair, Papa ?

— Je vois que je n'ai plus mon mot à dire, mais tu ne viendras pas pleurer dans les jupons de ta mère si tu te fais torpiller régulièrement durant un an. Et surtout, tous les deux, pas de vagues. Et toi, Guillemette, à partir de maintenant, dans ton comportement, pense toujours que tu n'es plus la fille d'un patron fortuné mais la compagne d'un candidat de gauche, compris ?

Jean-Michel Lachenal quitte la petite maison comme il y est entré, en trombe. Patrick prend Guillemette dans ses bras et la serre très fort en tentant de la rassurer.

— Tout est terminé, Guili, tout va bien. Tu connais mon père, il gueule fort, mais il n'est pas méchant.

Loin d'apaiser sa compagne, les paroles apaisantes de Patrick la font fondre en sanglots. Ils restent ainsi tous deux un long moment et la jeune femme blottit sa tête dans le creux de l'épaule de son compagnon. Elle se ressaisit, mais son dilemme reste entier. Elle se doit d'apporter une précision et se recule de quelques pas avant de s'asseoir.

— Mon chéri, il y a un détail important que tu dois savoir. Je ne sais comment t'en parler. Je t'avais raconté comment des garçons me tournaient autour lors des soirées en ville, avec des intentions odieuses. Un soir, j'ai été droguée et ils m'ont fait faire des choses que je ne voulais pas. Je sais aussi qu'ils m'ont filmée entièrement nue et possèdent ce film abject, dont j'ignore le contenu, car je ne me souviens de rien, mais qu'ils peuvent le sortir à tout moment.

— Et c'est maintenant que tu le dis ? s'emporte Patrick en tournant autour de la table. Cela veut dire que quelques jours avant le premier tour, on peut voir sortir sur les réseaux publics un film ou des photos de la femme de ma vie en tenue d'Ève, en train de danser la lambada ou de tailler une pipe à un petit con ? Mieux vaut jeter l'éponge tout de suite que de se couvrir de ridicule.

— Pitié, mon amour, ne me crie pas dessus, je n'ai pas fait exprès et je pensais que cet épisode n'aurait pas de suites. Je n'ai pas réfléchi aux conséquences pour toi, pour ta carrière et je viens juste de comprendre de quoi sont capables tes adversaires politiques.

— Et tu as les noms de ses petits connards ?

— Je sais que la vidéo se trouvait dans un fichier que détenait Steven Belliard, c'est lui qui organisait ces pièges dans lesquelles tant de filles naïves, comme moi, sont tombées. Maintenant, je crois que ce fichier est entre les mains de Baptiste Morat.

— Baptiste Morat, une petite racaille à qui j'ai failli casser la gueule, lors d'un bal, alors qu'il draguait ma copine de l'époque ? Dire qu'il sera bientôt l'égal de ton père, à la tête de Bel Art. C'est lui qui détient cette vidéo ?

— Oui, je crois !

Sans plus d'explications, Patrick enfile son blouson, récupère ses clés de voiture et quitte la maison sans une bise à sa compagne qui lui court après pour tenter de savoir quelle idée lui est passée par la tête. Elle tente de le calmer.

— Mon amour, où vas-tu, je t'en prie, ne fais pas de bêtises, je ne veux pas que tu prennes des risques pour moi.

— Cela, il fallait y penser avant de te prendre pour un mannequin devant l'objectif de David Hamilton !

— Pourquoi me parles-tu ainsi, je te répète qu'il m'avait droguée, je n'étais pas dans mon état normal.

Mais Patrick n'entend déjà plus le plaidoyer de sa compagne. Une demi-heure plus tard, Patrick range sa voiture dans le parking de la tour Bretagne, emprunte un ascenseur qui le mène au dernier étage, celui des bureaux du groupe Bel Art, pousse la porte vitrée et réclame à la réceptionniste de parler au patron. Fatalement, elle lui demande s'il a rendez-vous. Le visiteur lui répond que non mais qu'elle peut annoncer Patrick Lachenal, le nom lui dira certainement quelque chose. Sitôt dit, sitôt fait, l'hôtesse raccroche et lui dit d'attendre un moment, le PDG est occupé. Un temps nécessaire et suffisant au jeune politicien pour se calmer. Convenir aussi qu'après l'échange de coups de poing de leur dernière rencontre, il doit exister un contentieux. Mais il a toujours été partisan du dialogue et de la méthode directe. Soit il tombe sur un connard – ce qu'il pense de fond – qui va se régaler de le voir s'étaler devant lui, soit Baptiste a vraiment changé, comme le prétendent certains membres de son entourage, et dans ce cas, il comprendra la situation.

Les minutes passent. Patrick s'en veut des paroles blessantes qu'il a proférées à Guillemette, sous le coup de la colère et du désarroi. Il ne les pensait pas vraiment. Il lui adresse un message. Il n'a pas le temps pour les discours et lui dit juste qu'il l'aime car il sait que cela lui fera beaucoup de bien. Il s'apaise peu à peu, voit passer des gens avec le sourire, sent une atmosphère de travail agréable, puis croise deux femmes d'une petite quarantaine d'années qui devaient être le fameux rendez-vous du jeune PDG, Baptiste Morat, un garçon de sa génération, à une année près.

— Monsieur Lachenal, Baptiste Morat va pouvoir vous recevoir, annonce une belle jeune fille brune dont la silhouette fuselée fait penser à celle de Guili, avant d'escorter le visiteur dans le couloir. Si vous voulez me suivre.

Long corridor desservant une dizaine de bureaux dans lesquels de nombreuses personnes s'activent, certaines à la comptabilité, d'autres aux projets ou encore aux plans, puis une dernière porte avec une affichette : Baptiste Morat, PDG. La secrétaire s'efface, les deux regards se croisent et, au premier instant, Patrick pressent que son interlocuteur n'est plus le petit con d'hier.

— C'est bon, Jennifer, tu peux nous laisser et même rentrer chez toi, passe un bon week-end et fait des bises à ta mère et à ta sœur.

La jeune secrétaire s'éclipse, en laissant derrière elle les effluves d'un parfum délicat. Patrick se trouve face à Baptiste et à sa sœur Coralie, qu'il connaît aussi. Nantes est une petite ville, c'est bien vrai, où les jeunes finissent, un soir ou un autre, par se rencontrer. Surtout vue de ce belvédère impressionnant, qui donne l'impression d'avoir à ses pieds une mégalopole en miniature. Poignée de mains franche et presque amicale, le visiteur est rassuré. Bises à la petite sœur, plus pâle et éteinte qu'habituellement. Puis Baptiste suggère à Patrick de prendre place dans le petit salon moderne, et propose à sa frangine de se joindre à eux.

— Alors, que nous vaut le plaisir de ta visite, Patrick ? Notre dernière rencontre n'a pas été très agréable, mais les torts m'incombaient, je le reconnais humblement. De l'eau a coulé sous le pont de Cheviré et nous avons changé, tous les deux, pas vrai ? J'ai lu l'interview de Kohler, ce matin, quel gros con, ce mec, son discours me fait gerber. Sois solide pour lui faire barrage et ne te laisse pas impressionner, tu vaux bien mieux que lui.

— Justement, Baptiste, je vais me montrer direct. Tu sais donc que je partage la vie de Guillemette de La Bauxière, ce qui ne plaît pas à tout le monde, aussi bien dans mon camp politique que dans l'entourage de son paternel. Ma compagne a peur que, dans cette période électorale, une vidéo d'elle en tenue légère ne soit dévoilée au public pour me discréditer. Il me semble que, depuis la mort de Steven Belliard, tu es le détenteur de ce film, comme de bien d'autres, d'ailleurs. Combien me réclamerais-tu pour que je le récupère, avec tous les autres documents qui peuvent concerner ma future épouse ?

— Effectivement, le fichier est en ma possession, même si je n'ai pas encore pris le temps de l'inventorier, ma préoccupation de l'époque étant qu'il ne tombe pas dans les mains de personnes comme les amis de ce Wilfried Kohler, par exemple. Je me suis trouvé bombardé à un poste à responsabilités qui me dépasse un peu et dont je tente, jour après jour de prendre la mesure. Si j'avais su, j'aurais mieux travaillé au lycée, pour ne pas avoir à rattraper le temps perdu aujourd'hui. Mais j'ai appris de la vie que l'important était de bien s'entourer. Je vais être direct, il n'est pas question pour moi de te vendre ces documents, Patrick.

— Je comprends, c'est plus jouissif pour vous deux d'humilier un jour la fille de La Bauxière, marmonne le jeune politicien, un peu déçu. Chacun trouve son plaisir où il peut…

— Tu n'y es pas du tout, coupe Baptiste en secouant la tête. Je me souviens de cette soirée et je n'étais pas spécialement fier d'en être. Quoi que tu en penses, j'ai toujours eu beaucoup de respect pour la famille de La Bauxière et Guillemette est une perle pure pour qui j'ai une affection particulière. J'ai honte d'avoir assisté à cette mise en scène abjecte sans intervenir. Même si je n'ai pas participé à son viol, je n'ai rien fait pour empêcher Steven et les plus fanas de sa clique de prendre du bon temps et je m'en veux sincèrement. Coralie et moi, nous allons récupérer ce dossier en fin de journée et vous le remettre gratuitement. Je sais que tu as un meeting au Zénith, ce soir. Coralie et moi y serons présents et, juste après, nous vous invitons à un dîner à quatre.

— C'est très généreux de ta part, je ne sais que dire, répond Patrick, soulagé mais embarrassé.

— Ne dis rien, accepte, pour la sérénité de Guillemette, pour un rapprochement entre nous. Nous avons ensemble la possibilité de faire bouger cette ville qui possède un énorme potentiel et doit se tourner vers l'avenir. C'est toi, l'avenir, ce n'est pas Kohler ! C'est à notre génération de prendre les rênes pour négocier un tournant important. Tu ne le penses pas ?

— Tu ne trouveras pas d'autres paroles dans ma profession de foi, se réjouit le jeune politicien. J'ai écrit la même phrase, presque mot pour mot.

— Mais j'ai lu ton programme, que crois-tu ! C'est sans doute là que j'ai lu cette parole qui me motive chaque jour. On ne fait rien tout seul, où que l'on soit. Je serai un ami solide pour mes amis, je serai un ennemi farouche envers mes ennemis. Je ne suis pas un saint, la grâce divine ne m'a pas touché du jour au lendemain. J'ai passé des mois et des années dans l'ombre de Steven Belliard dont j'étais le bras droit. Je ne suis pas comme lui, même si je n'ai jamais osé aller jusqu'à l'affrontement, par manque de courage, par confort personnel aussi. Mais il n'avait pas tout faux, non plus. Ses méthodes étaient contestables, mais il a muselé par le chantage bien des gens qui le méritaient et cela a permis de sauver des situations bien délicates. Je me réserve le droit de protéger mes amis en usant des moyens que me procure ce fichier pour tenir quelques molosses en respect.

— Ce ne sont pas mes méthodes, mais je sais que je vais devoir assez vite apprendre à me battre face à mes adversaires car les non-violents ne font pas une longue carrière en politique. Le pamphlet dégueulasse de Kohler m'a ouvert les yeux sur la nécessité de m'endurcir et de riposter, si nécessaire.

— Patrick, tu sais que tu peux fermer le clapet à ce Kohler, une bonne fois pour toutes ? intervient Coralie, tout en regardant son frère, pour jauger sa réaction. Dans le fichier, un dossier nous apprend que son épouse, comme lui prof de droit, mais plus jeune de quatre ans, est homosexuelle. Ce qui n'est pas en soi répréhensible. Mais elle prend régulièrement du bon temps avec Clotilde, l'épouse de notre demi-frère Aymeric, de qui elle va prochainement divorcer. Une bonne chose pour Aymeric, soit dit en passant. Si tu ne la connais pas, Clotilde est une jeune métisse, ce qui jure un peu, dans l'entourage immédiat d'un leader de l'extrême droite, lui qui casse de l'étranger, du black et de l'arabe en priorité, à longueur de meeting.

— J'ignorais ce dossier, tu aurais pu m'en parler, Coco, cela va servir les intérêts de notre frère durant la procédure, car j'ai appris qu'elle avait cherché à prêter à Aymeric une aventure avec Solenn Mayeur, sa collaboratrice devenue à présent la mienne, pour récupérer une partie des bénéfices de Bel Art. Mais cela, ce sont nos affaires. Si tu veux une copie de ce dossier pour humilier ton adversaire, Coco s'en occupe pour ce soir.

— Ce ne sont pas mes méthodes, je vous le répète, je ne veux pas faire de la politique de cette manière.

— Toi, non, mais tes adversaires ? Sois réaliste, Patrick. Tu ne vas pas te pointer avec un lance-pierre, ou un rameau d'olivier, face aux bazookas et aux kalachnikovs. Je te présenterai aussi un jour de jeunes avocats qui te seront de bon conseil. Car les attaques de Kohler, ce matin ressemblent à si méprendre à de la diffamation. D'un autre côté, par leurs procédés ignobles, dis-toi que les extrémistes drainent vers toi tous les modérés de ton canton. De toute manière, Coco te prépare le dossier, tu l'utilises ou tu le gardes dans un tiroir, au moins, il est en ta possession.

— Bon, d'accord, je le garderai dans un tiroir, au cas où… Mais ne parlez pas de cela devant Guillemette, elle va détester la méthode.

— Tiens, puisqu'on y est, en parlant de projet. Nos bureaux sont ici, à la tour Bretagne et pour la partie administrative, c'est parfait. Mais pour les domaines techniques, ces bureaux ne sont plus adaptés. Nous avions un déjeuner de travail avec Marianne Demay, la responsable technique et Anne Delafontaine, directrice commerciale de Bel Art, elles m'ont incité à créer une structure technique hors de la ville, pour plus d'efficacité. Je pourrais sans doute utiliser les locaux de l'ancienne société Cheminant, mais j'ai envie de créer un espace en concertation avec mes équipes, pour qu'il réponde au mieux aux besoins de chacun. C'est ambitieux, peut-être impossible, mais je suis prêt à lancer le projet pour qu'il voie le jour l'année prochaine, si les prévisions du groupe sont maintenues.

— C'est bien, tu as des projets, c'est super ! lance Patrick Lachenal, ne comprenant pas en quoi cela le concerne.

— Que dirais-tu d'une implantation du côté de Trentemoult ? Dans la zone industrielle de Cheviré, par exemple. Enfin, Trentemoult ou Rezé, puisqu'elle est partagée en deux, l'important étant qu'elle se situe sur ton canton.

— C'est certain, l'annonce de la future implantation des services techniques de la société Bel Art sur mon secteur, ce serait une aubaine, salive à l'avance le jeune politicien. Ce serait fantastique pour le dynamisme économique et social de mon canton, une ligne positive concrète dans mon programme électoral.

— Parfait, nous sommes sur la même longueur d'ondes, on se dit à ce soir ! ponctue Baptiste Morat en se levant du canapé. Réfléchis vite aux projets de terrains que tu peux me proposer, même si tu n'es pas encore le maître d'œuvre et qu'il me faudra passer par les équipes municipales. Ne me déçois pas non plus, si tu dois prendre la parole devant cet important public, ce soir. J'espère juste que Guillemette verra en moi le jeune manager que je suis devenu et non le petit con que j'étais avant. Son regard sur moi est plus important qu'elle n'imagine.

*
* *

Vendredi 12 mars 2010, 18 heures
Le Nid d'Aigle, résidence de Bertrand Combesson - Château de la Poupinière, Nort-sur-Erdre

Confortablement installés dans les fauteuils de style du salon de ce château situé au milieu des bois, avec une trouée pour admirer les eaux de l'Erdre, plutôt marron en ce jour, une poignée de personnes discutent âprement autour du maître des lieux. Les événements des derniers jours n'ont pas été dans le sens qui leur convenait. Parmi les présents, Julien Delapart et Marie-Flore Balaguer ont fait le bilan d'une garde à vue aussi inattendue que désagréable, sans parvenir à comprendre comment, et par qui, les policiers ont été avertis du piège visant Aymeric Morat et Solenn Mayeur. Passées les humiliations de se faire arrêter dans une salle de restaurant, tous deux ont eu l'impression que les policiers avaient joué avec eux, comme des chats avec des souris, sans chercher à obtenir des informations des mis en cause. Marie-Flore ne décolère pas :

— Domitille de La Bauxière, surtout, m'a agacée, avec sa voix grave, ses odeurs pestilentielles de tabac froid, ses manières de vieille bourgeoisie et ses principes du Moyen Âge. J'avais l'impression qu'elle prenait une revanche sur quelque chose, sans parvenir à savoir quoi. Quant au commandant, comme je regrette qu'on ne soit pas parvenus à faire plonger sa femme dans cette histoire de cinq à sept.

— La fille de La Bauxière est désormais en possession de clichés d'elle, pris au château de la Perdrière, quand elle avait sept ou huit ans, explique une voix féminine âgée, depuis une pièce voisine. Elle recherche à présent des témoins de cet après-midi récréatif, mais elle n'a guère de chance de remonter jusqu'à nous. Et si tel était le cas, nous utiliserions les grands moyens pour la neutraliser.

— Sans vous commander, je pense que le plus tôt serait le mieux ! insiste Marie-Flore, préoccupée. Cette équipe policière me fait froid dans le dos. Ils n'ont de compte à rendre à personne hormis au procureur Potel qui ne peut pas sacquer notre famille…

Pour sa part, Julien Delapart en veut à son

collègue Charles Steiner de s'être fichu de sa figure en lui faisant remettre un attaché-case rempli de documents inutiles et de dossiers bidon. Il est certain que ce petit pédé en a parlé à son associée, Arielle Valmier, et peut-être même à son client, Baptiste Morat, et qu'ils se sont arrangés pour gagner du temps. Toujours est-il que rien n'a filtré des projets de Bel Art, pas plus que l'organigramme présenté ne correspond à la réalité actuelle. Ce ne sont que les feuillets d'une mystification grotesque qui tend à supposer que ces gens ne prennent pas leurs adversaires au sérieux. Wilfried Kohler le coupe avec dédain :

— Si vous n'êtes pas capables de faire le job pour lequel on vous paie grassement, tous les deux, les postulants ne manquent pas, pour prendre votre place.

— Allons, cher ami, je vous prie de modérer vos propos, intervient Bertrand Combesson, tous deux sont de ma famille et Marie-Flore est ma fille, je vous le rappelle. Ne nous faites pas regretter de vous avoir choisi pour affronter le petit Lachenal qui débute en politique. À ce sujet, je trouve certains propos de votre interview de ce matin très maladroits, si loin des élections. Vous deviez prendre date, pas lancer les premières attaques à l'arme lourde.

— Il n'empêche que nous n'avons rien de concret pour attaquer nos adversaires, pour l'instant, rétorque Kohler, pas décidé à se laisser impressionner par le clan qu'il affronte, ni par celui qui le soutient. Aucun élément sérieux pour faire tomber les Morat, pas la moindre cartouche pour museler le fils Lachenal, nul moyen d'empêcher ces cinq petits flics de fouiner dans nos affaires. Il va falloir passer rapidement à la vitesse supérieure.

— Nous ne pouvons plus agir avec les amateurs que vous mettez à notre disposition, monsieur Kohler, objecte Julien Delapart, particulièrement agacé. Le fiasco leur incombe, ils n'ont pas été assez discrets avec la femme du flic qui a dû les repérer dès son arrivée et prévenir son mari. Ils n'ont pas été assez pros dans la vérification des documents de Charles Steiner, avant de le laisser repartir. Ce sont des manquements graves qui contrarient nos projets. Sinon, à cette heure, les Morat nous mangeraient dans la main, les flics nous auraient lâché les mollets et nous n'aurions pas passé, Marie-Flore et moi, une nuit blanche entre cellule de commissariat de quartier et salle d'interrogatoire. Mieux, à cet instant, nous serions en train de discuter ensemble de la phase suivante.

— Qu'avez-vous à répondre à ce constat, monsieur Kohler ? questionne Bertrand Combesson, presque septuagénaire un peu ventripotent, à l'abondante chevelure poivre et sel et au visage gonflé par l'usage régulier de cortisone.

— Ce ne sont que des hypothèses, de pures spéculations, objecte le prof de droit et politicien, mais je vous promets, pour les prochaines actions, de faire appel à des membres de ma garde rapprochée. Vous me passez le programme des réjouissances et je briefe mes hommes de confiance pour que tout se passe bien cette fois.

— Il faut donner une bonne leçon à ces deux jeunes avocats qui se sont engagés à défendre les Morat, explique Bertrand Combesson, autoritaire. Je veux dire, une leçon définitive. Éliminez-les discrètement, sans faire de vagues.

— Pas de problème, rétorque Kohler, ils peuvent finir dans le ciment ou dans la Loire, à votre choix, on ne les retrouvera pas.

— Non, au contraire, il faut les retrouver, pour que leur élimination serve de leçon à tous ceux qui désireraient suivre les Morat dans leur folie démagogique, mais en veillant à ce que les soupçons se tournent vers d'autres personnes que nous, objecte le maître des lieux. Faites preuve d'un peu d'imagination, pour une fois.

— Ils ont tous deux défendu récemment les responsables d'une filière bovine, violemment agressés par des défenseurs de la cause animale, se souvient Marie-Flore Balaguer, la mine satisfaite, après avoir rapidement fouillé dans ses souvenirs récents, cela ferait une parfaite piste pour les enquêteurs.

— Absolument, lance Kohler, sans s'émouvoir outre mesure, excellente suggestion. On pourrait les enlever et les enfermer dans la chambre froide d'un abattoir de la région, durant le week-end. Histoire que lundi matin, les ouvriers découvrent leurs corps nus et congelés, avec quelques slogans explicites sur les fesses, pour désigner la piste des coupables. C'est comme si c'était fait.

— Et Baptiste Morat, toujours protégé en permanence par des petites frappes qui se prennent pour les Suisses du Vatican ? reprend Combesson, irrité. Je ne pensais pas que ce petit merdeux nous aurait donné autant de problèmes. Lui qui ne pensait qu'à s'amuser et sauter toutes les petites nanas de la ville. Mais avant de l'éliminer, il faut récupérer le fichier, c'est indispensable, nous ignorons les documents qu'il contient, et qui ils concernent exactement.

— Pourquoi ne pas envisager un échange entre ce fichier et les avocats ? propose Marie-Flore, surfant sur son premier succès. On récupère les données compilées par Steven Belliard et, en échange, Morat se retrouve avec deux glaçons entre les mains. Bien sûr, quand je parle de nous, je pense une fois de plus aux défenseurs de la cause animale.

— Baptiste est méfiant, poursuit Julien Delapart, en revanche sa jeune sœur Coralie est plus frivole et moins prudente. Il doit être possible de la piéger assez facilement.

— Nous verrons cela plus tard ! entérine Combesson, d'une voix lasse. D'abord les avocats et le fichier. Et puis, faites aussi passer le message à la boxeuse qu'on a assez joué avec la baveuse et la Reine. Toutes deux doivent disparaître définitivement dans le week-end. Je crois que cela fera réfléchir les Morat, et aussi les flics. Vous êtes certains que cette boxeuse ne caftera pas ?

— Non, c'est son job et elle possède sa propre filière pour s'en sortir, suite à ses crimes. On lui verse l'argent sur un compte et c'est tout. Un contrat et elle repart comme elle est venue. J'ignore comment elle se débrouille, mais elle parvient toujours à s'en sortir.

— Comme j'aimerais voir les têtes de la Reine et de sa favorite passer devant ma fenêtre, au sommet de piques, pour savourer ma vengeance envers cette femme qui nous a spoliés un temps de notre château familial, crache Combesson, de la haine à la commissure des lèvres. Un manoir de la Perdrière que je rachèterai moi-même, sur ma propre fortune, si jamais Xavière n'est plus capable d'en rester la propriétaire. C'est bon, je crois, nous en avons fini, laissez-moi, chers amis, je suis un peu las, ces anicroches m'épuisent de plus en plus vite.

Les invités s'en vont discrètement, tous dans la crainte du courroux du milliardaire. Bertrand Combesson reste seul un moment, puis il se dirige vers le boudoir voisin où sa femme Louise a tout écouté, assise sur son fauteuil roulant, visage étique et chevelure en bataille. C'est même elle qui est intervenue un moment à propos de la fille de La Bauxière. Elle souffre de partout mais tiendra le temps nécessaire pour voir la victoire du clan Cordouan. Son mari, un peu plus jeune qu'elle, mais pas forcément en meilleur état, vient lui poser un bisou sur le front et lui demande ce qu'elle a pensé de l'entretien. Elle lui répond d'une moue dépitée.

— Les petits n'ont pas assez de ventre pour faire autorité, sanctionne-t-elle, ils se font bouffer la laine sur le dos. Ce Kohler ne me plaît guère, c'est un opportuniste qui a juste flairé le bon filon pour accéder au pouvoir. Il est là uniquement pour l'argent nécessaire à financer ses campagnes, il se moque de nos idées, il défend avant tout les siennes. Tu vas devoir prendre les choses en main, je le crains. Je ne veux plus un seul Morat vivant avant la fin de l'année, tu as compris ? Je suis au bout du chemin et je veux voir ce triomphe avant de m'éteindre. Oui, la tête de Régine Parizeau au bout d'une pique ne serait pas pour me déplaire, mais savoir qu'elle est passée de vie à trépas représentera déjà une grande victoire.

— Nous allons devoir aussi nous occuper de soucis plus familiaux, il ne faudrait pas que Sophie Touraine soit interrogée par les policiers et qu'elle avoue sa relation avec Stark. Et pire, dans la foulée, pour soulager sa conscience et se venger de la personne qui a brisé son amour, qu'elle accuse sa mère d'être la coupable du meurtre de ce petit proxénète.

— Si tu veux te débarrasser de Sophie, pas de problème, elle n'est pas de la famille, assène froidement Louise. C'est une Touraine, pas une Cordouan. Méfie-toi quand même de ce policier, Bory, c'est un roublard, il n'est jamais là où on l'attend.

— Oui, mes agents l'ont en permanence à l'œil, ainsi que son équipe. Ils ne sont pas si invincibles que cela, pris séparément. Bory a comme point faible sa fille ; si nécessaire, on s'occupera d'elle. Les deux jeunes flics fricotent de plus en plus avec Baptiste Morat, j'ignore ce qu'ils trafiquent ensemble, mais on pourrait les piéger sans problème. Et puis il y a Domitille, la fille de La Bauxière, dommage que nous n'ayons plus les dossiers de la pièce secrète du manoir de la Perdrière, ils nous auraient été utiles pour la faire tomber de haut, la bâtarde.

— Il faudra bien aussi réussir à coincer ce fumier de Potel, il est derrière tous nos maux présents, enchaîne Louise, haineuse. Si Khoury avait bien fait son boulot, nous ne devrions plus l'avoir dans nos pattes. Mais, décidément, nous ne sommes entourés que d'incapables et d'associés peu fiables, c'est déprimant.

— Le problème avec Potel, c'est qu'il est intouchable, au palais de justice comme à son domicile, se lamente le mari, de sa voix lasse de grand malade. Il ne sort presque jamais de sa tanière, il faudrait qu'il meure d'un infarctus, à force de se surmener de la sorte, cela nous aiderait bien, pour une fois.

— Remarque, réagit son épouse, persifleuse diplômée, dans un sursaut d'énergie, peut-être qu'il est possible de lui donner un petit coup de pouce pour passer l'arme à gauche.

VII

Vendredi 12 mars 2010, 22 heures
Zénith Nantes Métropole - Saint-Herblain

Le meeting est achevé, la foule est en transe. Déjà acquis à la cause des orateurs, les militants donnent de la voix une dernière fois, avant que les rideaux ne se referment. Du grand spectacle. Un peu en retrait, Coralie et Baptiste ont assisté au plébiscite des candidats, notamment de leur nouveau pote Patrick Lachenal, avant de s'éloigner un peu lorsque la parole a été laissée aux ténors venus de Paris, portant un discours qui les passionnait moins. Ce ne sont pas des idées qu'ils sont venus entendre, mais l'homme qui va les incarner dans leur région.

Très vite, Baptiste a remarqué Guillemette, élégante comme il n'est pas permis, surtout à un meeting de la gauche. Sans même le chercher, elle crève l'écran par son magnétisme et son charme. Il ne pourra jamais lui dire que ce soir-là, quand les autres gars ont abusé d'elle, se gaussant de son état second et de ses mots naïfs et maladroits, cela lui a fait aussi mal que s'il s'était agi de Coralie. Alors qu'il ne la connaissait pas, il avait prétexté un malaise pour ne pas la toucher, mais était resté sur place pour que ça ne dérape pas plus que le tolérable. Et c'est lui qui était intervenu pour lui éviter une fin en tournante, quand Steven voulait l'offrir en cadeau à une bande de cité en remerciement pour services rendus. C'est aussi Baptiste qui l'avait ramenée à la porte de la maison familiale, lui avait fait respirer un peu d'air avant d'ouvrir la solide porte de bois pour qu'elle rejoigne sa chambre.

Il n'a pu raconter cette histoire à personne. Tout juste, un peu plus tard, Steven l'avait alpagué pour lui expliquer qu'il avait compris son petit manège pour protéger les de La Bauxière, mais qu'il n'y avait aucune raison pour que tous les bourgeois ne soient pas sur un pied d'égalité. Baptiste n'avait rien répondu, mais il s'était promis qu'il ne serait jamais de cette race. C'est sans doute ce jour-là qu'il a pris la décision de ne plus suivre son copain, qui allait beaucoup trop loin, avant de se résoudre à le faire supprimer par des spécialistes. Voilà aussi pourquoi très vite il a voulu récupérer le fichier au domicile de Steven, avant l'arrivée de la Police. Grosse surprise pour lui, Guillemette n'y était pas encore fichée ; pas de notations, pas de photos d'elle. Il avait en revanche récupéré la vidéo qu'il s'apprête à lui remettre, sans oser lui avouer qu'il l'aime secrètement.

Jamais non plus, il n'a pu en parler à Coralie, car

elle aurait vu une rivale en cette superbe jeune femme qui vient de les reconnaître, dans l'allée centrale où les gens se bousculent pour sortir de la salle. Elle change de visage, pétrifiée sur place, en fixant Baptiste, les images de son viol devant repasser alors dans son esprit. Il ne s'est jamais senti si mal à l'aise de sa vie. Il s'approche pourtant d'elle, réclamant deux minutes à Coralie, car il veut s'expliquer en tête-à-tête avec la jeune femme.

— Ne me fuis pas Guillemette, si tu savais comme j'ai honte de ce que ces garçons t'ont fait, honte de ne pas être intervenu plus tôt pour t'éviter le pire, honte de ne pas avoir eu la force morale de m'opposer à Steven dès cet instant, déclame-t-il à débit rapide. Je suis un lâche, mais j'essaie de changer et je n'aurai pas assez de toute ma vie pour me racheter de ce moment d'égarement.

— Tu as bien la vidéo et les photos ? répond la jeune femme, sans un sourire. J'ai été soulagée lorsque Patrick m'a appris qu'il s'était débrouillé pour effacer toute trace de mon humiliation. Ainsi il pourra poursuivre sa carrière politique sans courir le risque de voir un jour le corps nu de sa femme livré en pâture au public par un article de presse ou sur un réseau social. C'est tout ce qui m'intéresse, épargner Patrick et mes parents d'un tel affront. Le reste, je ne m'en souviens même plus, ou si peu, j'ai tourné la page. Enfin, en grande partie. J'ai effacé les images, les impressions, les flashs atroces. La nuit, parfois, des ambiances démoniaques, des cris sataniques, des visages diaboliques, me reviennent en tête. Mais pas le tien, je te rassure. Si tu jures que tu n'y as pas participé, je te crois. Je crois même à présent me souvenir de ta voix, au moment de quitter une voiture inconnue pour rentrer à la maison, encore dans les vapes. En revanche, je n'aurai jamais confiance en toi, je suis désolée.

— Qui sait, peut-être, avec le temps ?

— J'en doute. Je ne suis pas d'un naturel rancunier mais je pardonne rarement aux gens qui m'ont fait souffrir. Je ne leur veux pas de mal, je les ignore, selon la méthode de mon père… Ta sœur a peur que je la gifle pour rester ainsi à distance ? Elle se trouvait là, elle aussi, je me souviens de silhouette, tu vois. Et elle fait partie de ces voix sarcastiques que je n'oublierai jamais.

— Elle a changé, elle aussi, il faut me croire.

Guillemette s'approche de Coralie et lui tend la main. Elle lui répète les paroles qu'elle vient d'échanger avec Baptiste, le souvenir de sa présence, peut-être même ses mains sur son corps, quand, après les garçons, quelques filles avaient aussi profité de l'aubaine.

— Bien sûr, tu ne t'en souviens plus, insiste-t-elle, face au mutisme de Coralie, je n'étais qu'une victime parmi d'autres. Pour toi, ce n'était qu'un jeu, tu étais dans le camp des vainqueurs. Combien de filles se trouvaient piégées chaque semaine par Steven, ton petit ami, à cette époque ? Comment peut-on prendre du plaisir à des jeux aussi pervers ? Bien sûr, toi, tu ne craignais rien, tu avais la bonne place.

— Je n'ai aucune excuse, je le comprends aujourd'hui, balbutie Coralie, mal dans ses pompes. J'étais une petite conne et je le suis encore souvent, sans doute. Je te demande pardon pour…

— Je me fous de ton pardon, je me fous de tes regrets, je ne veux pas de ton amitié et je ne t'accorderai jamais la mienne. Patrick est en business avec ton frère, je l'accompagne donc pour le meeting. Accessoirement, je vais récupérer les souvenirs de cette soirée monstrueuse pour éviter qu'un scandale n'éclate. Mais surtout, ne me considère jamais comme l'une de tes amies, c'est clair ?

La plus jeune des Morat opine de la tête, comme une écolière prise en faute par le maître. Elle se sent terriblement mal à l'aise, a envie de prendre ses jambes à son cou pour fuir très loin, mais Patrick arrive, une fois achevées les dernières obligations. Il est épuisé, il a tout donné, et plus encore. Lui, de son côté, fait la bise à Coralie puis demande à Baptiste ce qu'il a prévu comme programme en lui faisant promettre d'éviter les karaokés ou les danses, avant de poser un long baiser sur les lèvres de Guillemette, si heureuse de le retrouver. Ils marchent tous les quatre vers le parking et leurs voitures quand Baptiste arrête Patrick pour lui remettre discrètement une grosse enveloppe.

— Comme je te l'ai promis, il y a le film qui concerne Guillemette, il n'avait pas encore été fait de dossier à son nom, je n'ai pas trouvé de photos non plus, quelqu'un les a donc déjà éliminées. Tu trouveras aussi le dossier complet de la femme de Kohler. Je te laisse juge de la suite à lui donner. Tu détruis tout ou tu conserves les éléments sur ton adversaire politique, au cas où… J'ai retenu une table au Domaine d'Orvault, l'une des bonnes adresses, pas bien loin d'ici.

— Tu nous gâtes ! Il ne faut pas qu'un militant me voie dîner dans cet établissement, cela ferait mauvais effet. Comment cela s'est passé, avec Guillemette ?

— Tu n'effaces pas une faute aussi énorme d'un revers de manche, soupire Baptiste en tapant dans un caillou du bout de sa semelle. Tu ne l'effaces même peut-être jamais quand tu es à la place de la victime. Mais si mes remords nous permettent de mener des projets ensemble, ma lâcheté de ce soir-là aura servi à quelque chose. Je ne t'abandonnerai pas, je t'aiderai à mener tes chantiers et si Bel Art peut aider financièrement ta campagne ou tes projets, n'hésite pas à faire appel à moi.

— C'est gentil, mais le parti s'occupe de cet aspect de la campagne.

— Ce n'est pas gentil, je ne suis pas gentil de nature, Patrick. J'ai été un salaud durant une partie de ma vie et une telle tache dans un parcours ne s'efface pas. Je ne serai jamais l'ami de Guillemette, elle me l'a bien fait comprendre, peut-être non plus jamais le tien, mais je veux que tu saches que je serai toujours là pour vous. C'est ma manière de réparer mes fautes inexcusables et de supporter un peu mieux ma couardise d'alors.

Le Domaine d'Orvault est un hôtel de luxe, complété d'un restaurant étoilé, dans un cadre de verdure. Les deux véhicules s'y retrouvent moins d'un quart d'heure plus tard. Ils sont attendus et comprennent qu'à cette heure tardive, tous les plats de la carte ne sont pas disponibles. Sans doute même que, si la commande n'avait pas été prise par le PDG de la société Bel Art, la table aurait été refusée. Pour faciliter le service, tous quatre choisissent la fantaisie de bar aux langoustines accompagné d'un muscadet de Sèvres et Maine. Bien que superbe, Guillemette est toujours crispée, d'autant que Baptiste l'a placée en face de lui. En plus, le patron de l'établissement l'a reconnue et saluée, car ce n'est pas tous les jours que le restaurant accueille un membre de la famille de La Bauxière, fût-ce la plus jeune des filles. Devant une coupe de champagne, l'ambiance se détend un peu. Patrick décompresse lentement, et Coralie reprend de sa superbe, tout en veillant à ne pas commettre d'impair. Aussi reste-t-elle dans la sobriété. Une fois n'est pas coutume.

Baptiste relance son projet d'implanter prochainement ses bureaux techniques à Trentemoult, ne gardant que les services administratifs à la tour Bretagne. Alors que les deux gars phosphorent sur les possibilités à disposition, Guillemette intervient pour rappeler cette friche industrielle à l'emplacement des anciens abattoirs, vers la rue du Seil, entre le bras de Pirmil et le boulevard du Général-de-Gaulle. Des riverains en avaient parlé lors de la dernière réunion, car les locaux sont occupés par des squatters, au désarroi des habitants du secteur. Baptiste propose à Patrick de se retrouver, en cours de semaine prochaine, pour visiter les lieux une première fois, avant de revenir, si nécessaire, avec les gens de l'art, d'un côté comme de l'autre.

Les plats arrivent, les conversations cèdent la place aux murmures de délice. Peu à peu, le climat change. Baptiste avoue, avec sincérité, à quel point il doit se gendarmer pour tenir le cap, malgré les pressions de partout. De ses contremaîtres, des syndicats, des clients, des décideurs, autant de personnes appliquées à lui mettre la pression tous les jours. Sans parler des banquiers, au début de sa mission, peu enclins à lui faire confiance. Les plus anciens lui apprennent lentement les arcanes du métier, parfois avec un désagréable air de condescendance. Sans oublier les coups bas réguliers de la famille Touraine pour torpiller ses projets, et même les sollicitations des politiciens pour financer leurs campagnes.

— Un gars comme toi n'a rien à faire auprès d'un type de gauche comme moi, lance Patrick, conscient de la différence de niveau entre son nouvel ami et lui.

— Dans ce cas, Guillemette, n'a pas sa place auprès de toi, non plus, rétorque Baptiste, du tac au tac. Pourtant vous allez si bien ensemble, vous formez un couple superbe. Un politicien de gauche n'est pas forcément un gars borné pour qui le patron est un gros con, et sa fille une précieuse inutile… Un homme d'affaires, PDG d'un groupe important de surcroît, n'est pas forcément un capitaliste dépourvu d'humanité qui a un portefeuille à la place du cœur. Surtout avec un père qui s'est pendu en prison et une mère qui y séjourne encore. J'ai tellement envie de faire bouger ces lignes qui semblent venir jusqu'à nous depuis la nuit des temps.

— C'est ce que je ne cesse de répéter à Patrick, intervient Guillemette, le socialisme de Jaurès n'est plus adapté à notre époque. Et la lutte des classes n'a plus cours, ou de manière différente. Mon père et mon frère, se battent bec et ongles chaque jour pour maintenir un niveau de commandes qui permette de garder tous les employés, même s'il est de plus en plus difficile de les augmenter, en raison des charges salariales. Et je fais des études pour aider mon frère à faire de ce groupe un interlocuteur sur le plan mondial car, si on ne va pas de l'avant, on recule. Et quand on commence à perdre un mètre, par la suite, c'est souvent la dégringolade. Mais je n'identifie pas mon père à ces patrons de grands groupes qui gagnent en un mois plus qu'il ne peut mettre de côté en une année. Voilà ce que tu dois dire à tes militants.

— Je ne suis pas certain que le message passerait, déplore Patrick, pessimiste. Pense seulement à la réaction de mon père après l'article de Kohler, mon adversaire. Si j'avais été moi-même, j'aurais répliqué que, même fils d'ouvrier de l'usine portuaire, je me sens à ma place auprès de la fille du patron du groupe DLB. Mais je dois réagir en fonction des effets de mes propos sur mon électorat.

— Pour finir ma démonstration, à propos de mon cas personnel, reprend Baptiste, le regard souvent tourné vers Guillemette, je me sens plus à l'aise au milieu de tes militants, francs du collier, chaleureux pour la majorité d'entre eux, humains et authentiques, que lors de sauteries mortelles d'ennuis avec des personnes de hautes familles qui ne sortent jamais des discussions convenues, rivalisent d'hypocrisie et de mensonges, fignolent le paraître pour masquer leur mal-être, ou parfois le néant ou la vacuité de leur être. Mais qui peut entendre ça ? Pas grand monde dans mon milieu. Et pas certain que des militants me croient sur parole, si j'épanchais mon cœur devant eux.

— C'est en vous écoutant que je me rends compte que je ne suis rien, juste une petite crotte, bredouille Coralie, qui n'avait encore rien dit. J'ai fait des études de communication parce que c'était branché et pas trop pénible. Mon frère aîné, Aymeric, m'a installée à la tête d'une société qui vivotait et me donnait la sensation d'exister. Et puis, le soir, grâce à cette façade tape-à-l'œil, et aussi par le regard de Steven sur moi, je me sentais exister dans des soirées débiles où les plus forts en gueule faisaient la loi et dictaient leurs volontés. L'autre jour, Baptiste m'a expliqué que je n'étais rien, un parasite qui profitait de l'énergie de la personne d'à-côté pour exister et se mettre en valeur. Je t'en ai voulu sur le moment, Baptiste, mais tu avais raison. En fait, tu vois, Guillemette, en prenant du plaisir à humilier des nanas mille fois plus intelligentes, cultivées et plus belles que moi, j'éprouvais une sorte de revanche sur le destin qui leur avait tout donné et m'avait laissée en rade.

— Personne n'est plus, ni moins, Coralie, répond Guillemette, soudainement plus douce devant le désarroi de celle qu'elle déteste plus que toute autre personne au monde. Il y a les gens qui se sont trouvés et ceux qui se cherchent encore, c'est tout. Baptiste était un petit con, je suis bien placée pour le savoir. Il s'est trouvé au pied du mur, les gens n'auraient pas misé un sou sur sa réussite, moi la première, et pourtant il grimpe, jour après jour, même s'il est encore loin du sommet.

— Pour ça, oui, murmure l'intéressé.

— Moi, j'ai dû sauter dans la fosse aux lions, depuis la tribune d'honneur, pour affronter les rancœurs des gens, poursuit Guillemette, convaincante. Mais à présent, ils ne me font plus peur parce que je les aime, que j'ai appris à les comprendre. J'ai encore du chemin avant qu'ils ne m'acceptent totalement comme l'une des leurs, mais les efforts ne me font pas peur et, par amour pour Patrick, je sais que j'y arriverai, même s'il y a, et qu'il y aura encore, des moments très douloureux. Ne cherche pas à être une autre que toi-même, Coralie. Vois où tu peux trouver ta place pour t'accomplir. Elle n'est peut-être pas auprès de Baptiste, un garçon t'attend sans doute quelque part, et lorsque tu le croiseras, tu sauras que c'est lui. Et arrête de pleurer car je ne peux pas voir une autre fille chialer sans l'imiter très vite. C'est contagieux avec moi.

Après des profiteroles succulentes, mais sans doute de trop à la fin du repas, accompagnées d'une nouvelle coupe de champagne, il est l'heure pour tous d'aller se coucher. Comme il l'a promis, Baptiste va payer l'addition du dîner, attendu par Patrick, qui veut partager la note. Les deux filles sortent prendre l'air. Une chance, il ne pleut pas. Elles sont seules sur le parking et Coralie ne s'est jamais sentie aussi nulle, face à une fille plus jeune qu'elle et pourtant déjà dotée d'une maturité qui lui fait défaut.

— Sans vouloir remuer le couteau dans la plaie, Guillemette, j'ai vraiment honte de ce que j'ai fait, bredouille Coralie, tête basse. Je suis une vraie peste et une petite salope.

— Si ton frère a changé, la métamorphose est aussi possible pour toi. Je ne suis pas dans ton âme, mais je ne connais pas beaucoup de personnes viscéralement méchantes. En tout cas, je suis certaine que toi, tu ne l'es pas. Nous cherchons tous, la pièce qui manque à notre mécanisme, pour qu'il se mette en marche. C'est souvent un conjoint, une âme sœur, parfois un job, un poste sur mesure, ou encore un engagement militant, comme Patrick en politique. En fait, je crois que la méchanceté, c'est l'apanage des aigris et des désœuvrés. Tiens, voilà nos hommes. Je t'embrasse, Coralie.

— Merci de ne pas m'en vouloir davantage.

— Mais change vite, cela me ferait de la peine de devoir te détester à nouveau.

*

*   *

Samedi 13 mars 2010, 13 heures - Restaurant l'Albatros - Golf de Pornic

Histoire de décompresser d'une semaine harassante et nerveusement éprouvante, Charles a décidé d'emmener Arielle à Pornic, malgré le temps gris et les stigmates encore visibles de la tempête Xynthia. Deux chambres dans l'hôtel Alliance, non loin de la plage de la source, avec thalasso, un établissement implanté dans un lieu de calme et de détente. Le matin, alors que l'avocate s'est prélassée durant près de deux heures dans les installations des bains, son associé est allé évacuer le stress sur le parcours du golf de la ville. Il est ensuite revenu se changer pour le déjeuner, récupérer sa belle, elle aussi parée pour affronter les vents marins, même si sa tenue de petit mousse, avec pull à rayures bleu marine et blanches et sa longue jupe bleue est très chic.

À midi, Charles a repéré le restaurant du golf et commandé un plateau de fruits de mer pour deux personnes, sur les recommandations d'un autre sportif, habitué du lieu. Arielle apprécie les bains, le sauna, le hammam mais elle adore aussi les huîtres, les crabes, les langoustines et les crevettes. Étonnante relation que celle de ce garçon attiré par les hommes et de cette femme qui, à l'entendre, n'a que peu d'intérêt pour le sexe. Pourtant, entre eux, jamais réellement de disputes, hormis sur certains dossiers professionnels brûlants. Ils ont besoin l'un de l'autre mais pour tout ce qui ne concerne pas l'amour charnel.

Là, ils se régalent et, après avoir évacué définitivement le stress du dossier bidon monté pour donner le change, suite au chantage de ces mystérieux agresseurs, ils se surprennent à persifler à nouveau, comme à leurs plus belles heures, sur le tic d'un serveur ou la tenue amusante de clients anglais. Ils ont tout leur temps et dégustent chaque petite bestiole. Fatalement, Arielle évoque ses repas sur la côte d'Opale, notamment les cascades de homards d'Audresselles, quelque part entre Boulogne-sur-Mer et Dunkerque, dans une petite cahute de marin pas bien loin de la plage.

Lorsque l'un des serveurs demande au propriétaire d'une Volvo immatriculée dans le 75 de se présenter, Charles comprend tout de suite qu'un automobiliste, en reculant, a certainement accroché une aile de son véhicule. Il enfile son blouson en daim, quitte le restaurant et se dirige vers le parking situé sous les arbres, près du court de tennis. Il remarque un fourgon blanc près de sa voiture et un gars agenouillé près de l'aile constatant les dégâts. Quand il voit Charles, il se redresse en s'excusant. Focalisé par l'éraflure, l'avocat ne remarque pas au passage que la porte latérale du fourgon est ouverte. Et quand il passe devant, le type se rue sur lui pour le pousser dans le véhicule où il est intercepté par deux autres gars qui le neutralisent très vite, lui enfilent une cagoule sur le crâne, l'assomment de deux coups de poing au plexus, lui attachent les mains dans le dos. Les ravisseurs se replacent au volant et le fourgon démarre calmement, pour ne pas éveiller l'attention des possibles promeneurs.

Dans la salle du restaurant, au bout d'une dizaine de minutes, Arielle s'étonne que son associé ne soit pas revenu à la table. Un mauvais payeur, pense-t-elle, qui se fait tirer l'oreille pour assumer son erreur. Connaissant Charles qui se ferait bien avoir pour éviter une dispute, elle se lève, enfile, elle aussi, son blouson et attrape son petit sac au vol, en expliquant au garçon qu'elle va voir pourquoi son compagnon de table n'est pas revenu. Elle court pour faire le tour de l'établissement avant de noter la voiture de son partenaire sur le parking mais personne autour. Elle pense que les deux conducteurs se sont mis à l'abri pour établir le constat, quand elle voit un homme cagoulé sortir de derrière un arbre pour s'approcher d'elle. Elle veut reculer, comprenant qu'il s'agit d'un piège, mais un second gars lui plante le canon d'une arme dans les reins.

— Tu vas te mettre au volant de ta caisse, ma chérie ! Pas un cri, pas de geste intempestif, pas de bêtises.

— Que me voulez-vous ? Où est Charles ? De toute manière, je n'ai pas les clés…

— Tiens, elles sont là, les clés, ouvre et installe-toi au volant.

— Mais où est Charles, qu'avez-vous fait de lui ? Et qui êtes-vous ?

— Pose pas de questions et démarre, ma belle, ordonne celui qui s'est installé près d'elle, pendant qu'elle règle le siège pour atteindre les pédales.

— J'ai besoin de mes lunettes de vue dans mon sac, explique-t-elle en regardant le gars à la mine qu'elle imagine patibulaire sous la cagoule, un colosse du genre qu'elle n'aimerait pas rencontrer le soir, dans une rue mal éclairée. Mais qu'elle n'est finalement pas plus détendue de croiser en plein jour.

Le ravisseur fouille dans le sac, trouve les verres et les propose à la conductrice en lui demandant de prendre la direction de Nantes. Un peu plus loin, les gars retirent leurs cagoules, ils ne craignent plus rien. Comme elle ne sait par où passer, son voisin la guide et elle se glisse dans le trafic des voitures qui regagnent la capitale régionale. Dix minutes plus tard, à hauteur d'Arthon-en-Retz, il lui ordonne de s'arrêter auprès d'une cabine. Le gars de derrière sort avec sa carte téléphonique. Celui qui est resté près d'elle mate effrontément Arielle, un petit sourire aux lèvres.

— Tu sais que tu es bandante, toi ! finit-il par lâcher, en s'ouvrant une tablette d'Hollywood à la menthe. Femme à lunettes, femme à… Mince, je ne me souviens plus, on dit quoi, déjà ?

— Que me voulez-vous ? Vous avez enlevé mon associé et puis moi, à présent, c'est quoi, votre plan ?

— Tu sais que tous les deux, vous avez défendu des salauds de patrons d'abattoir, alors que ce sont des criminels. Vous allez payer pour votre participation à ce massacre organisé.

— On a fait notre boulot, explique Arielle en fixant son interlocuteur, si ça n'avait pas été nous, ç'aurait été d'autres avocats, mais toute personne a le droit d'être défendue, même le pire criminel.

— Dans ce cas, tu ne verras pas de problème à ce qu'on saigne un phoque et une biche, ricane le gars, en tapotant la cuisse de l'avocate. Tiens, mon pote a fini, remet le moteur en marche.

Effectivement, le gars reprend place à l'arrière du véhicule en précisant direction Rezé. Plus elle roule, plus Arielle prend peur. Et si ces fous disaient vrai, et s'ils les saignaient juste parce qu'ils ont un jour défendu les responsables d'un abattoir, dénoncés par une vidéo piratée ? Elle commence à flipper, elle d'ordinaire si sereine dans les moments difficiles.

— Vous n'allez pas nous buter, simplement parce que nous avons fait notre métier, ce serait dégueulasse, lâche-t-elle, prise de panique.

— Mais la vie est dégueulasse, ma chérie, réplique le gars de devant, satisfait de la voir angoisser. Les gens qui meurent sous les bombes, les victimes d'attentats, les tués sur les routes, les sinistrés d'une violente tempête, tu crois que la vie est juste, toi ? Pourquoi t'es gaulée comme une déesse grecque et d'autres gonzesses comme des cafetières ? Tu crois que c'est juste ? Eh bien non, mais c'est comme ça !

— Arrêtez avec votre main sur ma jambe, ça me déconcentre, peste la conductrice en tapant sur les doigts du pervers.

— Et si je te remonte la jupe, c'est mieux pour toi ? s'amuse-t-il en révélant un peu plus les cuisses musclées d'Arielle. La biche est sportive, elle a fait de la natation ce matin dans la piscine, entre deux hammams. Le phoque, lui, il a plutôt la bouée que les tablettes de chocolat, à ce que j'ai pu noter.

— On se trouve à Bouguenais, annonce le gars de derrière, plus attentif. À la porte, tu passes par-dessus la rocade et tu continues tout droit en direction de Trentemoult et Rezé. Pas de conneries, la pétasse, je t'ai à l'œil et à la moindre entourloupe, mon pote te dérouille. Tiens, le fourgon est devant nous, on les a rattrapés. Tu te contentes de le suivre et on va arriver à destination.

Au rond-point des Marguyonnes, les deux véhicules obliquent en direction de l'île de Nantes, puis plus loin, à nouveau sur la gauche, dans la rue du Seil. Arielle se demande où elle se trouve, pas habituée aux différents quartiers de la périphérie nantaise. Elle s'interroge surtout sur la manière de se sortir de ce guêpier. Charles et elle ne possèdent aucune marge de manœuvre, semblent se trouver en face de fanatiques qui ont reçu des consignes pour leur faire payer le succès judiciaire. On peut discuter avec des gens intelligents, ouverts d'esprit, pas avec des intégristes qui se pensent en mission pour leur cause.

Le fourgon tourne à nouveau à gauche, Arielle le talonne désormais. Le gars d'à côté a retiré sa main de la cuisse, un point de gagné, même si ça ne change pas grand-chose au problème. Jamais elle n'est venue dans cette zone dont elle découvre l'aspect hostile à mesure qu'elle progresse dans un paysage sinistre et désert. Peu de bagnoles, pas le moindre duo de motards à l'horizon, dont la vision lui permettrait de tenter une action désespérée pour attirer leur attention. Un endroit bien discret pour exécuter des ennemis à leurs idées.

Les véhicules ont réduit l'allure. On approche forcément du but. Le lieu exact ? La conductrice l'ignore mais elle le devine. Des barrières rouillées puis de grands bâtiments avec une enseigne sur le toit : Les Abattoirs de Rezé. Cette fois, l'avocate comprend qu'ils disent vrai et panique totalement, prise dans un piège diabolique. Elle franchit le portail et avance dans une cour bitumée, même si des touffes d'herbe reprennent leurs droits, çà et là. Le fourgon s'arrête devant elle, elle stationne à ses côtés. Terminus.

Arielle soupire longuement, retire sa ceinture de sécurité, le gars de derrière la fait sortir de l'habitacle avec virulence. Elle crie, cela ne sert à rien. Charles est aussi sorti du fourgon, libéré de ses entraves et de la cagoule. Il est dans les vapes, saigne du nez, crache le sang. Il a certainement voulu s'échapper et s'est battu avec eux. En vain. Son associée s'inquiète pour lui, mais ils n'ont pas le choix, ils sont contraints de pénétrer dans le bâtiment et découvrent un grand hall au sol jonché d'objets divers. Là, deux gars déjà présents sur place s'avancent pour saluer les autres avec satisfaction.

— Cela fait deux heures qu'on a redémarré le frigo, au fond, explique l'un d'eux, satisfait de lui. Il n'avait pas été mis en marche depuis un an mais il fonctionne toujours, on faisait de la qualité, à l'époque ! Ça commence à bien refroidir, dedans, on a tourné le thermostat au minimum, du genre -20°.

— Parfait, c'est du bon boulot, les gars, sanctionne celui qui doit être le chef. Allez, les bouchers, à poil, qu'on voit comment vous êtes branlés !

— Non, attendez, je vous l'ai expliqué, nous ne sommes pour rien dans ce procès, s'explique Charles, tenu par les poignets, nous aurions très bien pu plaider pour les manifestants, s'ils avaient fait appel à nous. Ce n'est pas notre combat, c'est notre métier de défendre notre client, qu'il soit d'un bord ou d'un autre.

— Vous avez entendu la tapette, les mecs ? ricane un gars en adressant de petites gifles à Charles. D'ici dix minutes, il va se faire dessus, le mignon, si ce n'est déjà le cas.

— Faites de moi ce que bon vous semble mais épargnez mon associée, supplie-t-il, presqu'en larmes, en fixant chaque regard à tour de rôle. C'est moi qui ai accepté cette putain d'affaire, Arielle n'y est pour rien, elle est même végétarienne.

— Ah oui, parce que les crabes et les crevettes, c'est des algues marines, connard ? Cela fait des jours que nous vous filons, tous les deux. Des petits-bourgeois qui me donnent la gerbe !

Charles est anéanti. Les gars lui retirent ses habits un à un. Le blouson, le pull, la chemise, le pantalon.

Ils ont pitié et lui laissent le slip et les chaussettes. Du moins pour l'instant. En face de lui, muette et résignée, peu de temps plus tard, Arielle se retrouve dans la même tenue, juste un string, rien de plus. Seule différence, les commentaires sont plus élogieux sur son anatomie. L'un des gars leur attache les bras dans le dos, les autres leur ficellent les chevilles et tous deux sont soulevés puis accrochés à des crochets qui pendent d'un rail menant à la chambre froide, au bout du long hangar. Cette fois, ils crient, gigotent, tentent de se libérer. En pure perte.

L'un des gars les prend en photo, la tête en bas, les corps nus, comme les carcasses qui partaient jadis à l'abattoir. Ses acolytes rigolent des deux corps flasques et des inutiles hurlements bestiaux des prisonniers. Le petit chef adresse les clichés à un correspondant. L'opération effectuée, il faut attendre les consignes. Il va tapoter les bonnes fesses d'Arielle que le petit élastique du string ne cache pas du tout, pincer les parties génitales de Charles, la tapette, qui hurle de douleur, fait balancer les corps comme à la fête foraine en demandant à ses amis lequel va réussir à attraper la queue du Mickey.

— Par pitié, supplie Arielle, en larmes, cessez ce jeu, je ne le supporterai pas.

— On ne joue pas, pétasse, on fait justice, réplique le chef du petit groupe en lui empoignant les cheveux pour soulever le corps jusqu'à ce que les seins pulpeux se trouvent au niveau de son regard. Dis-toi que si on s'amusait, tu ne serais pas dans cet état, on se serait déjà occupé de toi et de ton gros pétard. Et pas seulement.

*
* *

Durant ce temps, Baptiste Morat se trouve dans son salon privé du Diabolo lounge avec Coralie et deux membres de son équipe, Anne et Marianne, pour discuter des projets et notamment de l'implantation du futur centre technique pour lequel Patrick lui a déjà adressé un dossier de photos. Lorsque son téléphone se manifeste, il sait qu'il ne s'agit pas d'un appel, mais d'un message. Il découvre l'horrible cliché de ses avocats pendus par les pieds et ne peut retenir un cri de détresse :

— Mon Dieu ! Ce n'est pas vrai, ce n'est pas possible !

Il n'a pas le temps de montrer l'horreur à sa sœur que cette fois, c'est le téléphone qui retentit. Il décroche. Un numéro masqué, comme la voix.

— Salut, Morat, t'as reçu mon petit cadeau ? Tes baveux seront libérés contre l'intégralité du fichier. On le veut avant une heure à une adresse que tu recevras sur ton portable en cours de route. Prends la direction de Pornic, dans un premier temps. Tu le déposeras au lieu indiqué dans un prochain texto et tu fileras sans chercher à en savoir plus. Ensuite, une fois le fichier récupéré, si tu ne nous as pas baladés, nous te dirons où tu pourras récupérer ces deux crevures.

— En une heure, c'est impossible, ce dossier n'est pas à Nantes, le temps que je fasse l'aller-retour jusqu'au lieu où je le cache et l'heure sera passée.

— Ça, c'est ton problème, mon grand. Tu te débrouilles au mieux si tu ne veux pas retrouver tes amis congelés. Tu as leur vie entre tes mains, c'est à toi de voir. Une heure à partir de maintenant, pas une minute de plus.

Baptiste ferme son téléphone, il est effondré. Les trois filles lui demandent ce qui se passe, il ne peut répondre. Il voudrait réfléchir, mais tout s'embrouille dans sa tête. Coralie attrape le téléphone et consulte le document avant de se retourner, effarée par ce qu'elle découvre : les corps nus des deux avocats pendant à des crochets de boucherie comme des quartiers de viande. Anne et Marianne regardent à leur tour la photo. Cette dernière réagit immédiatement.

— Cette photo, elle est prise à l'endroit où doit se créer notre projet immobilier, les anciens abattoirs de Rezé. Je m'y suis justement rendue hier en soirée pour prendre des photos. Regardez ce cliché dans mon dossier et celui du portable, il s'agit de l'entrée du hangar, avec, au fond, le grand frigo encore en état de marche.

— Il faut prévenir la Police, Baptiste, relance Anne, il n'y a pas d'autre solution. Nous avons une chance, nous savons où ils sont retenus. Allez, réveillez-vous, réagissez, chaque minute compte.

— Appelle Renan et Stéphanie, ils sauront comment intervenir, propose Coralie, en tentant de capter l'attention de son frère. Je te compose le numéro puis je te passe le téléphone. Allez, grand frère, ressaisis-toi, on va les sauver !

Elle place effectivement le portable entre les mains de son frangin qui le porte à son oreille, de manière machinale, presque comme un zombie. Au bout d'un moment, Stéphanie Bordage répond.

— Bonjour, c'est Baptiste, il nous arrive une catastrophe, nos avocats, Arielle et Charles, ont été enlevés, mais on ignore par qui. Ces gens demandent une rançon que je dois remettre dans une heure. Ils nous ont adressé une photo d'eux et nous savons où se situe le lieu de leur détention, ce sont les anciens abattoirs de Rezé. Je t'adresserai la photo une fois que j'aurai raccroché.

— Je suis avec Renan, on est à moto, on rentre d'une balade à Paimbœuf et j'arrive sur ce secteur, mais je ne veux pas faire de connerie. Tu m'envoies la photo avec ton portable et que Coralie fasse le numéro de Renan avec le sien pour qu'on reste en relation. Moi, je contacte mon boss pour savoir ce que je dois faire, c'est une situation trop délicate pour que nous intervenions en solo.

*

* *

Dans l'entrepôt désaffecté de Rezé, les gars ont reçu les consignes, ils doivent graffer les deux corps avec les slogans convenus, avant de les enfermer dans la chambre froide. Puis comme convenu, ils crameront la caisse des otages et se barreront le plus vite possible vers les positions prévues par avance. Les artistes se mettent en besogne : Mort aux bouchers, Criminel, Sale porc, pour l'un. Pute à chasseurs, Bidoche avariée, Sale truie, pour l'autre. Rien de bien original ni poétique, de l'efficace. Mais comme cela s'est fait trop rapidement à leur goût, l'un à l'idée de bomber les visages des avocats de peinture bleue, et un autre les fesses de rouge. Avant d'attendre un moment que la peinture sèche en se félicitant de leurs œuvres.

Le frigo est ouvert pour constater qu'il y fait déjà très froid. Ils rapprochent les crochets de la chambre froide, se mettent à deux pour soulever chaque corps et les suspendre à nouveau mais à l'intérieur de la pièce glaciale cette fois-ci. Ils s'attardent à l'entrée, jubilent d'entendre les victimes bariolées hurler des suppliques inintelligibles, avec leurs dernières forces, tout en se trémoussant vainement pour tenter de se libérer. Ultimes clichés pour s'en délecter avec les autres potes. Quel pied, ce job ! Satisfaits, ils referment la porte puis, d'un coup de masse, l'un d'eux brise le levier de fermeture, histoire d'assurer leur mort, si jamais des inconnus voulaient leur venir en aide.

Ils récupèrent leur matériel dans le hangar, l'un d'eux prend place au volant de la superbe Volvo, pendant qu'un second place deux jerrycans dans le coffre puis s'installe à ses côtés. Ils ont mission d'aller cramer la voiture dans un terrain vague, de l'autre côté de la ville. Ils suivent le fourgon avant que les deux véhicules ne prennent des chemins différents. Rarement, opération de nettoyage n'aura été effectuée aussi facilement. Combien de temps faudra-t-il avant qu'une personne vienne ouvrir la porte du frigo pour découvrir deux corps congelés ? Peut-être des semaines, puisque les locaux sont inoccupés. Ils jouent donc sur du velours.

Le chef appelle le commanditaire pour le prévenir que tout s'est passé comme convenu, sans la moindre difficulté. Le donneur d'ordre se fait préciser que les tags ornent les corps, que la voiture sera bien brûlée, avec les papiers des avocats et leurs affaires personnelles, que personne, pas même des squatters, ne se trouvait dans les parages pour les observer.

Cette fois, tout est nickel. Satisfait, le commanditaire regarde sa montre, constate qu'il reste une demi-heure à Baptiste Morat pour lui apporter le fameux fichier, espère faire d'une pierre deux coups. Récupérer les fabuleux moyens de chantage que sont les informations croustillantes sur de nombreuses familles et, si possible, éliminer celui qui se croit désormais le prince de la ville et qui va bientôt tomber de très haut. Il trouve que le temps ne passe pas assez vite, mais cela lui permet de savourer la réussite de ce plan parfait.

*

* *

Postés sur le boulevard du Général-de-Gaulle, Stéphanie et Renan n'ont rien perdu de la scène. Ils rappellent Philippe Bory, qui se trouve justement à travailler en solo au bureau, donc finalement pas loin d'eux. Il doit les rejoindre bientôt pour fouiller les lieux, mais en voiture, un samedi en milieu d'après-midi, ça roule forcément moins vite qu'à moto. Enfin, il arrive à leur hauteur et se fait conduire à l'entrée de l'abattoir. La zone est déserte. La porte a été refermée, mais plus aucun crochet ne la tient. Ils la poussent, se trouvent devant un immense espace totalement vide. Ils appellent, n'obtiennent pas de réponse. S'avancent un peu, crient les prénoms des deux avocats et n'ont pour retour que l'écho de leurs voix.

— Vous êtes certains que les ravisseurs ne les ont pas pris avec eux dans l'un des véhicules ? questionne Philippe Bory, inquiet. Ils les auraient fait entrer dans le fourgon par une porte latérale, par exemple.

— Impossible, chef, on ne pouvait rien rater de la scène, d'où nous étions, certifie Stéphanie, sûre d'elle. Deux personnes de plus, nous les aurions remarquées. C'est certain, Arielle et Charles se trouvent enfermés ici, mais où ?

— Vous voyez bien que cet espace est vide, s'énerve Philippe Bory, en panique. Même s'ils ont été bâillonnés, nous verrions bien leurs deux corps quelque part. Alors que là, hormis de vieux objets, on ne voit rien.

— Et c'est quoi ce vieux container au fond, patron ? questionne Renan en s'avançant dans le hangar en direction de la chambre froide.

— Mais pourquoi les auraient-ils enfermés là-dedans ? s'étonne le chef.

— Écoutez le bruit de moteur, c'est une vieille chambre froide que ces salauds ont remise en marche, pour l'occasion, j'en suis certaine, assure Stéphanie. Il faut absolument ouvrir cette porte, les avocats sont presque sûrement là-dedans. Si j'en crois le thermostat, la température est de -20°. Ce serait un miracle qu'ils soient encore en vie, si cela fait plusieurs heures qu'ils congèlent.

Après avoir relevé le niveau de la température, tous trois tentent en vain de soulever le petit bout restant du levier. Ils ne sont pas assez costauds. Renan à l'idée d'utiliser le second morceau, resté au sol, comme d'un levier. Ils recommencent la manœuvre, se font saigner les mains, sentent que ça bouge, puis la tige se soulève brutalement, les entraînant au sol. C'est Stéphanie qui se relève en premier pour ouvrir la porte, elle pousse un cri d'horreur en découvrant le spectacle, les corps inertes, suspendus et tagués.

Mais il n'y a pas un instant à perdre, il faut sortir les corps de là. Arielle, d'abord, plus légère mais aussi moins résistante au froid. Chose faite, Philippe étale sa veste sur le sol pour que le corps gelé de la jeune avocate soit posé dessus par Renan qui s'extirpe de son blouson de jean pour recouvrir le corps d'Arielle avant de la frictionner. Puis c'est au tour de Charles. Même s'il est plus lourd, l'énergie conjuguée permet de l'extraire à son tour du congélateur. Là, c'est Stéphanie qui se débarrasse de son blouson de cuir, puis une fois le corps posé sur le béton, de son tee-shirt, pour tenter de réchauffer l'avocat. Les deux jeunes flics mettent toute leur énergie pour frotter les corps alors que Philippe appelle les secours en même temps qu'il va vers sa voiture pour la rapprocher des deux victimes, en poussant le chauffage au maximum.

— Ils sont en vie, assure-t-il, on sent leur pouls, même s'il est faible, tous deux sont placés, autant que faire se peut, en position latérale de sécurité. Je crois que nous sommes arrivés à temps pour les sauver et j'espère qu'ils ne garderont pas de séquelles de leur passage en chambre froide.

Par chance, les pompiers arrivent très vite avec des couvertures adaptées et le matériel pour sortir les deux avocats de leur léthargie. Ils sont embarqués vers le CHU mais le médecin chef est optimiste : ils devraient s'en sortir. Les policiers sont soulagés, la chaîne d'entraide a bien fonctionné. C'est quasiment un miracle. Philippe ne peut s'empêcher de blaguer Stéphanie.

— Décidément, Baptiste Morat ne peut plus se passer de toi !

— De nous deux, pas juste de moi, il a aussi le numéro de Renan, rectifie la Bordelaise, en renfilant son tee-shirt. Enfin, Coralie a le numéro de Renan, c'est un peu différent. Mais j'ignore encore comment il a su que les avocats se trouvaient enfermés ici. Je ne pense pas que les ravisseurs lui aient donné l'adresse de l'endroit. En tout cas, c'est un vrai miracle.

— Justement, le voilà qui arrive, tu pourras lui poser la question en direct, réplique Renan, voyant une voiture pénétrer dans le hangar.

Peu après, tandis que son chauffeur et son garde du corps restent à proximité du véhicule, flanqué de Coralie qui ne le lâche plus d'une semelle, Baptiste explique toute l'histoire, la proposition de Guillemette de La Bauxière et Patrick Lachenal tombée à point, à propos de ce terrain qui pourrait recevoir les nouveaux locaux techniques de Bel Art. Les anciens abattoirs de Rezé, le relais de l'information à Anne et Marianne, la conscience professionnelle de cette dernière, venue faire un repérage la veille. Un salvateur concours de circonstances. Jamais les ravisseurs n'auraient pu penser à pareille conclusion.

— Donc, vous n'avez pas versé la rançon ?

— Non, voici l'adresse du rendez-vous convenu, vous avez encore le temps de les intercepter, si le cœur vous en dit, répond Baptiste en montrant son téléphone et la localisation GPS du lieu de rencontre. J'ai repéré l'endroit sur le plan, je dois lancer le sac du pont et j'imagine qu'une moto le récupérera en bas avant de disparaître par l'une des quatre voies utilisables du rond-point, c'est imparable.

— Vous avez raison, c'est inutile, lance Philippe, en consultant sa montre. Il est quasiment impossible d'arriver à temps, sans prendre de risques. L'essentiel est assuré, je crois, vos avocats vont s'en sortir. Il sera important qu'on se voie demain, pour que vous m'expliquiez exactement l'enchaînement des faits, mais aussi vos intuitions à propos des suspects possibles.

— Pas de problème, je suis à votre disposition ! promet Baptiste, soulagé.

— Je ne crois pas un instant qu'il puisse s'agir de défenseurs de la cause animale, comme les agresseurs se sont ingéniés à le laisser croire, réfléchit le commandant. Ces gens ne sont pas stupides au point de signer leur crime. J'irai également rendre visite à vos avocats, aux urgences de l'hôpital, s'ils sont en état de parler, pour recueillir leurs témoignages. Ils auront certainement noté des détails importants pour notre enquête. Je tiens aussi à vous signaler que je vais réclamer une protection devant leurs portes de chambres, par sécurité.

— Demain matin, j'ai un programme impératif avec mes hommes de sécurité pour renforcer nos protections, mais en début d'après-midi, on peut se retrouver au Diabolo lounge, à partir de 15 heures, propose Baptiste, en pleine réflexion.

— Je préférerais à nos locaux du boulevard de la Prairie au Duc, précise le policier, pas bien désireux de fréquenter ce lieu si suspect. Ce sera à la fois plus discret, plus officiel et plus efficace, pour vous permettre de signer votre déposition. Nul doute que, vous comme moi, nous sommes filés en permanence par des complices de ces truands.

— C'est parfait, demain, 15 heures, dans vos locaux, Commandant… Merci, Stéphanie, je te dois une fière chandelle, une de plus ! déclare le PDG en s'approchant de la jeune femme, prêt à lui faire la bise. À force, je vais devoir t'offrir un candélabre pour les recevoir toutes.

— Pas à moi mais à mon équipier Renan, rectifie-t-elle immédiatement en détournant le visage. C'est lui qui a pensé à chercher dans cette chambre froide et qui a ensuite eu l'idée du levier pour débloquer la porte. Sans lui, tes avocats crevaient congelés, ils lui doivent la vie.

— Dans ce cas, c'est moi qui vais le récompenser, déclare Coralie, sautant sur l'occasion en avançant de deux pas, avant d'être arrêtée par le bras ferme de sa rivale.

— Hop, hop, hop, pas si vite, Renan est mon équipier, mais aussi mon mec. Pas touche, si tu veux qu'il continue à jouer les anges gardiens pour ton frangin. Tu crois que je ne te vois pas venir ? Eh bien non, Miss Morat, il te faudra te trouver un autre mec, parmi tes nombreux prétendants, et ne pas tenter de piquer celui d'une copine.

— Pétard, ce que tu es possessive et parano, je ne pensais pas du tout à cela, peste Coralie, piquée au vif, peu habituée à subir de tels camouflets. Je voulais juste lui faire une bise pour le remercier, rien de plus. De plus, je te le laisse, il n'est pas du tout mon style de mec, figure-toi…

— Bon, eh bien moi, je vais m'autocongratuler, marmonne Philippe Bory, dans un haussement d'épaules, en retournant vers sa voiture. On n'est jamais si bien servi que par soi-même, finalement. Bonne fin de journée, les jeunes, et bon dimanche. Et surtout, restez couverts.

VIII

Dimanche 14 mars 2010, 8 heures
Centre de détention - 68, boulevard Albert Einstein, Nantes

Juste habillée d'un short et d'un débardeur, serviette à l'épaule et savon dans la main, Sacha Makine est prête pour la douche. Étonnamment, elle a rangé ses affaires en fin de soirée précédente, sans adresser une fois la parole à Nadège qui l'interrogeait sur les raisons de cette mise en ordre inopinée. Alors que l'ancienne avocate squatte le lavabo, car elle n'est pas invitée à davantage, la boxeuse l'attrape par la tignasse pour la retourner d'un geste ferme et la plaquer contre le mur.

— Dans une demi-heure, c'en sera fini de la Reine et je reviens ensuite m'occuper de toi, ma chérie. Profite de ce temps pour faire tes prières, l'inventaire de ta vie, de tes joies et de tes regrets, de tes réussites et de tes erreurs. Une demi-heure, ça passe vite.

— Non, tu ne vas pas faire ça, tu n'as pas le droit, tu es folle, hurle Nadège, paniquée, voyant son plan échouer lamentablement.

— J'aurais été contente de te connaître, t'es bien foutue, tu baises bien, t'es pas conne ! Mais je serai aussi heureuse de te buter parce que tu te la pètes grave et que je vais te ramener le melon à la taille d'une noix. J'entends que ça bouge à côté, je vais devoir te quitter.

Dans un geste fougueux, la boxeuse embrasse Nadège, pétrifiée sur place. Un long moment, de manière fiévreuse, avant d'attraper son gant de toilette pour le lui enfoncer dans la bouche. S'ensuit un semblant de combat mais l'une des deux est pugiliste de métier et prend vite le dessus sur son adversaire. Elle récupère le pantalon de jogging de sa rivale, s'en sert comme d'une ceinture pour lui attacher les poignets au barreau supérieur du lit, au-dessus de sa tête. Avant de laisser une paume attendrie glisser lentement de la poitrine à l'entrecuisse, un sourire narquois aux lèvres. Servane Quinet frappe à la porte et ouvre à Sacha, après avoir noté, un sourire aux lèvres, la position inconfortable de sa compagne de cellule.

— Attends un peu qu'on en finisse avec la Reine, puis ce sera ton tour, salive à l'avance la grande blonde. Je crois que Sacha va me laisser t'achever, elle sait le plaisir que ça va me procurer de te saigner. Mais à chacune son tour, pour l'instant, c'est au tour de la vieille de ravaler son bulletin de naissance.

La porte se referme sur Nadège, perdue dans ses

pensées angoissées. La surveillante rattrape la détenue pour la mener jusqu'aux sanitaires. Suite de couloirs et de portes, de serrures à déverrouiller, de longs sas, puis enfin l'espace de la douche. Sept autres filles attendent leur tour, sous le regard d'une jeune matonne, tandis que la Reine est déjà sous le jet tiède, bien moins à l'aise qu'il y a quelques semaines, mais satisfaite de ce petit moment de bien-être. La boxeuse les bouscule pour se frayer un chemin jusqu'au bout de la pièce et va rejoindre la sexagénaire sous la pomme déjà un peu rouillée, sans que sa décision ne trouble la jeune gardienne présente, qui attend une réaction de Servane. En vain. Aussi préfère-t-elle se tenir en retrait.

Régine Parizeau, toute à la délectation d'une eau délicieuse sur son corps bien meurtri et à la douceur du savon sur le grain de sa peau, n'a rien vu arriver. Elle est coincée dans l'angle du petit cabinet, désormais individuel dans la prison, sur demande de Nadège auprès du directeur, puis elle est pilonnée de coups de poing. Le nez explose, puis une arcade, une série de directs au foie assomme la Reine qui s'effondre sur le ciment du bac où le sang se mêle à l'eau savonneuse. Sacha pourrait facilement lui briser les cervicales, mais cela n'a jamais été sa méthode. Trop rapide à son goût, sans doute. Elle préfère disloquer méthodiquement la carcasse de son adversaire par des coups répétés sur les articulations.

De l'autre côté du mur carrelé, les autres filles se sont resserrées, totalement paniquées, comme les deux gardiennes, la plus jeune collée contre l'épaule solide de Servane Quinet, lui adressant par moments un regard, pour savoir s'il ne serait pas opportun d'intervenir. C'est à cet instant qu'une nouvelle arrivée, une femme solide d'une petite cinquantaine d'années, après avoir tenté d'alerter les matonnes, intervient, scandalisée, en prenant les autres détenues à témoin :

— Mais si on laisse faire cette connasse, elle va tuer l'autre, vous voyez bien. Qu'est-ce qu'on attend pour intervenir ? Allez, les filles, à nous toutes on l'aura !

Et la courageuse de se ruer sur Sacha, agenouillée sur la carcasse bien meurtrie de la Reine, recroquevillée au sol dans son sang. La nouvelle venue veut étrangler le colosse d'un bras mais Sacha parvient à se relever pour tenter, d'un recul rapide, d'assommer son assaillante sur le carrelage du mur. Mais celle-ci pratique le judo et, d'un balayage efficace de la jambe, la fait trébucher et s'éclater sur un lavabo. Réveillées par le courage de la nouvelle, deux ou trois des autres détenues présentes, dont l'une des anciennes gardes du corps de la Reine, se ruent à leur tour sur Sacha et lui bloquent vite bras et jambes avant de la soulever, puis de la propulser la tête en avant vers la cloison d'en face et l'assommer de plusieurs chocs terribles. Elles auraient continué si Servane Quinet ne leur avait donné l'ordre d'arrêter. D'un même geste, elles lâchent le corps de la boxeuse, qui s'écrase au sol dans l'espace vestiaire. Quand l'ancienne garde du corps de la Reine, les yeux révulsés de haine, la retourne pour contempler le visage, celui-ci ne ressemble plus à rien. Satisfaite de la voir estourbie, elle lui crache à la figure en la traitant de salope.

À côté, la nouvelle venue, visiblement dotée d'un fort tempérament, ordonne à la jeune surveillante d'aller chercher l'infirmière de service avec son brancard et le matériel de perfusion et à l'autre d'appeler les secours. Comme Servane ne bouge pas, ne sachant plus comment agir, elle lui beugle qu'elle est médecin et qu'elle sait ce qu'elle fait. Enfin, la plus jeune des gardiennes décide d'obéir et court vers l'infirmerie. L'ancienne protectrice de la Reine, proche de l'hystérie, s'approche alors de Servane pour la défier :

— Alors, la girouette, tu ne sais plus quel camp choisir ? Tu as bien profité des largesses de la Reine, avant de la lâcher pour rejoindre cette grosse salope. Eh bien, tu vas la rejoindre pour de bon.

Avant même d'avoir compris ce qui se passait, Servane Quinet reçoit un puissant coup de boule qui lui explose l'arcade, puis une série de coups au ventre qui la plient en deux, avant qu'un ultime coup de coude à la nuque ne la fasse s'écrouler pour de bon.

— Je ne suis peut-être pas boxeuse, mais je sais me battre, moi aussi, lâche la garde du corps tout en tirant le corps inerte de Servane pour le balancer sur celui de Sacha. Une belle paire de salopes, ces deux-là !

Pendant ce temps, la nouvelle arrivée prend soin de la blessée avec délicatesse mais savoir-faire, donne des ordres aux autres filles pour lui faire la place dans le couloir des sanitaires avant d'allonger doucement le corps meurtri sur le côté, après avoir pris soin d'étaler une serviette au sol. Elle demande qu'on lui lève les jambes pour ramener le sang au cœur puis de trouver une couverture.

— Elle est en vie, je sens le pouls même s'il est extrêmement faible, faites vite, appelez le 15, il y a bien un téléphone quelque part, et l'infirmière, que fout-elle, l'infirmière, j'ai besoin d'elle !

— Non, moi je reste, je suis chargée de la protection de la Reine, lâche celle qui vient d'en découdre avec les rivales de sa patronne.

— Régine, tu m'entends, ne me lâche pas, serre ma main et concentre tes forces, on va te sortir de là, affirme la nouvelle, en tapotant les joues. C'est bon, vous pouvez reculer un peu, je peux m'en occuper toute seule, je n'ai plus besoin de vous. Régine, tu m'entends ? Si tu peux parler, dis-moi quelque chose, sinon, tu serres mon poing très fort.

Même passablement dans les vapes, rien d'étonnant à cela, la Reine est bien consciente, sa respiration est rapide, elle bouge les doigts, sans trouver la force de les remuer plus. Elle étire aussi une jambe, preuve de la motricité des membres. Mais la spécialiste craint une hémorragie interne, tel est le plus gros risque. Elle remarque de grosses rougeurs dans le dos, à hauteur des côtes, ce qui l'inquiète aussi. La victime remue les lèvres, elle veut parler, mais sa mâchoire est certainement cassée. Elle parvient à murmurer quelques mots.

— Nadège ! Veux… voir… Nadège.

— Allez me chercher Nadège ! crie la nouvelle, visage tourné vers le couloir.

— Elle est enfermée dans sa cellule, explique une détenue.

— Demandez à la gardienne d'aller la chercher, ça urge ! Pourquoi je n'ai toujours pas de téléphone pour appeler le 15. Et que fait l'infirmière, bon sang, elle devrait déjà être là, il n'y a pas une minute à perdre. Quelle est la procédure d'urgence, dans cette prison ?

L'infirmière de garde arrive enfin avec le matériel de premiers secours, découvre le corps martyrisé. La nouvelle venue l'interpelle pour lui expliquer qu'elle est médecin et que cette femme doit passer des examens en urgence, il est vraisemblable qu'en plus des côtes cassées et des coupures sur le visage, elle ait des organes touchés.

L'infirmière appelle le 15 pour faire venir une équipe du SMUR.

— Il faut prévenir sa famille, elle est vraiment mal en point, suggère la nouvelle.

— Non, le règlement est formel, les familles n'ont pas à être averties des problèmes médicaux des détenues, explique l'infirmière, perdue devant une situation qui la dépasse. On gère cela en interne.

— Bordel, en interne, cette femme risque surtout de faire une hémorragie et de crever ici, avant une heure. Ils vous ont dit quoi, le SMUR arrive ?

— Oui, le véhicule est en route, je suis en relation avec le médecin à bord, je vous le passe.

— Bonjour, professeure Moreau à l'appareil, je suis en présence d'un sujet féminin d'une soixantaine d'années, qui souffre de nombreuses fractures et pour laquelle je crains une hémorragie interne et des lésions d'organe, rein, rate ou foie ! Voilà pourquoi vous devez déjà prévoir un scanner pour elle à son arrivée aux urgences.

Peu après, la jeune matonne arrive en compagnie de Nadège, libérée de sa position inconfortable dans sa cellule.

Quand l'ancienne avocate voit la Reine dans cet état pitoyable, elle est affolée par la violence du tableau, les nombreuses plaies et le sang qui coule de l'arcade.

Elle se penche aussitôt sur elle, quand la nouvelle lui explique que cette femme l'a demandée spécialement à ses côtés. Surprise, Nadège obtempère et approche son oreille pour entendre des paroles à peine audibles qui ont quasiment valeur de confession.

— Nadège… promets-moi… de veiller… sur mes enfants. Tu es… la seule personne… en qui j'ai… confiance.

— Je te le promets, mais tu vas t'en sortir, tu en as enduré bien d'autres et tu t'en es toujours sortie, Régine. Pas vrai ?

La Reine a perdu à nouveau connaissance, elle a replongé dans un état de léthargie. La nouvelle demande à l'infirmière d'appliquer des compresses sur les plaies, rien d'autre à faire. Pas de transfusion de sang possible sans analyses préalables car on risque l'incompatibilité. Elle a maîtrisé les blessures causant une perte de sang externe, mais elle craint ce qui pourrait se passer en interne.

— Elle va s'en sortir ? questionne Nadège, très inquiète.

— J'ai bon espoir, elle est solide, je crains juste pour elle une hémorragie interne. J'ai peur que la rate ou un rein soit touchés. Surtout un rein, pour tout t'avouer…

— Au fait, c'est quoi ton nom ? J'ai su que tu étais arrivée ici, mais je n'ai pas eu la possibilité de te rencontrer. Tu vas la sauver ?

— Je m'appelle Christelle ! Christelle Moreau. En fait, je suis professeure en chirurgie.

— Mais que fais-tu là ?

— J'aurais voulu tuer une femme lors d'une intervention, selon le juge. Elle est restée paralysée. Auparavant, elle et son mari, coupables de la mort de mes parents, ont été jugés mais leurs avocats sont parvenus à les blanchir. Pour le juge, ça fait un bon mobile de vengeance. Comme si un médecin était là pour tuer ses patients… Je suis ici en attente de mon procès. Tu es qui pour cette femme, au juste ?

— Sa pire ennemie, sa plus grande rivale, en apparence. Sa confidente aussi, parfois. La preuve ! En fait, nous ne sommes pas si éloignées que cela l'une de l'autre. C'est une longue histoire.

L'équipe du SMUR arrive et conditionne Régine Parizeau avec méticulosité. Tandis que l'infirmier appareille la victime d'un masque à oxygène et d'une perfusion de soluté de remplacement en remplissage, Christelle Moreau discute avec le médecin de l'équipe, qui la connaît bien, en termes très techniques. Elle demande à l'infirmière de lui apporter rapidement le dossier médical de la victime. Cette dernière l'a justement sur elle et le tend aux médecins.

— Merde, cette femme a déjà subi l'ablation d'un rein par le passé, lâche la chirurgienne. Il ne faudrait pas que le second soit touché, mais vu son état je crains que ce soit le cas. Il faudrait alors la placer immédiatement sous dialyse, après le scanner.

— Dès les examens, si tel est le cas, enchérit le médecin du SMUR, il faudra trouver rapidement un donneur compatible.

— Dans ce cas, je vous accompagne, intervient Nadège, affirmative. S'il faut donner un rein pour sauver cette femme, ainsi, je serai sur place.

— Mais attends, ce n'est pas si simple, tu sais, pour cela, il faut que le donneur soit compatible, explique Christelle Moreau, embarrassée, alors que les secouristes placent la victime sur un matelas coquille. On ne peut pas prendre n'importe quel rein, comme cela, pour le transplanter à une patiente.

— Je le sais mais je suis sans doute compatible, réplique Nadège, en fixant la chirurgienne. En fait, je suis sa fille. Régine Parizeau est ma mère !

*

*   *

Dimanche 14 mars 2010, 15 heures
Bureaux du groupe Bory - Boulevard de la Prairie au Duc, Nantes

Baptiste Morat est ponctuel pour le rendez-vous et Philippe Bory l'attend. Bien sûr, ils vont parler ensemble des événements de la veille et de l'agression perpétrée contre les deux jeunes avocats du PDG, mais aussi de la triste nouvelle du matin et de la violente attaque sur sa mère, à propos de laquelle le policier a été alerté avant la famille. De plus, ni les uns, ni les autres n'ont encore pu voir Régine Parizeau aux urgences, sont état étant très critique et son pronostic vital engagé.

Une autre nouvelle inquiétante interroge le commandant et son équipe. Sophie Touraine a disparu de chez elle depuis la veille au soir et son bracelet électronique a été retrouvé sectionné, à son domicile. Interrogée, Xavière, sa mère a expliqué qu'elle se trouvait chez sa famille depuis la veille au matin, comme cela lui a été autorisé par le juge, et elle ne s'est pas souciée de l'emploi du temps de sa fille pour le week-end.

Avant d'expliquer aux hommes de l'équipe du commandant Coulet, chargés de l'affaire, que sa fille vivait de plus en plus mal cette forme d'emprisonnement que représentait pour elle l'obligation de rester à son domicile ou de demander l'autorisation pour une sortie exceptionnelle. L'interrogation reste entière : fugue ou enlèvement ? Philippe Bory penche pour la seconde solution, cette élimination procédant d'un grand nettoyage parmi les proches des Cordouan, susceptibles de collaborer avec la Police contre une remise de peine. Mais il est peut-être de parti pris.

Tout se bouscule un peu mais, avec la certitude – par la réception du rapport officiel du médecin légiste – que le corps découvert dans le béton d'un escalier de l'île de Versailles est bien celui de Jean-Michel Stark, l'enquête prend un nouveau rythme. Même si Régine Parizeau a été condamnée pour ce crime, il semble de plus en plus vraisemblable qu'il a été commandité par l'un des membres de la famille Cordouan. Encore faut-il le prouver par des preuves tangibles.

Mais l'actualité, c'est la présence dans les locaux de la police de Baptiste Morat. Le policier a aussi envie de jauger ce garçon qui, aux yeux de Nadège, était jadis l'élément le plus incontrôlable d'une famille de fous furieux, avant de bénéficier d'une étonnante métamorphose. À ce jour, l'avocate ne s'est jamais trompée et ses renseignements ont permis de faire tomber de nombreuses crapules en chemise blanche et cravate, mais pas seulement. Elle pense Baptiste Morat fiable, apte à apporter son appui à la Police et à la justice, car il n'oublie pas que sa mère est innocente et donc victime d'une cabale des Touraine et de leurs proches.

Philippe propose au jeune PDG de s'installer en face de lui et s'inquiète très vite des dernières nouvelles reçues sur l'état de santé de sa mère et des avocats. Pour la Reine, rien n'est gagné et cette situation le mine terriblement. Pour les seconds, tout va bien, ils n'auront pas de séquelles et se remettent juste de leurs émotions. Ils ont aussi été débarrassés de la peinture de leur corps et de leur visage, grâce à un produit spécial à base de savon. Ils auront besoin de quelques jours pour être à nouveau opérationnels, même si ce cauchemar abominable hantera leurs nuits durant de nombreux mois.

— Selon vous, qui pouvait leur en vouloir, à part les défenseurs des animaux qui ne représentent, selon moi, qu'une fausse piste qu'on nous a balancée pour nous amuser ? questionne Philippe Bory, soucieux de ne pas perdre de temps.

— Je ne possède aucun élément concret pour étayer ma réponse, mais je dirais des proches de la famille Touraine, puisque ces personnes n'ont eu de cesse de nous pourrir la vie, depuis des années. Pour preuve, la condamnation de ma mère et son incarcération, alors qu'elle est innocente.

— Avez-vous entendu parler des Cordouan ?

— Vaguement, dans le temps, des histoires anciennes dont je n'ai quasiment plus le moindre souvenir. Je crois qu'ils sont tous morts ! Ah non, il doit rester la femme d'Albin Touraine, qui est de la famille, si mes souvenirs sont exacts. Xavière, je crois… Pourquoi me parlez-vous de ces gens ?

— Nous enquêtons sur la mort d'un proxénète, Jean-Michel Stark, en 2000, crime pour lequel votre mère purge une lourde peine de prison. Nous sommes partis, sur la foi d'informations dignes d'intérêt, puisque ce sont elles qui nous ont menées à son corps, sur la piste d'un meurtre commis par un rival de votre mère, puisque les récents témoignages recueillis corroborent la thèse d'une prochaine collaboration entre votre mère et la victime.

— Même si j'étais jeune, j'ai entendu vaguement parler de tout cela, lors du procès de notre mère, mais elle nous tenait à l'écart de ses affaires. Aymeric vous en dirait davantage, du moins, s'il veut parler car c'est un taiseux. J'ai toujours cru comprendre que la responsabilité incombait aux Touraine.

— En fait, les Touraine sont une branche du clan Cordouan, comme la famille Combesson, vous savez le riche expert en art. Et puisque vous pensiez que les Cordouan avaient tous disparu, je suis au regret de vous apprendre que l'avocate Marie-Flore Balaguer est en fait la fille de Bertrand Combesson et Louise Cordouan, et que son associé, Julien Delapart, est le fils de Claude Cordouan, la sœur de Louise.

— Je comprends mieux la haine de ces deux énergumènes envers Arielle et Charles, mais aussi les raisons qui les poussent à vouloir détruire Bel Art, soupire le jeune PDG, le regard perdu dans le vide. Mais d'où viennent ces rivalités permanentes, génération après génération ?

— Sans doute du fait que votre mère a un jour reçu en cadeau de son mari le manoir de la Perdrière, répond le policier, avant de hausser les épaules. Ce n'est pas une certitude, juste ma conclusion. Ce bien appartenait aux Cordouan et cachait une pièce secrète renfermant les fameux dossiers liés au fichage des familles nantaises. Votre mère, durant le temps où elle a été la propriétaire du manoir, n'a jamais su l'existence de ce lieu secret. Une chance pour elle, sans doute. Mais les Cordouan, notamment Xavière et son mari, Albin Touraine, ont tout fait pour récupérer leur patrimoine, et surtout son trésor caché. Ce qu'ils ont fait, sitôt votre mère emprisonnée.

— Et ainsi Albin Touraine a pu poursuivre les chantages, puis Julie Belliard, sa fille et la mère de Steven, et enfin ce dernier, d'une manière très personnelle et bien perverse, murmure Baptiste, dans l'esprit duquel tout devient plus logique.

Le policier propose un café à son interlocuteur et tous deux font une pause devant une tasse d'expresso. Un long moment de silence, riche en cogitation pour le jeune homme. Tant de faits doivent à présent trouver une logique implacable dans son esprit, se rattacher les uns aux autres comme les wagons d'un train infernal. Mais le temps passe vite et Philippe doit absolument avancer.

— Un autre sujet qui fâche, Baptiste : le fichier ! Tant que vous serez en sa possession, nous vous suspecterons, je suis désolé. Nous vous suspecterons et vous serez en danger. Vous et votre famille, votre société, vos collaborateurs, comme ces deux avocats.

— Je ne peux pas, Commandant, je ne peux pas ! répond le PDG, comme une évidence. C'est mon assurance vie, le parapluie ouvert pour justement protéger ma famille. Les gens importants de la ville me respectent car ils savent que je peux les anéantir en un clic. S'ils découvrent que je n'ai plus cette arme passive, je suis mort et Bel Art avec. Tous s'uniront pour détruire ma famille, chaque membre après l'autre. Vous n'avez pas noté comme les Belliard puis les Touraine ont connu bien des problèmes, depuis qu'ils ont perdu leurs moyens de pression sur leurs interlocuteurs ? C'est juste un hasard, selon vous ?

— Je ne suis pas certain de voir un lien direct entre la chute des uns et des autres et ce dossier explosif, réplique le policier.

— Bien sûr que si ! Le fichier, c'est comme le feu nucléaire. Ce n'est pas parce qu'on le possède qu'on va l'utiliser. Sa présence dissuade cependant certaines personnes de vous agresser, par peur du retour de bâton. Mais je vous promets de ne pas m'en servir, où alors pour défendre ma famille, si elle est attaquée. Je viens de rendre à une jeune femme très bien le film pris par Steven Belliard lors d'une soirée honteuse.

— Et pourquoi cela ?

— Il s'agit de Guillemette de La Bauxière, la sœur de votre collègue Domitille, explique Baptiste qui a choisi de jouer la carte de la sincérité. Elle vit avec un politicien de ma génération qui mérite le respect. Tous deux ont été attaqués sur leur vie privée par un adversaire, le nauséabond Wilfried Kohler. Ses comparses ont menacé de révéler des images compromettantes de Guillemette si je ne jetais pas l'éponge. Patrick Lachenal est venu m'en parler. Il pensait que j'étais derrière ce chantage. Pour lui prouver ma bonne foi, je lui ai remis les documents en ma possession car j'ai confiance en lui et beaucoup de respect pour Guillemette.

— Un bon point pour vous !

— Pour jouer franc jeu avec vous, je ne me suis pas arrêté là. Je déteste Kohler et je sais que la femme de ce néonazi file le parfait amour avec une autre femme mariée, métisse de surcroît. J'ai des documents pour en attester et je viens de les remettre aussi gratuitement à Patrick Lachenal. S'il veut torpiller son adversaire, il lui suffit d'adresser ces photos à un journaliste et Kohler se trouvera discrédité à jamais, même dans son propre camp.

— C'est un jeu dangereux, Baptiste, et je prie pour que Patrick Lachenal n'utilise jamais ces documents. Je reviens au dossier. Pour nous, détenteur de cette bombe à retardement, tu restes une cible et un suspect. Tant que tu marches dans les clous, tu es inattaquable, mais à la première incartade, on ne te ratera pas. Qui es-tu pour juger de la nécessité d'utiliser l'une de ces armes ? Pour tes adversaires, tu es l'ennemi numéro un et cela ne dure qu'un temps. On finit par tomber, un jour ou l'autre, même protégé en apparence par un fichier.

— Je ne suis pas Mesrine, non plus ! s'amuse le jeune PDG. Je veux faire des affaires autrement, je veux changer les mentalités, je veux briser les copinages régionaux qui pipent les dés, je veux proposer un nouveau visage à cette ville que j'aime, plus clean, plus souriant, après ceux des négriers et des collabos. Une vision plus moderne, plus jeune, que partagent Patrick Lachenal et Guillemette de La Bauxière. Nous avons des grands projets ensemble, pour le bien de la ville et de ses habitants, vous savez.

La conversation aurait continué longtemps, sans doute, si le portable de Baptiste ne s'était manifesté. Le garçon s'excuse, décroche, c'est son frère Aymeric qui vient d'apprendre que leur mère est hospitalisée, entre la vie et la mort, suite à une violente agression à la prison. Un coup de cette mystérieuse boxeuse dont ils ont entendu parler. Il hurle sa colère. Il se trouve à l'hôpital mais il n'a pas le droit d'aller lui rendre visite. Baptiste ne sait comment expliquer à son demi-frère qu'il est déjà au courant de la nouvelle car, désormais, dans la famille Morat, le chef de famille c'est Baptiste.

— Oui, je suis avec le commandant Bory qui vient de m'apprendre la nouvelle ! Tu as su que mes collaborateurs, Arielle Valmier et Charles Steiner, ont échappé à la mort par miracle, hier soir ? Nous tentons de découvrir qui pouvait lui en vouloir. Mais je vais demander au commandant s'il ne peut pas intercéder en notre faveur pour que nous puissions avoir des nouvelles de notre mère, je te promets. Allez, sois fort, je te rejoins dès que je le peux.

Comment refuser à des enfants de s'inquiéter pour leur mère, entre la vie et la mort, d'utiliser tous les moyens pour obtenir des informations. Et comme il n'est pas une brute, Philippe Bory finit par accepter de faire le lien avec les policiers sur place, mais aussi les médecins qui suivent le cas de la Reine. Il ne pense pas posséder davantage de force de persuasion que la famille, mais cela ne coûte rien d'essayer.

De toutes les obligations d'un policier, l'une de celles que déteste le plus Philippe, ce sont les visites dans les hôpitaux. Des lieux dans lesquels il ne se sent pas très à l'aise. Il préfère presque encore aller annoncer à une famille le décès d'un proche, découvrir un corps à son domicile après une quinzaine de jours à se putréfier, même si c'est répugnant au possible. Là, il est sur son terrain, alors que dans un hôpital, il trouve toujours incongrue la présence d'un policier, même en civil.

Il a laissé Baptiste rejoindre son demi-frère à l'entrée et, un peu plus tard, lui-même se pointe sur le parking du CHU. Il demande à l'accueil la chambre de Charles Steiner et Arielle Valmier. Ils ont tous deux quitté les urgences et se trouvent en observation dans un autre service et pas dans la même chambre. Philippe utilise ascenseur et couloirs avant de se trouver dans le bon service. Une chance, selon l'homme de l'art, ils sont en état de répondre à des questions. Une fois passé devant le bleu chargé de leur protection, le commandant frappe à la première porte. Celle d'Arielle Valmier. Mais comme Charles peut se lever, il vient rendre justement visite à son associée, ce qui évite à Philippe de poser deux fois les mêmes interrogations.

Très vite, Charles reconnaît qu'il fait depuis plusieurs jours l'objet d'un chantage, en raison de son homosexualité, précise que, pour avoir la vie sauve, il a remis à ses agresseurs un dossier bidon, histoire de gagner du temps, et que le week-end à Pornic, c'était un moyen de réfléchir à la situation, avec un peu de recul, pour tenter de prendre la meilleure décision en début de semaine. Mais, visiblement, les agresseurs les ont suivis jusqu'au bord de l'Atlantique pour les piéger dans un moment de relâchement de l'attention.

— Sauriez-vous les identifier ? questionne Philippe, en se tournant vers l'un puis vers l'autre.

— Bien sûr, certifie Arielle, un peu plus pimpante que son partenaire, d'autant que, tellement sûrs de leur coup, ils ont retiré leurs masques en cours de trajet. Pourquoi se cacher devant de futurs morts ? Je peux même vous faire leur portrait-robot, je suis physionomiste et j'ai fait des cours de dessin, dans ma jeunesse. Vous savez qui nous en veut à ce point ? Parce que, leur histoire de défenseur des animaux, je n'y crois pas une seconde.

— A priori, ce n'est pas vous qui étiez visés, mais votre employeur, Baptiste Morat. Il m'a parlé d'une rançon, d'une histoire financière, je n'y crois pas une seconde. Selon moi, le deal, c'était un échange : vous contre le fichier qu'il détient. Nous ne saurons jamais si, le couteau sous la gorge, Baptiste aurait choisi de vous sauver la vie en leur livrant ce qu'il considère comme son assurance tous risques. Intimement, je pense que oui. En revanche, même s'il leur avait remis ce qu'ils exigeaient pour votre libération, rançon ou fichier, jamais nous ne vous aurions retrouvés en vie. Vous seriez morts, transformés en viande congelée dans cette chambre froide.

— On doit une fière chandelle à Guillemette de La Bauxière, murmure Charles Steiner, perdu dans ses pensées. Si elle n'avait pas proposé ce site des anciens abattoirs à Baptiste pour les nouveaux bureaux de sa société, jamais personne ne serait venu nous chercher là. Cela ne nous dit pas qui est derrière tout cela.

— Ce n'est pas nous qui allons enquêter, mais la PJ, l'équipe du commandant Coulet. Stéphanie et Renan se trouvaient dans le secteur par hasard, ils sont en relation avec Baptiste, j'ignore comment et pourquoi, et ils ont pu intervenir assez tôt pour vous sauver. Un miracle de bout en bout. Ce n'était pas votre heure et vous m'en voyez ravi, les avocats sérieux et impliqués sont une denrée rare.

— Quand même pas à ce point, Commandant, là vous noircissez le tableau, s'insurge Arielle, en passe de recouvrer toute sa tonicité.

— Nous venons d'en asticoter deux, à peine plus âgés que vous, qui seraient ex aequo pour la palme du plus gros faux-cul.

— Laissez-moi deviner, sourit Arielle, perspicace et en verve, si heureuse d'être toujours en vie. Julien Delapart et Marie-Flore Balaguer, je me trompe ? Quoique, comme le mien, je crois que c'est son véritable postérieur ! Non, c'est une blague, vous parliez de faux-culs…

— Je n'en doute pas une seconde, lâche Philippe, dans un sourire. Pour votre gouverne, tous deux sont des enfants issus de la famille Cordouan, comme la famille Touraine ou encore les Combesson. Entre la famille Morat et les Cordouan, ça n'a jamais été le grand amour. Si cela peut vous aider dans vos dossiers futurs… Bon, je dois vous laisser, j'ai un rendez-vous en fin de journée qui ne souffre aucun retard ! Prompt rétablissement et, à l'avenir, réclamez à Baptiste une protection permanente, le temps pour nous d'arrêter les coupables. J'adore les avocats, mais avec une sauce crevette, pas dans mon hachis Parmentier.

*

* *

Désireux de prendre des nouvelles de la Reine, dont il entend parler depuis si longtemps sans l'avoir réellement côtoyée, Philippe Bory se balade dans les couloirs. À la faveur d'une porte restée ouverte à une chambre surveillée par un bleu qui laisse passer son supérieur, il jette un coup d'œil distrait en passant, avant de faire marche arrière, pensant avoir une vision. Mais non, c'est bien elle.

— Que fais-tu là, ils t'ont laissé sortir de prison ? questionne-t-il en découvrant le visage si expressif de Nadège.

— Je vais sauver la vie de la Reine, je vais devoir payer de ma personne et lui donner un de mes reins, explique-t-elle avec calme. Nous venons de vivre une période abominable, j'ai cru que j'allais y rester. D'ailleurs, je suis en train de réfléchir à deux ou trois concours de circonstances miraculeux et, comme tu me snobes depuis que tu as retrouvé ta femme, j'y vois un coup de main du procureur.

— Comme quoi, par exemple ?

— La présence bienvenue d'une nouvelle détenue, Christelle Moreau, une chirurgienne emprisonnée à tort, elle aussi. C'est elle qui a osé affronter la boxeuse, premier prodige. Une femme qui est professeure de chirurgie et qui arrive de nulle part, second coup de bol, surtout pour la Reine.

— Oui, incroyable !

— D'ailleurs, il faudra que tu t'occupes de son cas, cette doctoresse n'a rien à faire derrière les barreaux, elle a été piégée par un couple peu recommandable, je ne sais pas exactement qui, mais c'est certainement inscrit dans son dossier. Vois ce que tu peux faire pour elle. Quant à la main divine, elle est venue trancher la gorge de la boxeuse et de Servane Quinet, au moment de l'intervention du SMUR. Alors là, c'est du grand art. Ni vu, ni connu. Encore cette doctoresse ? Une autre détenue ? Toujours est-il que les deux harpies ont avalé leur bulletin de naissance.

— Même après une telle panique, tu parviens encore à avoir les idées claires et à suivre le fil de tes idées, s'émerveille Philippe. Mais ils t'ont laissé sortir ?

— C'est l'équipe du SMUR qui est intervenue car Christelle Moreau craignait, à juste titre, une hémorragie interne ou, pire encore, un rein très abîmé. En plus, la Reine avait déjà perdu un rein par le passé, je me suis donc dévouée et, je viens d'apprendre que je suis donneuse compatible pour elle.

— Tu as donc sauvé la vie de la personne que tu voulais approcher pour lui faire avouer son implication dans l'exécution de Tarim Khoury ? s'étonne Philippe Bory, plutôt sceptique. Tu es maso, toi !

— Attends, l'opération n'est pas encore effectuée, il faut d'abord qu'elle se remette du sale traitement qu'elle a enduré. Mais je dois rester là pour une batterie d'examens complémentaires, pour me préparer au don d'organe.

— Je te rappelle que, dans ton plan de départ, la Reine seule pouvait avoir commandité ce crime depuis sa prison, puis engagé une équipe à Saint-Martin pour passer faire le ménage, juste avant ton arrivée, de sorte que tu portes le chapeau. Enfin, juste une partie du chapeau puisque ton complice a pris l'essentiel des faits à sa charge.

— Je pense que je me suis trompée, Philippe, la Reine est une victime, elle aussi. Elle a été piégée, et j'ai ma petite idée à propos de l'identité des vrais coupables.

— Non, attendez, c'est mémorable : 14 mars 2010, le jour où, pour la première fois depuis qu'on se connaît, l'immense Nadège Pascal reconnaît qu'elle n'est pas infaillible !

— Ne rigole pas, je flippe à mort, quand même, si jamais l'opération foire, se regimbe l'ancienne avocate. La Reine me semble sincère et je pense que les Morat n'ont rien à voir dans toute cette histoire. Mais je n'ai jamais eu l'occasion d'en parler avec elle. Je sais juste que les gens qui ont prétendu qu'elle se trouvait, ce jour-là, auprès de la fille assassinée, ont menti. Pour le compte de qui ? Je n'en suis pas tout à fait certaine. Pour couvrir qui ? Je ne l'ai pas encore découvert avec exactitude. À présent, il me tarde de sortir pour faire la lumière sur cette affaire sinistre, mais ce ne sera pas pour tout de suite.

— Sinon, pour ça, il y a la Police, aussi.

— Je le sais, SuperSDF est sur le coup ! ironise-t-elle, le regard perdu dans le vide. Je n'arrête pas de penser aux moments exaltants que nous avons passés ensemble. Ils sont mon carburant, ils m'ont permis de tenir, ces derniers jours, quand je me faisais peloter par cette folle, version soft mais non désirée de notre séjour en commun. Ou encore quand je me faisais tabasser jusqu'à m'effondrer au sol, quand elle avait reçu des mauvaises nouvelles de ses commanditaires. J'ai vécu chaque heure comme si c'était la dernière. Et à la fin, il ne me restait qu'une demi-heure à vivre, jusqu'au miracle dont je te parlais à l'instant.

— Une demi-heure à vivre ?

— Une matonne est venue me chercher en urgence car la Reine souhaitait se confesser. Et là, la malheureuse était totalement escagassée, mais vivante. Auprès d'elle Christelle Moreau, style ange gardien tombé du ciel, avec des dons exceptionnels de médecin. Et un peu plus loin, l'hercule dont j'attendais le retour pour dire adieu à la vie, qui comptait les chandelles et la vipère de Servane Quinet près d'elle, qui l'aidait dans son calcul. Et plus tard, ce sont elles qui ont rendu l'âme, et non la Reine et moi. Je n'arrive pas à comprendre. D'où l'idée d'une intervention de ce cher procureur Potel.

— Et en plus, ce n'est pas ton plan, ce n'est pas toi qui es à l'origine d'un sauvetage de génie comme celui-là, quelle facétie du destin, plaisante Philippe, un sourire au coin des lèvres. Quelle énorme humiliation pour toi, quand même ! Il existerait plus grand génie que le tien sur la planète ? Je me demande même si tu n'aurais pas préféré crever en héroïne que de découvrir qu'il existe plus fin stratège que toi.

— Ne te fous pas de ma gueule, ce n'est pas charitable de ta part, j'ai vraiment beaucoup flippé, et ce n'est pas fini !

— Je sais que tu me caches encore des tas de choses, que ta quête est loin d'être achevée, mais j'accepte que tu joues avec moi, j'ignore pourquoi, cela me dépasse un peu. Tu me fascines, c'est certain. Des charmeuses, j'en rencontre souvent, dans le jeu desquelles je feins d'entrer, avant de retourner la situation à mon avantage, le moment venu. Mais pas avec toi, tu es différente, insaisissable, magnétique. Je suis heureux de te savoir en vie, cela, c'est certain. Et comme j'ai rendez-vous avec le procureur Potel, je vais voir par quel moyen il est possible de te faire sortir, même avec un bracelet électronique.

— Dans ce cas, vois si la requête ne peut pas aussi concerner Régine Parizeau, dans quelques jours. Elle aura besoin d'un important suivi médical durant de longs mois, après l'opération, pour veiller au risque de rejet de son nouveau rein. Moi aussi, je devrais rester ici une semaine en observation, puis en convalescence durant deux mois, selon le chirurgien. C'est jouable pour nous deux, la remise en liberté, non ?

— Donne-moi une raison, une seule excellente raison, de remettre en liberté la femme que nous cherchons à faire tomber depuis tant de mois, s'étouffe Philippe Bory, estomaqué par la requête de Nadège. Du moins, si ton but, dès le début était bien de retrouver cette femme pour lui faire avouer ses crimes. Alors, j'attends, ta réponse, toi la magicienne aux mille tours de passe-passe ?

Mais la réponse est encore plus implacable que la plus extravagante qui lui serait venue à l'esprit.

— Parce que c'est ma mère !

*

* *

Dimanche 14 mars 2010, 19 heures
Appartement du procureur Pierre Potel - Rue de Verdun, Nantes

Pour pénétrer dans le superbe appartement de l'immeuble de style haussmannien du magistrat, il faut montrer patte blanche. Avec son métier et ses ennemis, c'est plus prudent. Et Pierre Potel est un homme prévoyant que Philippe se plaît à appeler le Talleyrand de la magistrature nantaise. De ce lieu, il est à dix minutes du palais de justice, trajet qu'il fait, matin et soir, dans une voiture sécurisée, avec chauffeur et garde du corps. L'homme étant peu épris de distractions populaires, il sort très rarement de chez lui. Il a fini par lasser ceux qui voulaient l'abattre, au sens littéral du terme. Pour le reste, depuis la mort de sa femme dans un accident de voiture sur lequel il s'est promis de faire un jour toute la lumière, il vit tel un ermite en son désert, ayant juste remplacé l'amour par les plaisirs de l'art et l'eau fraîche par quelques crus du Médoc et des whiskys tourbés.

Pour Philippe Bory, un peu comme Nadège Pascal, Pierre Potel est une énigme. À l'âge de la retraite, il garde la passion d'un jeune homme. Là où d'autres auraient baissé les bras, il conserve la ténacité d'un jeune soldat et la conviction entière qu'il va mener à bien ce dernier dossier, avant de tirer sa révérence. Certains de ses proches prétendent même que, depuis quelques années, il a trouvé une seconde jeunesse, une insatiable envie de croquer à nouveau dans la vie. Il est vrai que sa motivation est contagieuse et nombreux sont ceux qui se sont ralliés au panache blanc du vénérable magistrat pour l'aider à mener à bien ses travaux d'Hercule.

Cette sincérité a notamment conquis le policier, comme celle de Nadège, dans une autre sensibilité. Marqué par les trahisons qui ont sali des années de son parcours professionnel et personnel, Philippe a trouvé en eux deux des pivots sur lesquels ancrer sa nouvelle carrière. Certes, Pierre Potel ne lui dit pas tout, et Nadège non plus. Tous deux ont leur jardin secret, mais lui aussi, comme un peu tout le monde, sur cette Terre. En revanche, la sincérité ne trompe pas, elle se ressent ou pas. En face de Pierre Potel, Philippe est lui-même, il ne se compose pas un personnage, il se livre sans crainte de vexer le magistrat ou de voir ses propos mal perçus. Il se prend parfois à s'imaginer le fils de cet illustre personnage qu'il a la chance de côtoyer. Oui, le fils du Talleyrand de la magistrature nantaise, ce titre lui convient très bien.

Il sonne à la porte. Elle s'ouvre. Ici, pas de majordome, juste une femme de ménage, deux jours dans la semaine, connue des concierges. Le maître des lieux est non seulement grand mais encore bel homme pour ses 65 ans, imposant, dont le sourire est un baume pour les flics en mal de confiance. Il pose sa main gauche sur l'épaule de Philippe et le salue de la droite, se réjouit de sa visite, l'invite à s'installer dans le salon. Il a préparé un plateau avec des amuse-gueules qui viennent de chez le traiteur de la rue Beausoleil, sort d'un globe lui servant de bar, une bouteille de Jura Prophecy, l'un de ces whiskys tourbés un peu plus subtils que ceux de l'île d'Islay voisine.

Il remplit à moitié les deux verres, apporte des serviettes en papier, propose une gourmandise. Puis, sachant le week-end riche en rebondissements, il vient aux nouvelles des derniers événements. Pêle-mêle, Philippe évoque l'agression dont a été victime la Reine en prison, la prise d'otages sur les personnes d'Arielle Valmier et Charles Steiner, les deux avocats du groupe Bel Art, la disparition de Sophie Touraine, mais aussi l'article au vitriol de Wilfried Kohler à propos du couple Patrick Lachenal et Guillemette de La Bauxière.

— Oui, je l'ai lu, ce torchon est à l'image de l'individu qui a proféré ces paroles ordurières. Pourquoi évoquer cet article, l'affaire qui nous préoccupe n'est pas liée à la politique, sauf erreur de ma part.

— À la politique, non, à l'individu peu recommandable, je n'en suis pas si sûr. Les portraits-robots des gars qui ont enlevé les avocats ressemblent comme deux gouttes d'eau à des membres connus du service d'ordre du candidat d'extrême droite. Maintenant, quel est le lien entre lui et la mort de Jean-Michel Stark en 2000, peut-être aucun. Du moins, directement. Ensuite, je cherche un lien entre ce Kohler et la famille Cordouan, je ne trouve rien pour l'instant. Ce qui ne signifie pas qu'il n'existe pas.

— Je ne vous comprends pas, Philippe ! Kohler est l'ennemi politique de Lachenal. Les Cordouan et Touraine sont les ennemis des Morat, nous sommes d'accord ? Stark était en affaire avec Khoury et, vraisemblablement Cordouan, grand consommateur de jeunes femmes de petite vertu, à l'époque, nous sommes toujours d'accord ?

— Euh, oui…

— Donc, Nadège a raison depuis le début en imaginant un règlement de compte de la Reine, qui, vexée de voir un petit concurrent s'associer à Khoury fait éliminer Stark par ses sbires. Conséquence directe, Khoury piège peu après la Reine, ce qui conduit celle-ci en prison pour pas mal d'années. Ainsi, le terrain est libre, le royaume du sexe lui est grand ouvert, si vous me permettez l'expression.

— C'est-à-dire…

— Par la suite, la Reine reprend du poil de la bête et, aidée de ses enfants, elle ourdit un piège machiavélique pour éviter à Khoury de révéler trop de détails sur ses affaires, sur le monde glauque des nuits nantaises et ses petits secrets inavouables. Elle le fait donc abattre par un sniper à l'issue de la journée préliminaire du procès. Avant de piéger à nouveau Nadège à Saint-Martin, en la devançant quand la veuve Khoury et son avocate, Sandrine Lamy, allaient, de gré et de force, devoir révéler tout ce qu'elles savaient à notre amie commune. Telle est bien la version de Nadège, nous sommes d'accord ?

— Était !

— Comment ça, était, je ne saisis pas la nuance. Attendez, ne me dites pas que Nadège est morte ?

— Non, je discutais avec elle à l'instant, enchaîne très vite le policier. Elle est à l'hôpital, mais rien de grave, je vous rassure, je vous raconterai tout cela plus tard, si vous n'êtes pas au courant des derniers rebondissements. Par contre, elle n'est plus du tout convaincue de ses affirmations, si tant est qu'elle l'ait été un jour, car avec Nadège, tous les subterfuges sont permis… Pour elle, la Reine n'est pas le personnage central de ces drames, mais une victime. Une autre personne tire les ficelles et je suis enclin à la croire.

— Une autre personne ? Mais qui ?

Le téléphone sonne. Le procureur s'agace mais se lève pourtant, avec un peu de difficulté, pour aller répondre. Son interlocuteur parle, lui très peu. Un mot, parfois deux, pas plus. De sorte qu'un tiers ne puisse comprendre la teneur de la discussion. Il revient deux minutes plus tard et annonce l'information à Philippe Bory.

— En cours d'après-midi, le corps d'Albin Touraine a été retrouvé dans sa cellule de la prison de Rennes où il s'est pendu.

— Ou on l'a pendu, nuance Philippe Bory. Il savait tant de détails sur les dessous de la vie nantaise qu'il risquait de révéler, poussé dans ses retranchements, pour sauver sa peau. Il ne sera pas pleuré par beaucoup de monde, mais sa disparition ne va pas nous aider à faire la lumière sur les événements passés. Ce qui me confirme que la disparition de sa fille Sophie est en fait un enlèvement.

— Pour Albin, une enquête est en cours, nous saurons rapidement les causes de sa mort. Pour Sophie, je crains que nous ne retrouvions jamais son corps… Quelle tragédie, cette affaire ! Ainsi, Nadège aurait changé son fusil d'épaule. Comme c'est bizarre. Mais pourquoi ne me l'a-t-elle pas fait savoir ?

— Je pense que c'est récent, que la volte-face date des derniers jours, des récents événements en prison, de la présence de cette tueuse que le clan Morat n'avait pas pu commanditer. Cela pour la version officielle. Je pense surtout que, depuis le début, elle ne soupçonnait pas réellement la Reine, mais cherchait à l'approcher pour obtenir son regard sur les faits de l'époque. Mais j'en sais sans doute un peu plus que vous sur le passé de Nadège et sur certains éléments intimes de son parcours.

— C'est-à-dire ? questionne Pierre Potel, sourcils froncés, en sirotant une gorgée de whisky tourbé. Vous m'en avez dit trop ou pas assez, Philippe.

— Régine Parizeau est sa mère. Nadège est la fille de la Reine.

— Pardon, s'étrangle le magistrat en manquant de lâcher son verre. Si c'est une plaisanterie, elle est de très mauvais goût. Régine Parizeau, la mère de Nadège, comment cela serait possible ?

— Selon mes calculs, elle aurait eu son premier enfant à un peu moins de 19 ans, explique Philippe, devant un interlocuteur ahuri. À mon avis, la jeune Régine devait déjà vendre ses charmes sur les trottoirs, les gars défilaient dans son lit, l'un d'eux, un peu moins précautionneux que les autres, et elle s'est retrouvée enceinte. Sans doute un gars de passage, impossible de retrouver le père, la môme est placée dans une famille d'accueil, ses parents si souvent évoqués, morts dans un accident. Après, c'est à Nadège de raconter sa vie, pour connaître l'intégralité de son parcours, ce qu'elle n'a jamais fait.

— Si, elle l'a fait un jour à l'homme qui a mis Régine enceinte, puisqu'il s'agit de Régine Parizeau, à l'homme qui a refusé de tendre sa main à cette jeune femme qui avait quatre ans de moins que lui et que, petit étudiant boutonneux, il considérait comme une gamine, répond Pierre Potel, après avoir posé son verre. Il a pris ses coordonnées, en lui promettant de la rappeler, un mensonge. Cet homme a fait sa vie, réussi dans sa profession, épousé une femme merveilleuse qui ne pouvait lui donner d'enfant. Il s'est mis en somnolence sur ce plan et s'est voué à ses activités. La mort de sa femme dans un accident de voiture l'a réveillé, il a retrouvé les coordonnées de la pension où la jeune femme logeait alors. Là, les patrons lui ont expliqué que celle-ci avait, la mort dans l'âme, abandonné l'enfant dont elle ne pouvait assurer l'éducation, mais eux ne l'avaient jamais laissé tomber.

— L'homme dont la femme est morte dans…

— Ne m'interrompez pas, Philippe, je vous prie ! Croyez-moi, les parents adoptifs d'une jeune Nadège sont morts dans un accident de voiture le même jour que l'épouse de cet homme. Alors, il a mis son énergie à trouver cette fille, remué ciel et terre pour découvrir qu'après des études de droit, elle était devenue avocate. Et le jour où il est allé l'écouter plaider à Versailles, fougueuse, généreuse, convaincante, a été le plus beau jour de l'existence de cet homme.

— Vous, vous êtes…

— Le procès achevé, cet homme est allé la féliciter, puis un peu plus tard, il lui a avoué que jamais il ne serait aussi brillant qu'elle ne l'avait été, pour plaider la cause d'un étudiant en droit, lâche qui avait abandonné la jeune femme à qui il avait fait un enfant, par veulerie, par indifférence. Elle a compris qui était cet homme ; elle aurait pu le rejeter, le détester à jamais, elle avait toutes les raisons du monde de l'éconduire. Pourtant, elle s'est effondrée sur son épaule pour lui susurrer à l'oreille à quel point il lui avait manqué. Voilà comment change le destin d'un homme qui n'attendait plus rien de la vie.

— Vous êtes donc bien le père de Nadège, bredouille Philippe Bory, totalement chamboulé.

— Ce soir-là, nous avons parlé toute la nuit, d'abord dans un bar du quartier puis dans sa chambre de bonne. Elle avait besoin d'une épaule pour les durs moments de son chemin, j'étais prêt à lui offrir la mienne ; j'attendais un sourire pour reprendre le mien, elle m'a offert bien plus que son sourire, elle m'a offert une seconde vie. On est resté en relation, tous les deux. Elle avait une trentaine d'années et une belle carrière devant elle. Quand elle a su que j'habitais Nantes, elle a pensé que je vivais avec sa mère, car elle aussi, travaillait dans la ville. Elle a même passé un été dans la région, dans l'espoir de la retrouver mais, durant ses recherches, elle a fait de mauvaises rencontres et elle est rentrée à Montargis, où habitaient ses parents adoptifs, plus rapidement que prévu.

— Vous saviez qu'elle était votre fille et vous ne m'avez jamais rien dit ! assène Philippe, sur le ton du reproche.

— Cela aurait changé quoi, Philippe ? Nadège vous a trouvé sur son chemin, votre épaule a remplacé la mienne, parfois défaillante aux moments critiques de son parcours tumultueux. Je la soupçonne de vous avoir remarqué, bien avant votre première rencontre officielle, car c'est bien son genre, mais elle ne m'en a jamais rien dit. Comme elle m'a toujours caché l'identité de sa mère qui, pour les services officiels, se prénommait Ginette. Mais je n'ai jamais pu la tancer pour un oubli, je n'en ai pas la force, elle est ma raison de vivre.

— Tout ça pour ça, soupire Philippe Bory en finissant son verre de whisky. Parfois, je me dis qu'elle a accompli un miracle avec moi, le clochard, en me métamorphosant en commandant de police respecté, d'un coup de baguette magique. Parfois je lui en veux de me faire tourner en bourrique, d'avoir des longueurs d'avance et de me laisser ramer. Mais moi non plus, je ne peux la blâmer, car j'ai besoin d'elle. Je ne parviens pas à expliquer l'alchimie qui se passe entre elle et moi, quand je la rencontre. Même si je suis un homme marié à une femme que j'adore, le père d'une fille qui est ma plus belle raison de vivre. Ah, Nadège, Nadège, si tu nous entendais chanter tous deux tes louanges, tu serais fière de ton coup, une fois de plus.

*
* *

Dimanche 14 mars 2010, 22 heures
Centre hospitalier universitaire - Place Alexis Ricordeau, Nantes

Après avoir parlementé avec le bleu planté dans le couloir, expliqué qu'elle allait donner un rein pour sauver la détenue qui se trouvait juste à côté, Nadège est parvenue à obtenir l'accès à la chambre de la Reine. Celle-ci est encore faible, assommée par les médicaments, le squelette endolori par les coups de la boxeuse, mais elle est vivante, ce qui est l'essentiel. Quand elle sent une main dans la sienne, elle soulève lentement les paupières. Elle reconnaît Nadège Pascal, la baveuse, et lui esquisse un sourire.

— Comme ça, il paraît que je te dois la vie ? susurre-t-elle avec difficulté, en raison de sa mâchoire abîmée. Toi qui voulais me faire la peau, tu as donc changé d'avis ?

— Il n'y a que les imbéciles qui ne changent pas d'avis, réplique Nadège, en forme de pirouette. Ne parle pas, cela va te fatiguer. Tu vas même pouvoir fermer les yeux pour m'écouter sans rien dire. Oui, j'étais là pour me venger d'une mère indigne qui avait abandonné son enfant, par lâcheté, par facilité. Surtout quand j'ai appris que tu roulais sur l'or et qu'à cette période, tu n'as rien fait pour me retrouver. Une chance, je suis tombée sur des parents adoptifs qui n'ont cessé de me dire que tu ne pouvais faire autrement. Ils te trouvaient toutes les excuses. Je ne les croyais qu'à moitié et, arrivée à Nantes je voulais encore te faire payer ton geste. Puis je t'ai frôlée, en prison, et au fil des contacts musclés, je ne pouvais plus te détester. Ce n'était pas de l'amour mais ce n'était plus de la haine. Un jour, j'ai ressenti qu'un même sang coulait dans nos veines, que nos réflexes identiques trouvaient leur justification dans une histoire commune. En fait, je crois que je ne t'ai jamais vraiment détestée et chaque trace de ta vie que je découvrais me rapprochait un peu plus de toi.

— C'est donc pour cela que tu me ressembles tant, murmure avec peine Régine. C'est toi… Un moment, j'y ai pensé et puis, c'était tellement inimaginable, j'ai chassé l'idée de mon crâne.

— Bon, je vais te laisser, tu as besoin de repos. Tu m'as demandé de veiller sur tes enfants, donc mes frères et sœurs, je vais le faire dès que possible. J'espère obtenir une remise en liberté sous contrôle judiciaire, car je vais avoir besoin d'un suivi médical régulier à l'issue de l'opération. Ensuite, je me battrai pour te le décrocher aussi, ce passeport pour l'air libre. Et en général, ce que je veux…

Nadège s'arrête un moment. Elle voit une larme couler le long de la joue de la Reine, Régine Parizeau, sa mère. Elle tend un doigt pour l'essuyer puis une paume de main pour caresser le visage. Il lui semble entendre un souffle qui lui murmure :

— Merci de me pardonner et surtout merci de veiller sur mes enfants, ils sont jeunes, ils vont avoir besoin de toi. Tu es leur grande sœur, désormais. Et même si l'opération ne fonctionne pas, merci pour ton geste. Je partirai détendue, la famille aura toujours un chef.

Cette fois, Nadège pose un long baiser sur le front de sa mère. Jamais elle n'aurait pensé accomplir ce geste un jour, encore moins durant cette dernière semaine. Pour elle, une nouvelle vie va commencer.

ÉPILOGUE

Lundi 15 mars 2010, 15 heures

Bureaux du groupe Bory - Boulevard de la Prairie au Duc, Nantes

Baptiste Morat est ponctuel au rendez-vous donné par le commandant Bory et son équipe. Dans l'intervalle, d'autres événements se sont produits, liés les uns aux autres. La mort d'Albin Touraine en prison, tout d'abord, un crime maquillé en suicide, selon les premiers éléments de l'enquête des collègues rennais. Puis celle de ses deux filles, de manière violente. Julie, égorgée durant son sommeil alors qu'elle était seule dans sa cellule, Sophie dont la dépouille a été retrouvée sur les bords du lac de Grand-Lieu par un chasseur. Xavière reste la dernière des Touraine – si l'on oublie la fille de Julie partie vivre aux USA – mais plus certainement elle est l'une des Cordouan, toujours attachée à sa famille. Un grand nettoyage de printemps, avec quelques jours d'avance, une page qui se tourne dans la vie nantaise.

Philippe a décidé de jouer franc-jeu avec Baptiste et de lui livrer des renseignements en espérant en recevoir d'autres en retour de la part du jeune PDG. Tout d'abord en montrant les photos de deux gardes du corps de Kohler, coupables de la tentative de meurtre sur les personnes de Charles Steiner et Arielle Valmier, identifiés grâce aux portraits-robots de l'avocate. Les deux criminels sont introuvables et Philippe craint qu'ils n'aient été éliminés par leur patron, pour avoir échoué dans leur mission et surtout retiré leurs cagoules, une erreur de leur part.

Il tient aussi à rassurer Baptiste qui ne sera pas inquiété par les policiers pour les meurtres des membres de la famille Touraine, alors qu'une rumeur circule en ville, faisant de lui le commanditaire. Les coupables sont les membres du clan Cordouan, mais à cet instant, il est impossible d'établir le lien officiel. Ces éliminations de branches pourries, susceptibles de révéler à la Police ou à la justice ce qu'elles savent, prouvent bien la barbarie de ce clan si mystérieux.

Présente, Domitille évoque le passé glauque des Cordouan que tout le monde pensait disparus, alors qu'en fait, il n'en est rien. Ainsi, de par leurs origines, Julien Delapart et Marie-Flore Balaguer sont des membres du clan Cordouan, par exemple, comme l'expert en art Bertrand Combesson, marié à Louise Cordouan. Entrer dans cette famille signifie adopter les combats du clan, quoi qu'il en coûte, y compris le risque de disparaître comme les Touraine. Philippe Bory reprend la main.

— On va jouer cartes sur table, Baptiste. Les membres de ta famille sont en danger. Ta mère a failli y passer en prison et, sans un miracle, elle ne serait plus de ce monde.

— Je le sais, j'ai d'ailleurs remercié votre amie, l'avocate Nadège Pascal, pour son intervention, puis pour la promesse de don de rein, intervient le jeune PDG.

— Nous reparlerons d'elle un peu plus tard, si tu le veux bien. Ton demi-frère Aymeric a failli être piégé par son ex-femme, à l'initiative des deux avocats véreux, Julien et Marie-Flore. Aussi, si tu as du matos pour les faire plonger, nous sommes preneurs. Je ne suis pas adepte de tes méthodes, mais si tu as du biscuit sur eux que nous puissions exploiter, ne te gêne pas. Par ailleurs, ta jeune sœur Coralie est une cible aisée pour les tueurs liés aux Cordouan, elle va devoir être accompagnée d'un garde du corps en permanence.

— Oui, j'ai déjà pris des dispositions en ce sens.

— Tes collaborateurs sont aussi des cibles potentielles, comme le prouve l'agression dont ont été victimes tes avocats. Demain, Anne Delafontaine, Marianne Dumay ou Jennifer Cheminant peuvent se trouver à leur tour dans l'œil du cyclone. Mais pas seulement tes collaborateurs. Nous savons le clan Cordouan lié aux mouvements d'extrême droite. Nous avons découvert que ses membres sont les financeurs occultes des campagnes de Wilfried Kohler. Dès lors, Patrick Lachenal et sa compagne, Guillemette de La Bauxière, se trouvent aussi dans leur collimateur. Je te sais proche d'eux, cela n'arrange pas nos affaires, mais de toute manière tout est tellement lié.

— Qu'attendez-vous de moi, au juste ? questionne Baptiste.

— Tu veux garder la main sur le fichier, je ne vais pas te tarabuster là-dessus, chaque chose en son temps. J'insiste, si tu disposes d'éléments solides qui nous permettraient de coincer Kohler, Marie-Flore Balaguer, Julien Delapart ou encore mieux, Xavière Touraine ou Bertrand Combesson…

— Attendez, le milliardaire passionné de peinture, mais il ne ferait pas de mal à une mouche, lui !

— Passons une soirée ensemble et je vous brosserai le portrait véritable de ce mécène éclairé, intervient Domitille de sa voix grave. C'est l'homme le plus riche de la ville, mais nul ne le sait car il ne s'en prévaut jamais. Il habite Nort-sur-Erdre dans la plus totale discrétion, les gens de la commune ne le croisent jamais. C'est un expert en peinture, un grand collectionneur, mais quand même spécialisé dans les nus féminins. Une obsession pour lui, ce qui le rapproche de sa belle-famille. Sa femme est une Cordouan et je suis certaine que Combesson est devenu l'idéologue du clan, je me promets de découvrir pourquoi et comment. Si vous possédez des documents sur eux dans vos dossiers, nous les ferons tomber. Et à titre personnel, je me fiche que ce soient des photos volées, j'achète quand même pour des raisons que je tiens à garder secrètes. Mais ce serait un miracle, les Cordouan sont à l'origine du fichier, de la pièce secrète du manoir de la Perdrière, du système dont vous êtes, bien malgré vous, l'héritier, tant qu'il ne vous brûle pas les mains.

— Ce sera avec plaisir que je m'instruirai de leur histoire si rocambolesque auprès de vous, Domitille. Et si je leur trouve des casseroles, je vous alerterai aussitôt.

— Ta mère doit aussi en connaître un bout sur le sujet, reprend Philippe Bory. Nous ne pouvons rien te promettre, mais nous devrions rapidement prouver que Régine Parizeau n'est pour rien dans la mort de Jean-Michel Stark comme elle est innocente du crime sur l'une de ses protégées. L'idéal, pour l'innocenter totalement, serait de trouver l'identité des véritables coupables, mais cela, c'est une autre affaire.

— En parlant de ma mère, vous me disiez que vous me parleriez de Nadège Pascal un peu plus tard. Je ne parviens pas à comprendre son geste, à imaginer pourquoi elle s'est offerte de donner l'un de ses reins à sa pire ennemie.

— Le moment venu, votre mère vous parlera sans doute de sa relation avec Nadège en prison, mais aussi de leur combat commun. Et peut-être aussi vous communiquera-t-elle des informations plus intimes mais, de mon côté, je peux juste dire que, si nous te proposons ce deal aujourd'hui, c'est sur le conseil de Nadège Pascal. Le temps presse, ta mère va mettre du temps à se remettre de son intervention, compliquée par le mauvais traitement que la boxeuse lui a infligé, et Nadège, elle-même, va devoir passer une période de convalescence pour se remettre de l'intervention, du moins si celle-ci se déroule au mieux pour toutes les deux, ce que nous souhaitons tous. Nos adversaires fourbissent leurs armes, il n'y a pas une journée à perdre, si nous voulons les arrêter à temps. Nous sommes au départ d'une course contre la montre, le compte à rebours a déjà commencé, les premières minutes s'égrènent.

— C'est d'accord, je vais coopérer avec la Police et tenter de trouver des informations sur les personnes que vous m'avez signalées. Je vais m'y mettre dès ce soir.

— Mais en toute discrétion, Baptiste, car nos adversaires ont des oreilles dressées partout et de quoi grassement payer les informateurs, précise le commandant Philippe Bory, par précaution.

*

*   *

Lundi 15 mars 2010, 15 heures
Centre hospitalier universitaire - Place Alexis Ricordeau, Nantes

Lorsque le procureur Pierre Potel entre dans la chambre de Nadège Pascal, ce n'est pas le magistrat qui vient voir l'avocate mais un père qui vient prendre des nouvelles de sa fille. Entre eux, ce n'est pas l'affection normale qui unit les membres d'une même famille, les liens sont plus complexes, moins directs. Pas moins fervents ou moins chauds, juste moins spontanés. Ne sachant pas quoi lui apporter, il a pensé au dernier sorti des livres de la série Nantes Poivrée de Kay Delafosse, narrant les aventures coquines de la sulfureuse baronne Madeleine de Beaulieu dans une période révolue de l'histoire de la ville, même si les intrigues ressemblent souvent étrangement à d'autres, plus contemporaines.

— Je tente ma chance, avance Pierre Potel, timidement, je ne savais que t'apporter, j'ai pensé que ce petit livre à l'écriture leste et agréable dont la lecture me détend souvent serait de nature à te faire passer un bon moment. Sans doute suis-je, une fois de plus, tombé à côté, mais…

— Voilà un volume que je n'ai pas encore lu, coupe Nadège de sa voix faible. J'adore l'impertinence de cette baronne friponne et je me promets de découvrir qui se cache derrière le pseudonyme de Kay Delafosse, avant la fin de ma vie… Cette personne connaît parfaitement la nature humaine, la sensibilité féminine et aussi le passé sulfureux de la ville de Nantes. J'ai même pensé que c'était la Reine, ma mère, mais je n'en suis plus très sûre. Je ne l'ai jamais vue à la bibliothèque de la prison. J'attendais ta visite, je suis heureux de te voir. Tu dois te demander quelle folie m'est passée par la tête pour offrir un de mes reins à Régine Parizeau ?

— Économise-toi, Philippe m'a tout raconté. Je n'ai jamais imaginé que cette femme était la Ginette que j'ai rencontrée dans ma jeunesse. Sur le coup, les bras m'en sont tombés. Mais à la réflexion, j'en suis très heureux. Désormais, je vais veiller sur vous deux, si le sacrifice de ton rein lui permet par miracle de se sauver. J'en suis presque convaincu, elle est si robuste… Le destin réserve décidément un superbe crépuscule à mon existence. Avec pas mal de surprises, certes, mais cela rompt la monotonie à l'approche de ma retraite. Je suis fier de toi, une fois de plus.

— Juste un détail. C'est toi qui as fait venir Christelle Moreau à notre prison ?

— Christelle Moreau, non, qui est-ce ? s'étonne le procureur, un peu dépassé.

— C'est la femme qui a osé s'opposer à la boxeuse, Sacha Makine. Elle est arrivée au bon moment, alors. C'est un miracle et je ne crois pas aux miracles. C'est elle qui a sauvé Régine à deux reprises. D'abord en sonnant la révolte puis en s'occupant de ma mère à la perfection, puisqu'il s'agit d'une professeure de chirurgie.

— Oui, ça y est, je sais qui c'est, à présent, même si je ne me suis pas occupé de son dossier. Il est passé par un substitut, puis un juge, sans atterrir sur mon bureau. Non, je suis désolé, elle n'a pas changé de prison sur mon intervention, mais je pense savoir que mon ami Martial Tranchant, le directeur de la prison, n'y est pas étranger.

— Lui ? Mais il était absent !

— Il a tout de même ses sources d'information à l'intérieur, même quand il est loin. J'ignore qui, il m'a juste précisé que des règlements de comptes se préparaient et qu'il avait pris certaines dispositions. Il n'est pas encore rentré, je n'en sais pas davantage.

— Bon, pour Christelle Moreau, que peux-tu faire, dans l'immédiat ? questionne Nadège, qui ne perd pas le fil de sa requête. Elle aurait cloué une femme dans un fauteuil roulant volontairement, par vengeance. Elle prétend qu'elle est innocente et je la crois. D'autant que j'ai appris depuis par une infirmière que la patiente n'était autre que Louise Combesson, l'une des filles Cordouan. C'est cousu de fil blanc…

— Attends, je te vois venir, objecte le magistrat. D'une, toi, tu as un programme pour les prochains jours, je te le rappelle. De deux, je ne peux pas revenir sur le travail d'un confrère, encore moins sur la décision d'un juge.

— Elle ne va pas survivre en prison, même si la boxeuse a été tuée. Son geste ne restera pas impuni. J'ai un mauvais pressentiment. Ces gens sont nocifs et sous ses aspects patelins, Bertrand Combesson est un pervers de la pire espèce…

— Attends, c'est un expert mondialement reconnu, son avis fait référence, nous parlons bien de la même personne ?

— Oui, c'est bien lui. Son épouse est donc une fille Cordouan et ils habitent un château à Nort-sur-Erdre qu'il appelle son nid d'aigle. Sans doute une référence à celui d'Hitler à Berchtesgaden. Je ne peux pas t'en dire davantage car je n'ai pas tous mes dossiers en tête, mais ce couple est dangereux. Il faut absolument protéger Christelle Moreau de représailles, découvrir les tenants et les aboutissants de son dossier, établir son innocence de façon irréfutable.

— Holà, holà, Nadège, je ne suis pas Dieu le père, non plus ! Je ne peux pas ouvrir un dossier comme cela.

— Tu peux intervenir pour réclamer sa remise en liberté sous surveillance jusqu'à son procès. Je trouve que le JLD a eu la main lourde avec elle. Pas toi ? La détention provisoire est injustifiée, dans son cas. Et puis, tu demanderas à Philippe de mener une enquête. Quand il est venu, j'étais trop dans les vapes encore pour lui faire part de son cas. De plus, on a beaucoup parlé de ma mère…

— Bon, je vais voir ce que je peux faire pour elle et je te promets de glisser un mot à Philippe. Il tente toujours de trouver qui a tué Stark pour que Régine soit définitivement innocentée. Mais ce n'est pas facile tant d'années après. Et les langues qui ne se délient pas facilement. Je peux même te dire qu'avec la mort de trois membres de la famille Touraine, même les plus bavards vont se taire. Allez, je vais te laisser te reposer, tu es toute pâle, tu parles trop.

— Tu vas aller voir ma mère ?

— Non, nous irons ensemble, une fois l'opération achevée, ce sera mieux, répond le magistrat, moue désolée à l'appui. Pour moi, comme pour elle ! Moi aussi, mine de rien, j'ai besoin de temps pour me faire à l'idée que ma vie en solitaire va peut-être se terminer bientôt. Allez, repose-toi et n'oublie jamais que je t'aime, même si j'avais une vie plus calme avant que tu tombes du ciel.

*
* *

Lundi 15 mars 2010, 18 heures 30
Appartement de Sophie Touraine - Rue de la Ripossière, Nantes

En montant l'escalier qui la mène à l'appartement de la défunte Sophie Touraine, Domitille de La Bauxière se demande pourquoi les collègues de la police technique et scientifique ont souhaité sa présence. Elle aurait aimé l'appui de Cédric pour cette perquisition, mais le rugbyman avait justement un entraînement, comme tous les lundis. Déjà, elle n'aime pas vraiment cette partie du boulot, de plus, on ne peut pas dire qu'elle entretenait des relations amicales avec la notaire. Entre elles deux, cela n'a jamais été le grand amour, et c'est un euphémisme. De toute manière, entre les deux familles, les relations ont toujours été à couteaux tirés.

Le chef du détachement d'experts l'accueille avec déférence, l'aide à franchir les rubans jaunes de balisage de la possible scène de crime, car si le corps a été trouvé près du lac de Grand-Lieu, il est évident qu'elle a été enlevée à son domicile, peut-être même tuée ici. Son collègue la conduit jusqu'à la salle de bains. Là, l'un des experts de la scientifique la reçoit, lui propose des gants en plastique avant de lui présenter un feuillet manuscrit.

— On a trouvé ce courrier sous le lavabo, protégé par une poche en plastique et scotché dans le petit meuble, sous une pile de savonnettes. L'enveloppe est à votre nom. J'en ai pris connaissance, je suis désolé, je ne voulais pas vous déranger inutilement. Je crois que c'est du lourd et que vous serez heureuse d'en découvrir le contenu, Lieutenant.

Domitille déplie la feuille et lit le message.

« – *Si tu lis ce message, Domitille, c'est qu'il me sera arrivé un malheur. Deux gars pas nets, à coup sûr des hommes de main de Wilfried Kohler, sont chargés de me protéger depuis quelques jours, mais je suis convaincue qu'ils sont là pour me tuer. Lorsque j'en parle à ma mère, elle éclate de rire, mais je n'ai plus confiance en elle. Depuis que je l'ai entendue dire au téléphone à Louise que, de toute manière, elle n'avait jamais été une Touraine, qu'elle était restée une Cordouan.*

S'il doit m'arriver malheur, j'aimerais que tu saches que c'est mon père qui a fait tuer Jean-Michel Stark car ce garçon était amoureux de moi et, de plus, mon père devait prouver son allégeance au clan Cordouan pour pouvoir y entrer vraiment. Jean-Michel et moi, avons vécu ensemble des moments exaltants en cachette de mes parents, mais mon père finissait toujours par tout savoir. Il a feint de passer l'éponge puis il a agi selon les ordres qu'il avait reçus.

Régine Parizeau n'est donc pour rien dans la mort de Stark comme elle n'est pour rien dans la mort de sa jeune protégée qui, pour nous avoir vus un soir ensemble, Jean-Michel et moi, menaçait de tout révéler de notre relation. La malheureuse n'en a pas parlé à la bonne personne, certainement un proche de mon père ou des Cordouan, peut-être l'infâme Strasser. Les hommes de main de l'un ou des autres ont fait ce qu'il fallait, selon les propos de ma mère, mais se sont arrangés pour que ce soient la Reine qui soit accusée. Strasser a été chargé de l'affaire et a opéré dans le sens qui convenait aux Cordouan. C'est la stricte vérité sur cette sinistre affaire.

Voilà ce que je voulais que tu saches avant de m'avancer vers mon destin. Et te dire aussi que j'aurais vraiment aimé avoir une sœur comme toi et mieux te connaître ! Prends soin de toi, Domitille et méfie-toi des Cordouan, y compris de ma mère.

Sophie. »

Plusieurs minutes encore après avoir fini de lire le mot de Sophie, Domitille garde les yeux scotchés sur ce message écrit d'une écriture saccadée par une femme déjà au bout du rouleau, sentant sa fin proche. Coincée chez elle, un bracelet électronique à la cheville, surveillée par deux hommes chargés de l'éliminer, le moment venu, cornaquée par une mère qui l'avait déjà rejetée comme une malpropre… Domitille se surprend à éprouver de la compassion pour elle, après l'avoir tant détestée. Mais pourquoi adresser cette lettre justement à elle et pas au commandant Bory ou au procureur Potel ? Cela aurait été plus logique.

— C'est du lourd, lance le technicien, pour ramener Domitille au moment présent. Quand je pense à cette femme qui est en prison pour un crime qu'elle n'a pas commis.

— Oui, entre autres, lâche le lieutenant de sa voix rauque, que de gâchis, tout cela, et que de mystères ! Je suppose que vous conservez ce document au nombre des pièces à conviction. Prenez-en soin, ne le perdez pas ! Je vais en faire une photo. Non pas que je doute de vous, mais on va déjà commencer à bosser sur les renseignements contenus dans ce témoignage. Bonne fin de journée à toute l'équipe !

*

* *

Lundi 15 mars 2010, 21 heures

Hôtel particulier de la famille de La Bauxière - Rue de Gigant, Nantes

Domitille n'est pas en avance pour le dîner familial hebdomadaire et se fait un peu tancer par son père. Autour de la table, la famille est déjà réunie. Elle est heureuse de constater que Patrick Delachenal n'est pas là. Une chance, il a une réunion du parti. Une fois les mains lavées, l'aînée de la famille explique les raisons de son retard. Si la mort de Sophie Touraine a déjà fait le tour de la ville, comme celle de son père et de sa sœur, le témoignage livré par la notaire, juste avant de mourir est un pavé dans la Loire. Ses révélations innocentent totalement Régine Parizeau de la mort de Jean-Michel Stark comme de celle de sa jeune protégée. Sophie accuse nommément son père et la famille Cordouan d'être les commanditaires des deux crimes. Du pain bénit pour l'équipe à laquelle elle appartient.

Le père de La Bauxière ne dit rien et nul ne sait les pensées qui lui passent par la tête. La maman ose murmurer que personne ne pleurera les membres de la famille Touraine, surtout pas ce pervers d'Albin, un homme malfaisant. Gonzague, le fils qui a pris la tête des affaires familiales, est satisfait de voir que la vérité finit toujours par éclater, mieux valant tard que jamais. Guillemette pense à Baptiste et Coralie, qui vont bientôt retrouver leur mère, que toute la ville a prise pour une criminelle.

— Quand tu penses qu'ils ont non seulement vécu sans son affection, mais qu'en plus ils ont enduré tous les quolibets d'être les enfants d'une criminelle, quel soulagement pour eux ! s'insurge la benjamine, comme s'il s'agissait de sa propre famille. Régine va certainement être vite libérée, avec un tel témoignage. N'est-ce pas, Domi ? Je suis vraiment heureuse pour Coralie et Baptiste. Enfin surtout Baptiste qui a…

— Enfin, réagit l'aînée, ce garçon est tout de même l'un des gars qui t'a… qui a longtemps fait souffrir beaucoup de jeunes femmes de la ville. Ce n'est pas parce que leur mère a été victime d'une injustice que les enfants Morat sont des saints, tout d'un coup. Méfie-toi toujours de lui, c'est un grand comédien qui embrouille bien son monde… Pardonnez-moi, je suis d'une humeur massacrante, ce soir, j'ai vécu une journée particulièrement éprouvante.

Long moment de silence jusqu'à ce que Gonzague – le fils au tempérament moins rugueux – se lance, le visage souriant bien qu'avec une pointe de crispation, pour expliquer que Greta et lui ont pris une décision importante. Ils vont se fiancer en France et se marier en Suède. Reste à trouver les dates, le plus rapidement possible car ils ont hâte d'avoir un enfant. Il est en recherche d'un lieu pour les fiançailles et aimerait une jolie demeure des bords de Loire ou d'Erdre, mais il veut aussi organiser une réunion familiale pour dessiner le contour de la journée, dresser une liste des invités, choisir les traiteurs, le photographe. La maman feint de s'enthousiasmer, le reste des convives est toujours sur la passe d'armes entre les deux sœurs. Surtout Guillemette qui accuse le coup, pas habituée à se voir aussi vertement tancée par sa grande sœur.

Le repas terminé, chacun repart vaquer à ses occupations. Comme Patrick va rentrer tard à Trentemoult, Guillemette a annoncé à ses parents qu'elle restait dormir à la maison et ne peut revenir sur sa décision sans susciter des interrogations. Elle préférerait pourtant dormir n'importe où ailleurs après cet échange houleux avec son aînée. Gonzague a du travail en retard sur un dossier, mais c'est le cas tous les soirs, aussi s'éclipse-t-il très vite. Les parents regagnent leur appartement après avoir fait la bise à leurs enfants et Domitille prend en catimini le couloir qui mène à sa chambre en s'en voulant de sa bévue. Elle espère que ce sera passé inaperçu, mais elle en doute. Il lui a suffi de voir comment Guillemette, pourtant si douce et tendre, la foudroyait du regard durant tout le repas, pour comprendre qu'elle l'avait toujours en travers de la gorge. L'aînée est à peine entrée dans sa chambre que la porte s'ouvre.

— Domitille, tu le sais depuis quand ?

— Guili, je suis désolée, je ne voulais pas te faire de peine, répond l'aînée en cherchant à prendre la benjamine dans ses bras, geste de tendresse que cette dernière refuse.

— Réponds-moi, je ne quitterai pas ta chambre sans une réponse précise de ta part.

— Je n'ai pas compris quand tu es venue me parler du piège qui s'était refermé sur ta copine, en insistant pour me demander comment elle devait agir car pour toi, c'était important de l'aider. Je n'ai pas compris alors qu'en fait ce n'est pas ta copine qui avait été forcée, mais toi. Une sœur aînée digne de cette appellation aurait compris. Pas moi, je suis si navrée. À la mort de Steven Belliard, Cédric, mon équipier, est tombé par hasard sur un dossier qui traînait, qui n'avait pas encore été archivé, c'était le tien.

— Cédric, ce n'est pas possible ! s'étouffe Guillemette, la tête entre les mains. Lui aussi est au courant ? Toute la planète le sait, finalement…

— Guili, Cédric est venu me voir pour me remettre les éléments qu'il avait subtilisés en toute discrétion. Personne d'autre n'a vu la fiche et les photos. Je les ai brûlées, peu après. C'était notre manière de te protéger. Même Philippe n'est pas au courant, encore moins les jeunes lieutenants, bien sûr.

— Et tu comptais m'en parler quand ? s'offusque la jeune sœur. Tu n'as pas pensé que cela pouvait être important pour moi de savoir que ces clichés ne risquaient pas de circuler dans la ville ?

— Mais Guili, si toi, au lieu de me parler de ta copine…

— C'est de ma faute, maintenant ? s'emporte Guillemette, hors d'elle. Je suis la victime, j'ai été violée par une bande de pervers, et tout est de ma faute ?

— Non, ma belle, ce n'est pas de ta faute, tu as raison, j'aurais dû t'en parler, répond l'aînée, en serrant sa sœurette entre ses bras. Décidément, j'ai eu faux sur toute la ligne… Mais l'essentiel, c'est que tous les éléments aient été détruits, non ?

— Tous les éléments ont été détruits ? hurle Guillemette, hors d'elle comme jamais, en reculant de deux pas.

— Oui, toutes les photos se trouvaient dans le dossier et…

— Et la vidéo, tu y as pensé, à la vidéo ?

— Il y avait une vidéo ? questionne Domitille, embarrassée et ahurie, en ravalant sa salive.

— Évidemment, comme pour toutes les filles, deux gars qui prenaient des photos, ça, je m'en souviens très bien, et un gars qui filmait mon viol ! Tu imagines si Kohler se porte acquéreur de cette œuvre d'art, dans quelle situation va se retrouver Patrick, acoquiné avec une fille de mauvaise vie ? Mais ne t'inquiète pas, l'honneur de la famille va rester sauf. Baptiste Morat, tu sais, le petit voyou dont je dois absolument me méfier, m'a remis gratuitement le film pour me prouver qu'il avait changé. Et puis, sans lui, ce soir-là, il me serait arrivé bien pire, si tu veux tout savoir.

— C'est lui qui te l'a dit ?

— Domitille, tu me peines énormément, ce soir. Il me l'a dit et je le sais, la mémoire des faits m'est revenue lentement. Il ne m'a pas touchée, il ne m'a rien fait et il a profité d'un moment de confusion pour me ramener ici avec sa voiture, avant que ses potes me conduisent vers une bande d'une banlieue sombre avec laquelle le traitement aurait été bien pire. Je me souviens de lui me ramenant à la porte de notre maison. Ne t'avise plus jamais de juger des gens que tu ne connais pas !

— C'est promis, petite sœur, je vais faire mon possible et je te demande pardon pour toute la peine que je t'ai causée. Une fois de plus, je n'ai pas été à la hauteur, je suis impardonnable. Par contre, je ne pourrai pas dormir sans un gros câlin de ma petite Guili parce que, même si j'ai souvent tout faux, tu es la personne qui compte le plus pour moi.

La plus jeune hésite un moment avant de plonger à nouveau dans les bras de l'aînée, cette fois-ci plus spontanément. Elles restent ainsi un long moment, serrées l'une à l'autre, avant que Guillemette ne s'extraie des bras de sa frangine, plus apaisée.

— C'est bon, je suis magnanime, dans ma grande clémence, je te pardonne, sœur Domitille. Mais pour la peine, tu arrêtes définitivement de fumer parce que, dans ta chambre, ça empeste le tabac froid et que cette odeur nauséabonde m'est de plus en plus insupportable.

*
* *

Lundi 15 mars 2010, 22 heures 30

Restaurant Anne de Bretagne - Rue de Strasbourg, Nantes

Pour Arielle Valmier et Charles Steiner, les émotions du week-end ne sont plus qu'un mauvais souvenir. Ils ont quitté l'hôpital, ont fait un tour à leur cabinet et ont voulu se pencher sur un projet de la société qui les embauche mais n'avaient pas le cœur à réfléchir. Ils ont eu chaud et ont vu la mort de près. Ils ont appelé Baptiste pour leur expliquer qu'ils ne seraient pas disponibles avant le mercredi, ce qui n'a pas posé problème. Ils veulent prendre une journée pour faire le point sur leurs vies, sur leur métier, sur leur parcours. Et pour commencer, ils ont voulu s'offrir un plateau de fruits de mer dans un bon restaurant. Pour profiter de l'existence et remercier le ciel de pouvoir apprécier les bonnes choses. Mais en veillant toujours à ne pas être suivis, la protection rapprochée dans leur travail ne démarrant que le lendemain.

Ils ont pris le plateau royal, au diable l'avarice ! Charles est différent d'avant, à la fois plus libéré dans son comportement et plus mature dans ses raisonnements. C'est fou ce que frôler la mort peut vous changer un homme. Il regarde Arielle, resplendissante en face de lui, sexy en diable, comme pour conjurer le mauvais œil qui semble les poursuivre depuis leur arrivée à Nantes. Ils rient tous deux à gorges déployées, se font certainement remarquer, mais ils s'en moquent éperdument. Nul ne peut comprendre par où ils viennent de passer, leur mésaventure n'a pas été mentionnée dans les journaux. Ils en sont à leur seconde bouteille de chablis éclusée et se trouvent peu raisonnables, le plateau est quasiment vide, ils se sont régalés et s'interrogent sur la pertinence d'un dessert. Mais le café gourmand paraissait si délicieux, aux autres tables, et puis, il fait bon de prolonger un moment aussi euphorique. Charles lève son verre en regardant sa partenaire de travail :

— Arielle, je crois que ce soir, je serais volontaire pour te faire l'amour, si tu acceptais un homo dans ton lit.

— Eh bien, Charles, le chablis à un effet très particulier sur ta libido. C'est juste pour un coup, pour voir ce que ça donne ?

— Attends, j'ai quand même déjà partagé le lit d'une femme, tu sais ! Par ailleurs, les vapeurs éthyliques n'ont rien à y voir, si ce n'est de me donner la force de te parler. Tu sais, dans cette chambre froide, avant de perdre connaissance, j'ai eu le temps de faire le point sur bien des instants de mon existence. Des milliers d'images ont défilé dans mon crâne à la vitesse de la lumière. Des millions, même, peut-être. Tous les beaux et bons moments de ma vie. Et je pourrais compter sur les doigts de mes deux mains les instantanés positifs dans lesquels tu n'étais pas présente. Tous les autres s'illuminaient de ton sourire et de ta beauté. Alors non, Arielle, ce n'est pas juste pour un coup, ce serait pour la vie. Je me suis aperçu, pendu à ce crochet, à quel point je tenais à toi, à quel point je t'aimais. Je ne sais pas si je serai un bon amant, en revanche, ce que je sais, c'est à quel point je tiens à toi. Mais pourquoi tu pleures, je te choque, avec ma proposition ?

Il faut un certain temps à Arielle avant de pouvoir répondre. Elle ne peut retenir ses larmes, elle doit sortir un mouchoir, puis le paquet, se moucher, renifler, respirer un bon coup, autant de temps durant lequel son partenaire doit attendre le verdict du jury après son plaidoyer magistral. Elle boit une gorgée de chablis pour se ressaisir puis, après une dernière bonne respiration, elle se lance.

— Si tu savais depuis combien de temps j'attends cet instant. Je crois que c'est depuis le premier jour, à la fac, où j'ai croisé ton regard. Tu m'as laissé la possibilité d'aller voir ailleurs, j'ai usé de cette possibilité, mais pas un seul des quelques gars que j'ai testés ne soutenait la comparaison. Sur aucun point. Oui, Charles, si tu m'acceptes comme épouse, je serai la plus heureuse des femmes. Je suis déjà l'une des plus heureuses des femmes, mais cet anneau à mon doigt, avec ton prénom gravé à l'intérieur, ce sera la confirmation que nous étions faits l'un pour l'autre. Après, le reste, ce n'est pas bien important.

— Eh bien dis donc, s'amuse Charles, inondé de bonheur, si les tarés de Pornic savaient où leurs conneries nous ont menés, je crois bien qu'ils réclameraient d'être invités à notre mariage !

*

* *

Mercredi 17 mars 2010, 6 heures

Centre hospitalier universitaire - Place Alexis Ricordeau, Nantes

Ensuquée par les médicaments postopératoires, Nadège Pascal somnole dans un état semi-comateux. Le chirurgien est satisfait, tout s'est passé au mieux pour la donneuse et la receveuse. Il a même promis à Nadège une sortie en fin de semaine pour une période de convalescence de deux mois. Elle est soulagée, tout de même, et puis quatre ou cinq jours à l'hôpital sont moins difficiles que son récent séjour derrière les barreaux. Son procès a été reporté, il va se dérouler au mois de mars de l'année suivante, elle s'y prépare déjà. Elle aurait aimé que son plan soit achevé d'ici lors, mais il prend du retard. Dans l'hypothèse la plus positive, elle envisageait même purement et simplement l'annulation du procès, les vrais coupables ayant été arrêtés. On peut toujours rêver, mais ce sera difficile, l'adversaire est coriace et possède de multiples visages. Elle connaît la cible, elle sait qui est passé devant elle dans la belle villa de Zelda Khoury et Sandrine Lamy à Saint-Martin. Elle a même un indice qui devrait la disculper, lors de l'échéance fatidique. Mais tout ne se passe pas toujours pour le mieux alors elle doit faire confiance à sa baraka, une fois de plus. Et aussi aux compétences de Philippe Bory et de son équipe. Ah, Philippe, sans lui, elle aurait sans doute jeté l'éponge depuis longtemps, surtout face à la boxeuse. Mais il est là, il bosse avec efficacité, elle n'est pas seule.

Devant la porte de sa chambre, les bleus se relaient pour la surveiller et la protéger. Elle est toujours une détenue en soins hors de la prison, elle est aussi une femme en danger, recherchée par les commanditaires de Sacha Makine, des gens mystérieux qu'il sera sans doute impossible à démasquer. Pour l'heure, c'est un jeune policier de 24 ans qui s'y colle. Tarik Chaouch est doublement un bleu dans la Police. Gardien de la paix, officiellement depuis six mois, après un stage positif, il découvre le métier, lui qui a grandi dans les cités de Saint-Herblain et a choisi ce métier le jour où il a vu des potes caillasser un camion de pompiers venu éteindre un incendie dans les caves. Il est intelligent, travailleur, il aurait pu aller plus loin dans ses études, mais ses parents n'ont pas d'argent. Et puis, il veut protéger ses petits frères et sœurs, dans ce monde de fous.

Il est là pour quatre heures et vient de prendre son

service. C'est long, d'attendre devant une porte de chambre d'hôpital, mais pas plus que lors d'une planque dans une bagnole. Et au moins là, il est au chaud et il a les WC pas loin, si besoin. Il pense à ses potes de la cité, qui l'ont laissé tomber dès qu'il a commencé son stage car ils ne veulent pas d'un keuf dans la bande, à ses partenaires des équipes de jeunes, chez les Canaris, dont certains sont passés pros, à ses parents aussi. Son père, un maçon d'origine kabyle, qui ne lui dit rien mais qui est fier de lui, sa mère qui le supplie chaque jour de ne pas prendre de risques. Et puis, bien sûr, ses quatre frères et sœurs. Il n'est pas l'aîné, parce que l'aîné à mal tourné et que la famille ne le voit plus trop, mais il se sent responsable des plus jeunes, surtout ses deux frangines.

Quand la porte à double battant du couloir s'ouvre, il s'attend à voir une infirmière, même si elles viennent de passer pour les soins du matin et les médicaments. Un colosse à crâne rasé d'une bonne trentaine d'années s'approche de lui d'un pas décidé. Il est en civil mais lui présente la carte de la maison.

— Lieutenant William Bechler, je fais partie du groupe du commandant Bory et mon boss m'a demandé de venir montrer à Nadège Pascal la photo de personnes qui pourraient être liées à son agression en prison.

— C'est que, moi, je reçois mes consignes du commandant Coulet et il m'a recommandé de ne laisser rentrer personne dans la chambre ! réplique le jeune Tarik, bien embarrassé par la situation. À part les docteurs, les infirmières et les aides-médicales, bien sûr.

— Mais puisque je te dis que je suis de la maison, Petit ! Coulet serait là, tu le laisserais entrer ? Oui, donc tu laisserais entrer Bory aussi, d'autant que c'est le mec de cette nana ! Il ne peut pas se déplacer, il se trouve avec sa femme, il m'a demandé le service. Tu as peur de quoi, que je la bute ? Je vais juste lui montrer une photo et je ressors. Et puis, de toute manière, je suis ton supérieur, tu dois m'obéir.

— Bon d'accord, allez-y, mais je vous accompagne.

— Et puis quoi encore, Petit, je suis assez grand pour trouver un lit dans une chambre d'hôpital. Reste plutôt là à veiller que personne ne nous dérange. Allez, je n'en ai pas pour longtemps. Relax, le môme, relax…

FIN

Plomelin, août 2021

125, Vieille Route de Rosporden - 29000 Quimper
E-mail : contact@editionsalainbargain.fr
Site Internet : www.editionsalainbargain.fr

Dépôt légal n°1 - 4e trimestre 2021
ISBN 978-2-35550-819-6 - ISSN 1281-7813
N° d'impression : 109653
Imprimé en France